Ullstein Kriminalroman

Ullstein Kriminalroman
Lektorat: Georg Schmidt
Ullstein Buch Nr. 10610
im Verlag Ullstein GmbH,
Frankfurt/M – Berlin
Titel der amerikanischen
Originalausgabe:
Tricks

Deutsche Erstausgabe

Umschlaggestaltung:
Horst Kraus
Umschlagbild:
Uwe Arens

Printed in Germany 1989
Gesamtherstellung:
Ebner Ulm
ISBN 3 548 10610 2

September 1989

Vom selben Autor
in der Reihe der
Ullstein Bücher:

Mordgespenster (10115)
Clifford dankt Ihnen (10183)
Ich war's, ich war's (10206)
Schnapp-Schuß (10218)
Die Greifer (10230)
Das Unschuldslamm (10260)
Heißer Sonntagmorgen (10284)
Polizisten leben gefährlich (10412)
Der Pusher (10389)
Späte Mädchen sterben früher (10461)
Acht schwarze Pferde (10498)
Alarm in Chinatown (10517)
Neugier macht Mörder (10521)
Die zehn Gesichter der Annie Boone (10545)
Reines Gift (10554)
Killers Lohn (10575)

CIP-Titelaufnahme
der Deutschen Bibliothek

MacBain, Ed:
Ausgetrickst: ein Roman aus dem
87. Polizeirevier / Ed McBain. – Dt.
Erstausg. – Frankfurt/M; Berlin: Ullstein,
1989
(Ullstein-Buch; Nr. 10610:
Ullstein-Kriminalroman)
ISBN 3-548-10610-2
NE: GT

Ed McBain

Ausgetrickst

Ein Roman aus dem 87. Polizeirevier

Übersetzt von Lothar Fremy und Iris Spychalsky

Ullstein Kriminalroman

Für Russell Wm. Hultgren

Die Stadt in diesem Roman ist erfunden. Die Menschen und die Schauplätze sind fiktiv. Nur die Arbeitsweise der Polizeibeamten basiert auf bewährten Untersuchungsmethoden.

1

Das Pärchen kam blutüberströmt die Straße entlang.

Keiner schenkte ihm auch nur die geringste Beachtung.

So war die Stadt.

Der größere der beiden trug einen blutbefleckten blauen Bademantel. Blut schien aus einem halben Dutzend kreuz und quer über das Gesicht verlaufender Wunden zu quellen. Die Hände waren blutüberströmt. Das gestreifte Pyjamaunterteil, das unter dem Mantelsaum hervorhing, war bespritzt mit Blut, das offenbar aus einer offenen Wunde am Bauch getropft war, wo ein Dolch bis zum Heft steckte.

Die kleinere Person, ein Mädchen – obgleich das wegen der entstellenden Maske vor dem Gesicht schwer zu sagen war –, trug nur ein geblümtes Nachthemd und hochhackige rosa Plüschpantöffelchen. Die Aufmachung bildete einen blutigen Kontrast zu der ungewöhnlich milden Oktobernacht. Ein Eispfriem, der Griff blutverschmiert, war in ihre Brust getrieben. Blut verklebte das strähnige Haar, hellrosa Blut sprenkelte die nackten Beine, Knöchel, Handrücken und die flache Brust, soweit diese über dem hochgeschlossenen Nachthemd zu sehen war.

Sie konnte nicht älter als zwölf sein.

Der Junge neben ihr war vermutlich im gleichen Alter.

Beide trugen Einkaufstaschen, die mit Blut, frisch wie das aus ihren Wunden, bespritzt schienen. Ein erst jüngst von einem menschlichen Körper abgetrenntes Teil hätte in beiden Taschen sein können. Eine Hand vielleicht. Oder ein Kopf. Wahrscheinlich aber waren die Taschen nur durch die Berührung mit ihren Körpern blutgetränkt.

Sie kamen die Straße entlanggerannt, als seien sie durch die Schwere ihrer Wunden in höchster Not.

»Probieren wir's hier«, sagte der Junge.

In seinem Mund schienen etliche Zähne zu fehlen. Wenn er sprach, waren die schwarzen Lücken zu sehen. Eine dünne rote Linie verlief von der Unterlippe zum Kinn. Das Fleisch um sein rechtes Auge war rot, schwarz, blau und lila verfärbt. Er sah aus, als habe ihn jemand ernstlich verprügelt, bevor er ihm den Dolch in den Bauch stieß.

»Die hier?« fragte das Mädchen.

Sie blieben vor einer ebenerdigen Tür stehen.

Sie klopften ungestüm an die Tür.

Die Tür ging auf.

»Zoff oder Zucker!« riefen sie unisono.

Es war 16 Uhr 10 am Halloween-Abend.

Im 87. Polizeirevier war die Schicht von vier bis Mitternacht gerade zehn Minuten alt.

»Halloween ist auch nicht mehr das, was es mal war«, sagte Andy Parker.

Er hockte auf seinem Schreibtisch im Dienstzimmer, die Füße auf der Platte; sein Stuhl kippelte gefährlich, als würde er durch das Gewicht des über die Rückenlehne geschlungenen Schulterhalfters belastet. Er trug verknitterte Hosen, eine ungebügelte Sportjacke, ungeputzte schwarze Schuhe, schmuddelige weiße Socken und ein bügelfreies Hemd mit Essensflecken. Die Haare hatte er sich in einer Friseurschule auf dem Stem schneiden lassen. Das Gesicht zierte ein Dreitagebart. Er redete mit Hawes und Brown, doch die hörten ihm nicht zu. Das bremste Parker nicht.

»Das kommt daher, weil die Teufelsnacht alles wegschnappt«, sagte er, und nickte zustimmend zu seiner Feststellung.

Die anderen Detectives tippten an ihren Schreibtischen weiter.

»Vor ein paar Jahren«, sagte Parker, »war das die Nacht, in der die Kinder die Sau rausließen. Heutzutage hast du Tanz in der Kirche, du hast Ringelpietz beim CVJM, du hast jede Menge Scheiß, um die Kids vor Dummheiten zu bewahren. Also denken sich die Kids, okay, wir sollen an Halloween brav sein, also suchen wir uns 'ne andere Nacht, wo wir uns wie kleine Saukerle aufführen. Also haben sie die Teufelsnacht erfunden, was letzte Nacht war, als alle Fensterscheiben hopps- und die Eier ausgegangen sind.« Die Schreibmaschinen klapperten weiter durch den Raum.

»Schreibt ihr Bücher, oder was?« fragte Parker.

Keiner antwortete ihm.

»Eines Tages schreib' ich auch 'n Buch«, sagte Parker. 'ne Masse Cops schreiben Bücher, die machen ein Vermögen damit. Ich hab 'ne Menge Erfahrung, könnte vermutlich ein großartiges Buch schreiben.«

Hawes blickte einen Moment lang auf und kratzte sich dann am Rücken. Er hatte einen Sonnenbrand und pellte sich. Er war erst am Montag morgen von einem einwöchigen Urlaub auf den Bermudas zurückgekehrt, aber seine Haut hatte noch immer die gleiche Farbe wie seine Haare. Er war ein großer, rothaariger Mann mit einer weißen Strähne an der linken Schläfe, wo ihn einst ein Messer erwischt hatte. Er hatte Annie Rawles noch nicht erzählt, daß er einige sehr angenehme Stunden mit einem Mädchen verbracht hatte, das er dort unten am rosa Sandstrand kennengelernt hatte.

»Dieser Wamburger in L. A., der war mal Cop«, sagte Parker, »ich glaube, in Hollywood. Der schreibt diese großen Bestseller, nicht wahr? Und dieser andere Typ, Kornitch, schreibt die auch, der war mal Cop in New York. Kann gar nicht sein, daß einer, der nicht mal Cop gewesen ist, ein richtiges Buch über Cops schreiben kann. Eines Tages, wenn ich 'nen großen Scheiß-Bestseller schreibe, lebe ich auf 'ner Jacht in Südfrankreich. Mit 'nem Paar nackter Weiber, die vom Boot hüpfen, während ich dasitze und nichts tue.«

»Genau wie jetzt«, meinte Brown.

»Ach, Quatsch, ich hab' meine Arbeit schon fertig«, sagte Parker. »Diese Schicht war zu scheiß-ruhig. Wessen Idee war es überhaupt, zusätzliche Leute einzuteilen?«

»Die vom Lieutenant.«

»Und wofür braucht man sieben Leute, wenn nichts passiert? Wer ist überhaupt dabei? Und wo, zum Kuckuck, sind sie?«

»Fahren rum«, meinte Hawes. »Sehen sich um, ob's irgendwo Ärger gibt.«

Dabei dachte er, daß er selber Ärger kriegen würde, wenn er Annie erzählte, was auf den Bermudas passiert war, auch wenn seine Beziehung zu ihr eine eher lockere war. Getrennte Wohnungen, gelegentliche Partnerbesuche, wie man sie Häftlingen in Mexiko erlaubte. Und überhaupt, er hatte Annie *gebeten*, mit ihm auf die Bermudas zu kommen, etwa nicht? Annie hatte gesagt, vor Februar habe sie keinen Urlaub. Er hatte sie gebeten, ihren Urlaub zu verlegen. Sie hatte entgegnet, sie müsse die ganze Woche auf dem Gericht sein. Außerdem hatte sie gesagt, sie hasse die Bermudas. Also war er alleine gefahren. Begegnete diesem Mädchen, das in Atlanta als Juristin tätig war. Sie brachte ihm ein paar legale Tricks bei.

»Es ist so still, daß du eine Nadel fallen hören kannst,« sagte Parker. »Ich könnte daheim sein und schlafen.«

»Anstatt hier zu schlafen«, sagte Brown und ging zum Trinkwasserspender. Er war ein massiger, muskulöser Schwarzer, aufrecht etwa einsdreiundneunzig groß, und wog einhundertzwanzig Kilo. Auf seinem Gesicht war ein finsterer Ausdruck, als er sich einen Pappbecher aus der Halterung zog und dann auf den Zapfknopf drückte. Allein durch diesen finsteren Blick konnte Brown einen bewaffneten Straßenräuber dazu bringen, seine Knarre fallenzulassen.

»Wer schläft hier?« sagte Parker. »Ich ruhe mich aus, das ist alles. Bin schon mit meiner Arbeit fertig.«

»Warum fängst du dann nicht an, dein Buch zu schreiben?« fragte Hawes.

»Du könntest dich darüber auslassen, daß Halloween nicht mehr das ist, was es mal war«, sagte Brown, während er seinen Pappbecher zusammenknüllte und zu seinem Tisch zurückging.

»Ist es auch nicht«, stimmte Parker zu.

»Du könntest was drüber schreiben, daß es an Halloween so ruhig ist und dein Held nichts zu tun hat«, sagte Hawes.

»Ist ja auch wahr«, sagte Parker. »Das Telefon hier hat nicht einmal geklingelt, seit ich da bin.«

Er sah zum Telefon.

Es klingelte nicht.

»Ich wette, es stört dich gewaltig«, sagte Brown. »Wenn das Telefon nicht klingelt.«

»Nichts zu tun«, sagte Hawes.

»Kein einziger Axtmord da draußen«, sagte Brown.

»Ich hatte mal 'nen Axtmord«, sagte Parker, »darüber könnte ich vielleicht was schreiben.«

»Ist schon geschehen«, sagte Hawes.

»War bestimmt 'n Scheiß-Bestseller.«

»Ich glaube nicht, daß es einer war.«

»Vielleicht, weil es kein Cop war, der es geschrieben hat. Du mußt ein Cop sein, um Bestseller über Cops zu schreiben.«

»Du mußt ein Axtmörder sein, um Bestseller über Axtmorde zu schreiben«, sagte Brown.

»Klar«, sagte Parker und sah wieder zum Telefon.

»Du hast nichts zu tun«, sagte Hawes. »Warum gehst du nicht runter ins Foyer und rasierst dich?«

»Ich arbeite an meinem Miami-Vice-Look«, sagte Parker.

»Du siehst aus wie ein Penner«, sagte Brown.

»Ich *bin* ein Penner«, erwiderte Parker.

»Du mußt ein Penner sein, um Bestseller über Penner zu schreiben«, sagte Brown.

»Erzähl das Kennedy«, sagte Hawes.

»Teddy? Ich hab' nicht gewußt, daß er Bücher schreibt«, sagte Parker. »Über was schreibt er? Über Senatoren?«

»Geh dich rasieren«, sagte Hawes.

»Oder schreib ein Buch über Barbiere«, schlug Brown vor.

»Ich bin aber kein Barbier«, sagte Parker.

Er blickte wieder zum Telefon.

»Hast du je gesehen, daß es so ruhig ist?« fragte er.

»Ich habe noch nicht mal gehört, daß es so ruhig ist«, sagte Brown.

»Ich auch nicht«, sagte Parker. »Ist wie bezahlter Urlaub.«

»Wie immer«, sagte Brown.

»Ich hatte da mal 'ne Frau, die an 'nem Dildo erstickt ist«, sagte Parker. »Vielleicht könnte ich was drüber schreiben. Ich hatte 'ne Menge Fälle, über die ich schreiben könnte.«

»Vielleicht könntest du über den Fall schreiben, an dem du gerade arbeitest«, sagte Brown.

»Im Moment arbeite ich an nichts.«

»Ohne Blödsinn?«

»Ich bin mit meiner Arbeit fertig. Alles geritzt, bis das Telefon klingelt.«

»Vielleicht funktioniert das Telefon nicht«, sagte Hawes.

»Meinst du?« sagte Parker, machte aber keine Anstalten, den Hörer abzuheben und nach dem Amtszeichen zu lauschen.

»Oder vielleicht macht keiner der bösen Buben da draußen was«, sagte Brown.

»Vielleicht sind alle bösen Buben über den Winter in den Süden gefahren«, sagte Hawes, dachte dabei wieder an die Bermudas und fragte sich, ob er mit Annie ins reine kommen sollte.

»Könnte hinhauen«, sagte Parker. »Dieses Wetter? Ich hab' in meinem ganzen Leben keinen solchen Oktober erlebt. Einmal hatte ich einen Fall, da hat ein Kerl seine Frau mit der Telefonschnur erdrosselt. Ich wette, darüber könnte ich was schreiben.«

»Ich wette, das könntest du.«

»Schlug sie erst mit dem Telefon nieder, haute sie einfach um. Dann hat er sie mit der Schnur erdrosselt.«

»Du könntest es *Ferngespräch* nennen«, schlug Brown vor.

»Nein, er stand direkt neben ihr, als er es getan hat.«

»Wie wär's dann mit *Ortsgespräch*?«

»Was ist schlecht an *Entschuldigung, falsch verbunden*?« fragte Parker.

»Nichts«, sagte Hawes. »Das ist 'n toller Titel.«

»Oder ich könnte über diesen Kerl schreiben, der in der Badewanne ertränkt worden ist. Seine Frau hat ihn in der Badewanne ertränkt. Das war ein guter Fall.«

»Du könntest es *Blubb* nennen«, sagte Brown.

»*Blubb* ist kein Bestseller-Titel«, sagte Parker. »Außerdem hat sie ihm den Schwanz abgeschnitten. Das Wasser war total rot von Blut.«

»Warum hat sie das getan?« fragte Brown, jetzt wirklich interessiert.

»Er hat mit anderen Weibern rumgevögelt«, sagte Parker. »Du hättest den Typ sehen sollen, er war ein winziges Kerlchen. Seine Frau kam rein, während er ein Bad nahm, drückte ihn unter Wasser, adieu Charlie. Dann hat sie ihm den Schwanz mit seinem eigenen Rasiermesser abgeschnitten, und raus damit durchs Fenster.«

»Das Messer?«

»Nein, den Schwanz. Traf 'ne alte Dame, die gerade vorbeikam. Bekam ihn direkt auf den Kopf, hat ihr die Plastikblumen vom Hut gerissen. Sie bückt sich, um die Blumen aufzuheben, und sieht den Schwanz auf dem Gehsteig liegen. Sofort denkt sie drüber nach, wen sie verklagen kann. Sie hebt ihn auf, rennt damit zu ihrem Rechtsanwalt. Rennt durch die Straßen, den Schwanz in ihrer Faust; hat in dieser Stadt niemanden besonders gewundert.«

»Carella und ich haben mal an diesem Fall gearbeitet«, sagte Hawes, »da hat ein Kerl einem anderen die Hand abgeschnitten.«

»Warum hat er das getan?«

»Gleiches Motiv. Liebe.«

»Das ist *Liebe*?«

»Liebe oder Geld«, sagte Hawes und zuckte mit den Achseln. »Es gibt nur die zwei Motive.«

»Dazu deine Irren«, sagte Brown.

»Naja, das ist 'ne ganz andere Kiste«, sagte Parker. »Deine Irren. Ich hatte mal 'nen Irren, der vier Priester gekillt hat, bevor wir ihn schnappten. Wir fragten ihn, warum er Priester killt. Er erzählt uns, sein Vater war ein Priester. Wie konnte das sein, einen Priester zum Vater?«

»Vielleicht war seine Mutter eine Nonne«, sagte Brown.

»Nein, seine Mutter war staatlich geprüfte Krankenschwester. Fünfzig Jahre alt, aber zum Reinbeißen. Peaches Muldoon, so hieß sie. Grundanständig, wenn ich dir's sage, sie war aus Tennessee. Erzählte mir, ihr Sohn wär' ganz sicher verrückt, und sie wäre froh, daß ich ihn erwischt habe. Peaches Muldoon. Ein Rotschopf. 'ne richtige Rassestute.«

»Wer, hat *sie* gesagt, war der Vater?«

»Ihr Bruder«, sagte Parker.

»Prima Fall«, bemerkte Hawes.

»Yeah. Vielleicht sollte ich über den was schreiben.«

»Du bist kein Priester.«

»Manchmal *fühle* ich mich wie ein Priester«, sagte Parker. »Weißt du, wann ich das letzte Mal gebumst habe? Frag mich nicht.«

»Vielleicht solltest du Ausschau nach Peaches halten«, schlug Brown vor.

»Die ist wahrscheinlich längst tot«, erwiderte Parker, der die Idee ernstlich erwägte. »Das war bestimmt schon vor zehn Jahren, dieser Fall.«

»Dann wäre sie inzwischen sechzig«, sagte Hawes.

»Wenn sie nicht tot ist, ja. Aber, weißt du, sechzig ist nicht alt. Ich habe 'ne Menge sechzigjährige Weiber gebumst. Die haben massenhaft Erfahrung, die verstehen was davon.«

Er sah wieder zum Telefon.

»Vielleicht *gehe* ich mich rasieren«, sagte Parker.

Die beiden Frauen kannten sich gut.

Annie Rawles war Detective First Grade beim Dezernat für Notzuchtfälle.

Eileen Burke war Detective Second Grade beim Sondereinsatzkommando.

Sie saßen in Annies Büro und redeten über Mord.

Auf der Uhr an der Wand war es 16 Uhr 30.

»Warum haben sie *dich* mit reingezogen?« fragte Eileen.

»Meine Erfahrungen als Lockvogel«, sagte Annie. »Ich schätze, die Mordkommission ist am Verzweifeln.«

»Wer hat die Informanten aufgetan?«

»Ein Typ namens Alvarez vom Sieben-Zweier.«

»In Calm's Point?«

»Ja.«

»Alle drei?«

»Alle drei.«

»Im gleichen Bezirk wie das Polizeirevier?«

»In der Canal-Zone, unten bei den Docks. Du würdest denken, du bist in Houston.«

»Ich bin nie in Houston gewesen.«

»Fahr auch nicht hin.«

Eileen lächelte.

Sie war einsvierundsiebzig groß, hatte lange Beine, gute Brüste, auffällige Hüften, rotes Haar und grüne Augen. Auf ihrer linken Wange befand sich keine Narbe mehr. Plastische Chirurgie hatte das bewerkstelligt. Aber Annie fragte sich, ob auch keine inneren Narben geblieben waren.

»Du mußt diesen Fall nicht übernehmen«, sagte sie. »Ich weiß, daß zu wenig Zeit ist.«

»Naja, erzähl mir mehr drüber«, erwiderte Eileen.

»Oder er muß bis nächsten Freitag warten. Mist. Die Mordkommission hat mich erst vor einer Stunde angerufen. Sagten mir, Alvarez würde keine Fortschritte machen, vielleicht bräuchte der Mex Unterstützung. Die Worte der Mordkommission, nicht meine.«

»Gute alte Mordkommission«, sagte Eileen und schüttelte wissend den Kopf.

Sie fragte sich, ob Annie daran zweifelte, daß sie mit diesem Fall zurechtkommen könnte. Seit ihrem Unfall hatte sie keinen wirklich schweren Fall mehr gehabt. Es einen »Unfall« zu nennen machte es einfacher, darüber nachzudenken. Ein Unfall war etwas, das jedem passieren konnte. Etwas, was nicht unbedingt wieder passieren mußte. Ein Vergewaltiger, der einem die linke Wange aufschlitzte und einen dann mit Gewalt nahm, war kein Unfall.

Annie beobachtete sie.

Lehmfarbene Augen hinter einer Brille, die ihr einen gelehrten Ausdruck verliehen. Schwarzes, keilförmig geschnittenes Haar, feste, napfkuchenförmige Brüste an einem schlanken Körper. Ungefähr so alt wie Eileen, aber etwas kleiner. Hart und strahlend wie ein Diamant. Annie hatte früher einmal für das Raubdezernat gearbeitet und zwei Kerle umgelegt, die eine Bank im Zentrum überfallen hatten. Hatte sie einfach umgelegt. Wenn sie von zwei ausgebufften Bankräubern, die eine zwanzigjährige Höchststrafe zu erwarten hatten, nicht in Schrecken versetzt wurde, konnte sie dann überhaupt Verständnis für einen Lockvogel-Cop haben, der es mit der Angst zu tun kriegte?

Na ja, ich habe den Job schon gemacht, dachte Eileen, ich kriege es *nicht* mit der Angst zu tun.

Doch sie tat es.

»Wann habt ihr die erste gefunden?« fragte sie.

»Am zehnten. Ein Freitagabend, Vollmond. Alvarez dachte, vielleicht ein Irrer. Die zweite tauchte dann eine Woche später auf, am siebzehnten. Und noch eine am letzten Freitagabend.«

»Immer freitags, hm?«

»Bislang ja.«

»Und heute ist Freitag, und die Mordkommission will einen Lockvogel.«

»Alvarez auch. Ich habe sofort nach dem Anruf mit ihm gesprochen. Er hört sich verdammt clever an, hat aber bis jetzt noch keinen Ansatzpunkt gefunden.«

»Wie denkt er darüber?«

»Du kennst die Zone nicht, hä?«

»Nein.«

»Dann hast du nicht mitbekommen, was ich über Houston gesagt habe.«

»Offenbar nicht.«

»Dort unten gibt es ein an den Ship-Canal angrenzendes Gebiet, es ist von Nutten und Dope überschwemmt. Die schmierigsten Spelunken, die ich je im Leben gesehen habe. Die Docks am Calm's Point Canal kommen da kaum mit.«

»Es sind also Nutten? Die Opfer?«

»Ja. Nutten.«

»Alle drei?«

»Eine von ihnen war erst sechzehn.«

Eileen nickte.

»Was hat er benutzt?« fragte sie.

Annie zögerte.

»Ein Messer«, sagte sie.

Und plötzlich spielte sich in Eileens Kopf alles noch einmal ab . . .

Ihre Hand wandert zu der Browning .380 Automatik, die in ihrem Stiefel steckt. Zwinge mich nicht, dich zu schneiden. *Die Pistole ist aus dem Halfter, bewegt sich in Schußposition – und er zerschlitzt ihr das Gesicht.*

Plötzlich ein brennender Schmerz auf ihrer Wange. Mit einem Mal läßt sie die Waffe fallen. Braves Mädchen, *sagt er. Und zerschlitzt ihre Hotpants und das Höschen . . .*

Und . . .

Und preßt die kalte flache Seite des Messers an sie . . . an sie.

»Möchtest du, daß ich dich auch da schneide?«

Sie schüttelt den Kopf.

»Nein, bitte, *denkt sie.*

Und sie murmelt die Wörter zusammenhanglos herunter. Nein, bitte, und sagt es schließlich laut; »Nein, bitte. Bitte. Nicht . . . wieder schneiden. Bitte.«

»Möchtest du, daß ich dich statt dessen ficke?«

»Schneiden Sie mich nicht wieder.«

Annie beobachtete sie genau.

»Hat ihnen die Kehle mit einem Messer aufgeschlitzt«, sagte sie.

Eileen war mit kaltem Schweiß überzogen.

»Also . . . ich . . . ich schätze, die wollen, daß ich Nutte spiele, ist dem so?«

»So ist es.«

»Der Frischling in der Stadt, hä?«

»Du hast es erfaßt.«

»Straßenstrich? Oder haben sie es so arrangiert, daß . . .?«

»Sie postieren dich in einem Laden namens Larry's Bar. Fairview, Ecke Vierte Ost.«

Eileen nickte.

»Heute nacht, hm?«

»Gegen acht geht's los.«

»Ziemlich früh, nicht wahr?«

»Sie wollen ihm genug Leine geben.«

»Wo soll ich mich melden?«

»Im Sieben-Zweier. Du kannst dich dort auch verkleiden.«

»Als was? Die Nutten sehen heutzutage aus wie Studentinnen.«

»Nicht die, die in der Canal-Zone arbeiten.«

Eileen nickte wieder.

»Hat Alvarez mir Rückendeckung besorgt?«

»Einen. Einen großen, wuchtigen Typ namens . . .«

»Ich will mindestens zwei«, sagte Eileen.

»Ich bin dein anderer«, erwiderte Annie.

Eileen blickte sie an.

»Wenn du mich willst.«

Eileen sagte nichts.

»Ich habe keine Angst davor, die Knarre zu benutzen«, sagte Annie.

»Ich weiß, daß du keine hast.«

»Aber wenn du dich mit einem anderen Mann sicherer fühlst . . .«

»Nichts wird mich sicher fühlen lassen«, sagte Eileen. »Ich hab 'ne Scheiß-Angst. Du könntest mir die Rote Armee zur Rückendeckung geben, und ich hätte immer noch Angst.«

»Dann mach es nicht«, sagte Annie.

»Wann werde ich dann je aufhören, Angst zu haben?« fragte Eileen.

Im Raum wurde es still.

»Die Mordkommission hat mich gebeten, den besten Lockvogel zu besorgen, den ich kenne«, sagte Annie vorsichtig. »Ich habe dich genommen.«

»Besten Dank«, sagte Eileen.

Aber sie lächelte.

»Du *bist* es, das weiß ich.«

»Ich *war* es.«

»Bist es«, sagte Annie.

»Schmeichlerin«, sagte Eileen.

Und lächelte wieder.

»Also . . . es liegt an dir«, sagte Annie und sah auf die Uhr. »Aber du mußt es mich sofort wissen lassen. Sie wollen bis um acht heute abend alles startklar haben.«

»Wer ist dieser große, wuchtige Typ?«

»Sein Name ist Shanahan. So irisch wie heißes Guiness, über einsachtzig groß, wiegt mindestens zwei Zentner. Ich möchte ihm nicht in 'ner dunklen Gasse begegnen, glaub's mir.«

»Ich schon«, sagte Eileen. »Hätte gern eine Stunde mit ihm, bevor ich mich auf die Socken mache. Kann er um sieben im Dienstzimmer sein?«

»Du machst es also?«

»Nur weil du die andere Rückendeckung bist«, sagte Eileen und lächelte erneut.

Aber innerlich zitterte sie.

»Dieser Kerl, der sie umgebracht hat«, sagte sie, »haben sie eine Vorstellung davon, wie er aussieht?«

»Alvarez sagt, er hat ein paar Aussagen, die aber kreuz und quer durch den Gemüsegarten gehen.«

»Na wunderbar«, sagte Eileen.

»Eins ist jedenfalls klar.«

»Ja?«

»Er probiert's mit dem Freiertrick.«

Die Säge fraß sich durch Holz, fraß sich durch Fleisch und Knochen, mitten durch die Holzkiste und mitten durch die Frau. Blut ergoß sich hinter den scharfen Zähnen aus dem Spalt, den die Säge schnitt. Selbst die Säge war blutig, als er sie schließlich von Kiste und Frau wegzog. Er blickte zur Wanduhr hoch. Es war 17 Uhr 05. Er nickte mit grausamer Genugtuung.

Und hob die Deckel zu beiden Seiten der Kiste an.

Und die Frau stieg in einem Stück heraus, grinste, hielt die Arme über den Kopf, und das Publikum applaudierte und jubelte.

»Danke, vielen Dank«, sagte der Mann unter Verbeugungen.

Das Publikum setzte sich zum größten Teil aus Jungen und Mädchen zwischen dreizehn und achtzehn zusammen, da die Veranstaltung in einer Mittelschule an der Elften Straße Nord stattfand. Der Direktor der Schule, Mr. Ellington, strahlte zufrieden. Den Zauberer zu engagieren war seine Idee gewesen. Eine Möglichkeit, diese rastlosen Teenager eine Stunde oder mehr bei guter Laune zu halten und zu beschäftigen, bevor sie wieder auf die Straße schwärmten. Wenn die Vorstellung vorbei war, was jede Minute der Fall sein konnte, würde er eine kleine Rede halten. Er würde allen raten, nach Hause zu gehen, gut zu speisen und sich dann für ein fröhliches und friedliches Halloween umzuziehen, in der Gewißheit, daß zu den in einer Demokratie gewährten Rechten nicht nur das Recht auf Versammlungsfreiheit zählte, etwa der Versammlung, die sie heute abend hatten – sondern auch die Versammlungsfreiheit auf der Straße, nicht aber die Freiheit, groben Unfung anzustellen, ganz gewißlich nicht. Das würde sein Standpunkt sein. Die Kinder, dankbar für die einstündige Unterhaltung, würden – so hoffte er – seinen Anweisungen folgen. Niemand von der Herman-Raucher-Highschool würde sich heute abend zu Zerstörungswut hinreißen lassen. Nie und nimmer.

Er sah nun zu, wie die Assistentin des Zauberers die Holzkiste von der Bühne rollte. Sie war eine gutaussehende Blondine, seiner Schätzung nach Ende Zwanzig, trug ein paillettenbesticktes Kostüm, das ihre langen, langen Beine und ihre üppigen Brüste vorteilhaft zur Geltung brachte. Ellington bemerkte, daß die meisten Jungen im Zuschauerraum ihre Augen nicht von den langen Beinen und den herausquellenden Ansätzen ihrer kremig-weißen Brüste lassen konnten. Er hatte selbst seine liebe Not damit. Jetzt war sie wieder auf der Bühne, rollte eine hohe Kiste herein. Diesmal eine aufgestellte. Der Zauberer – dessen Name Sebastian der Große war – trug Frack und Zylinder. Ellington blickte zur Uhr hoch. Dies war vermutlich die Abschlußnummer. Er hoffte dies, weil er noch seine kleine Ansprache halten und die Kinder dann, verdammt noch mal, hier raushaben wollte. Er hatte Estella versprochen, auf dem Heimweg von der Schule vorbeizukommen. Estella war die Dame, bei der er jeden Mittwoch und Freitag Zwischenstation machte, wenn seine Frau glaubte, er habe Besprechungen mit dem Kollegium. Estellas Beine waren nicht so lang, und auch ihre Brüste waren nicht so üppig wie die der

Assistentin des Zauberers, andererseits war sie auch schon siebenundvierzig Jahre alt.

»Danke, Kinder«, sagte Sebastian der Große, »danke. Ich weiß, daß ihr es kaum abwarten könnt, raus auf die Straße zu einem fröhlichen und friedlichen Halloween zu kommen, und so will ich euch nicht länger aufhalten. Ach ja, danke Marie«, sagte er zu seiner Assistentin.

Ihr Name ist also Marie, dachte Ellington und fragte sich, wie ihr Nachname lauten mochte, und ob sie im Telefonbuch stand.

»Ihr seht hier eine kleine Kiste – nicht ganz so klein, ich bin ein recht großer Bursche – die ich jeden Moment betreten werde... danke Marie, du kannst jetzt gehen, du bist sehr hilfreich gewesen, Applaus für Marie, Kinder.«

Marie hielt die Hände über dem Kopf, die Beine weit gespreizt, ein breites Lächeln auf dem Mund, und die Kinder applaudierten und johlten, vor allem die Jungen, und dann machte sie eine süße, reizvolle Drehung und stolzierte auf hochhackigen Schuhen von der Bühne.

»Das ist das letzte Mal, daß ihr heute abend Marie sehen werdet«, sagte Sebastian.

»Scheiße, dachte Ellington.

»Und in ein paar Minuten werdet ihr auch mich das letzte Mal sehen. Was ich tun werde, Kinder, ich werde diese Kiste betreten . . .«

Er öffnete die Tür an der Vorderseite der Kiste.

»Und ich werde euch alle bitten, bis zehn zu zählen . . . laut . . . eins, zwei, drei, vier, und so weiter – ihr wißt ja alle, wie man bis zehn zählt, nicht wahr?«

Gelächter der Kinder.

»Und ich werde euren Direktor, Mr. Ellington, bitten, hier heraufzukommen – Mr. Ellington, würden Sie bitte jetzt hier heraufkommen – und wenn ihr bei zehn angelangt seid, wird er die Tür der Kiste öffnen, und Sebastian der Große wird weg sein, Kinder, ich werde verschwunden sein, auf und davon, paff! So . . ., ah, gut, Mr. Ellington, wenn Sie sich nur hier neben die Kiste stellen würden, danke. So ist es sehr gut.« Er nahm seinen Zylinder ab. Während er halb in die Kiste trat, sagte er: »Ich werde mich jetzt von euch verabschieden . . .«

Applaus und Jubel von den Kindern.

»Danke, danke«, sagte er, »und ich möchte euch noch einmal daran erinnern, da draußen ein fröhliches und friedliches Halloween zu feiern. Und wenn ich jetzt in dieser Minute die Tür schließe, möchte ich, daß ihr laut zu zählen anfangt. Und wenn ihr bei zehn ankommt, wird Mr. Ellington die Tür öffnen, und ich werde verschwunden, aber nicht vergessen sein. Mr. Ellington? Sind Sie bereit?«

»Bereit«, gab Ellington zur Antwort und fühlte sich dabei wie ein Arschloch.

»Auf Wiedersehen, Kinder«, sagte Sebastian und schloß die Tür hinter sich.

»Eins!« begannen die Kinder runterzubeten. »Zwei! Drei! Vier! Fünf! Sechs! Sieben! Acht! Neun! Zehn!«

Ellington öffnete die Tür der Kiste.

Sebastian der Große war in der Tat verschwunden.

Die Kinder begannen zu applaudieren.

Ellington ging zur Rampe und hielt seine Arme hoch, um für Ruhe zu sorgen.

Er würde die Kinder daran erinnern müssen, daß sie nicht versuchen sollten, andere in Hälften zu schneiden. Denn das war nur ein Trick.

Der Kombi hielt am Bordstein vor dem Spirituosenladen an der Culver Avenue, Ecke Neunte Straße. Am Steuer saß eine gelockte Blondine von Ende Vierzig, die ein mit einem feinen Blumenmuster bedrucktes Kleid, und darüber eine Wollweste trug. Ein Kind saß neben ihr auf dem Vordersitz. Drei weitere Kinder saßen auf dem Rücksitz. Die Kinder sahen aus, als wären sie elf oder zwölf Jahre alt, nicht älter.

Sie stießen die Türen auf und stiegen aus dem Auto.

»Viel Spaß, Kinder«, sagte die Blondine am Steuer.

Die Kinder waren alle wie Straßenräuber angezogen.

Kleine schwarze Lederjacken und kleine Bluejeans, kleine weiße Turnschuhe und kleine Schiebermützen auf den kleinen Köpfen, und kleine schwarze Masken vor den Augen. Alle trugen mit orangenen Kürbissen verzierte Einkaufstaschen. Alle hielten Spielzeugpistolen in den kleinen Händen. Die aufgeregt schwatzende kleine Gruppe überquerte den Gehsteig, und einer öffnete die Tür zum Spirituosenladen. Auf der Uhr an der Wand hinter der Kasse war es 17 Uhr 15. Im gleichen Augenblick als die Klingel über der Tür ertönte, blickte der Besitzer des Ladens auf.

»Zoff oder Zucker!« quäkten die Kinder unisono.

»Los, Kinder, raus hier«, sagte der Bezitzer ungeduldig. »Das hier sind Geschäftsräume.«

Und eines der kleinen Kinder schoß ihm in den Kopf.

Parker hatte sich rasiert und war wieder im Dienstzimmer, wo er die Aktenschränke mit den Ordnern all der Fälle durchstöberte, die sie erfolgreich abgeschlossen hatten. So etwas wie eine Lösung gab es bei der Polizeiarbeit nicht. Man *löste* niemals einen Fall, man schloß ihn ab. Oder er blieb *offen*, was hieß, daß der Täter bereits in Buenos Aires oder Nome, Alaska, war, und man ihn *niemals* kriegen würde. Die offenen Akten waren der Friedhof der polizeilichen Ermittlungsarbeit.

»Ich fühle mich wie neugeboren«, sagte Parker. Tatsächlich sah er, abgesehen von der Rasur, unverändert aus. »Muldoon«, sagte er, »Muldoon, wo bist du, Muldoon?«

»Du willst wirklich eine sechzigjährige Dame anrufen?« fragte Brown.

»Peaches Muldoon, stimmt«, sagte Parker. »Wenn sie mit fünfzig gut erhalten war, hat sie wahrscheinlich immer noch alles dort, wo's hingehört. Wo, zum Henker, ist die Akte?«

»Schau unter Alternde Schwestern nach«, sagte Hawes.

»Schau unter Ausgemusterte Weiber nach«, sagte Brown.

»Ach, Quatsch, wartet, bis ihr das Foto seht«, sagte Parker.

Auf der Uhr an der Wand im Dienstzimmer war es 17 Uhr 30.

»Muldoon, hier haben wir's«, sagte Parker und zerrte eine dicke Akte aus der Schublade.

Das Telefon klingelte.

»Wer geht ran?« fragte Parker.

»Ich dachte, du«, antwortete Brown.

»Ich? Nein, nein. Du bist dran, Artie.«

Brown seufzte und hob den Hörer ab.

»Siebenundachtzigstes Revier«, sagte er, »Brown.«

»Artie, hier ist Dave von unten.«

Sergeant Murchison vom Aufnahmeschalter.

»Yeah, Dave.«

»Adam Vier hat gerade einen Zehn-Zwanziger an der Culver, Ecke Neunte bestätigt. Ein Spirituosenladen namens Adams Wine & Spirits.«

»Yeah?«

»Die haben da einen Mord.«

»Okay«, sagte Brown.

»Ihr habt doch ein paar Leute draußen, nicht wahr?«

»Ja.«

»Wer? Kannst du für mich nachschauen?«

Brown griff über den Tisch nach dem Einsatzplan.

»Kling und Carella fahren zusammen«, sagte er. »Meyer und Genero sind solo.«

»Eine Ahnung, in welchem Sektor?«

»Nein.«

»Okay, ich versuche sie aufzutreiben.«

»Bleib in Verbindung.«

»Mach' ich.«

Brown hängte ein.

»Was ist?« fragte Hawes.

»Mord in der Culver. Das wär's dann mit der guten Gegend.«

Das Telefon klingelte wieder.

»Schau dir dieses Bild an«, sagte Parker und kam zu Browns Schreibtisch. »Jemals einen solchen Körper gesehen?«

»Siebenundachtzigstes Revier, Hawes.«

»Hallo, mit wem spreche ich bitte?« fragte eine Frauenstimme.

»Detective Hawes.«

»Beine bis zum Hals«, sagte Parker.

»Mein Ehemann ist weg«, sagte die Frau.

»Ja, Madam«, sagte Hawes, »ich gebe Ihnen die Nummer von . . .«

»Mein Name ist . . .«

»Es wird das beste sein, Madam, wenn Sie die Vermißtenabteilung anrufen, Madam«, sagte Hawes. »Die sind besonders ausgerüstet für einen Fall wie . . .«

»Er ist hier in *diesem* Revier verschwunden«, sagte die Frau.

»Dennoch . . .«

»Sieht so ein fünfzigjähriges Weib aus?« fragte Parker.

Das Telefon klingelte wieder. Brown nahm den Hörer ab.

»Siebenundachtzigstes Revier, Brown«, sagte er.

»Artie? Hier ist Genero.«

»Ja?«

»Artie, du glaubst es nicht.«

»Was glaube ich nicht?« fragte Brown. Er blickte zu Parker auf, bedeckte die Sprechmuschel und flüsterte: »Genero.«

Parker verdrehte die Augen.

»Es ist wieder passiert«, sagte Genero.

»Mein Name ist Marie Sebastiani«, sagte die Frau an Hawes Telefon. »Mein Ehemann ist Sebastian der Große.«

Hawes dachte augenblicklich, er spräche mit einem Betthäschen.

»Madam«, sagte er, »wenn Ihr Ehemann wirklich verschwunden ist . . .«

»Ich bin bei diesem Restaurant, weißt du?« sagte Genero. »Culver, Ecke Sechste?«

»Ja?« sagte Brown.

»Wo letzte Nacht der Überfall stattgefunden hat? Ich hab' angehalten, um mit dem Besitzer zu reden.«

»Ja?«

»Mein Ehemann ist Zauberer«, sagte Marie. »Er nennt sich Sebastian der Große. Er ist verschwunden.«

Guter Zauberer, dachte Hawes bei sich.

»Und ich geh' nach hinten, um in die Mülltonnen zu sehen«, sagte Genero. »Einen Blick riskieren, ob vielleicht jemand eine Waffe reingeworfen hat oder so was.«

»Ja?« sagte Brown.

»Ich meine, er ist *wirklich* verschwunden«, sagte Marie. »Spurlos. Ich bin hinter der Highschool rausgegangen, wo er den Wagen beladen hat, und der Wagen war weg, Frank ebenfalls. Und all seine Requisiten und Tricks waren auf den Fahrweg gekippt . . .«

»Frank, Madam?«

»Mein Ehemann. Frank Sebastiani. Sebastian der Große.«

»Es ist wieder passiert, Artie«, sagte Genero. »Ich hab' fast gekotzt.«

»Was ist passiert?«

»Vielleicht ist er bloß nach Hause gegangen, Madam«, meinte Hawes.

»Nein, wir leben im anderen Bundesstaat, er wäre nicht ohne mich fort. Und sein Zeug lag überall auf dem Fahrweg. Ich meine, teure Requisiten.«

»Und was wollen Sie damit sagen, Madam?«

»Ich will damit sagen, jemand muß das Auto gestohlen und Gott weiß was mit Frank gemacht haben.«

»Artie?« sagte Genero. »Bist du noch dran?«

»Ich bin dran«, antwortete Brown und seufzte.

»Es war in einer der Mülltonnen, Artie.«

»Was war in einer der Mülltonnen?«

»Welche Highschool ist das, Madam?« fragte Hawes.

»Herman-Raucher-Highschool. Auf der Elften Nord.«

»Sind Sie jetzt dort?«

»Ja, ich rufe aus einer Telefonzelle an.«

»Bleiben Sie, wo sie sind«, sagte Hawes, »ich schicke jemanden vorbei.«

»Ich warte hinten«, sagte Marie und hängte ein.

»Artie, komm lieber hierher«, sagte Genero. »Das Burgundy an der Culver, Ecke Sechste.«

»Was hast du denn in der . . .«

Doch Genero hatte bereits eingehängt.

Brown schlüpfte in sein Schulterhalfter.

Hawes klemmte sich sein Halfter an den Gürtel.

Parker nahm den Telefonhörer ab.

»Peaches Muldoon, ich komme«, sagte er.

17 Uhr 40 am Halloween-Abend, die Straßen seit fast einer Stunde dunkel, die Sommerzeit in der Stadt seit dem sechsundzwanzigsten des Monats vorbei. All die kleinen Monster und Kobolde und Teufel und Fledermäuse draußen im Einsatz; sie schleppten die Einkaufstaschen voller Süßigkeiten von Tür zu Tür, schrien »Zoff oder Zucker!« und beteten, daß ihnen niemand eine Süßigkeit mit einer doppelschneidigen Rasierklinge drin gab.

Brown blickte auf seine Uhr.

Etwa um diese Zeit würde Caroline, seine Frau, mit Connie ausgehen. Seine acht Jahre alte Tochter hatte ihm ihr Kostüm schon letzte Nacht vorgeführt. Sie hatte wie die engelhafteste Hexe gewirkt, die er je im Leben gesehen hatte. Die ganze nächste Woche über würde es Süßigkeiten zu essen geben. Die einzigen Leute, die von Halloween profitierten, waren die Bonbonhersteller und die Zahnärzte. Brown hatte den falschen Beruf.

Er hatte beschlossen, zu Fuß zum Burgundy in der Culver, Ecke Sechste zu gehen. Es war nicht allzu weit vom Polizeirevier entfernt, und ein Cop – wenn Genero als solcher bezeichnet werden konnte – war bereits am Schauplatz.

Die Nacht war mild.

Gott, was für ein Oktober war das gewesen.

Noch immer Blätter an den Bäumen im Park, blendendes Gelb und Rot und Orange und Braun, der Tageshimmel in einem stechenden Blau, der Nachthimmel pechschwarz und mit Sternen übersät. In der Stadt, in der kribbelige Einwohner im Frühling ihre Mäntel viel zu zeitig auszogen, schien es nur passend und angebracht, daß es noch nicht nötig war, sie jetzt schon wieder anzuziehen. Er ging rasch in Richtung Culver und sah sich flüchtig nach einem vorbeihuschenden E. T. mit einem Frankensteinschen Monster auf der einen Seite und Dracula auf der anderen Seite um.

Lächelnd bog er um die Ecke in die Culver ein und lief dann in Richtung Sechste.

Genero wartete auf dem Gehsteig vor dem Restaurant.

Er sah blaß aus.

»Was ist los?« fragte Brown.

»Komm mit nach hinten«, sagte Genero. »Ich habe es nicht angefaßt.«

»Was nicht angefaßt?« fragte Brown. Doch Genero ging bereits durch die Durchfahrt zur rechten Seite des Restaurants.

Mülltonnen flankierten beide Seiten der Hintertür des Restaurants, beleuchtet von einem Strahler darüber.

»Die da«, sagte Genero.

Brown hob den Deckel von der Tonne, auf die Genero deutete.

Das blutige Oberteil eines menschlichen Torsos war auf einen grünen Müllsack in der Tonne gestopft worden.

Der Torso war in der Taille vom Körper abgetrennt worden.

Der Torso hatte keine Arme.

Und keinen Kopf.

»Warum passiert das immer mir?« fragte Genero Gott.

2

»Ich hab' mal eine Hand in der Tasche einer Fluggesellschaft gefunden«, sagte Genero.

»Ohne Scheiß?« fragte Monoghan desinteressiert.

Monoghan war Cop bei der Mordkommission. Normalerweise arbeitete er mit seinem Partner Monroe im Duo, aber heute abend gab es zwei Morde im 87. Revier, nur wenige Straßen voneinander entfernt, und Monoghan befand sich hinter dem Restaurant an der Culver, Ecke Sechste, während Monroe drüben beim Spirituosenladen an der Culver, Ecke Neunte war. Es war beschämend; Monoghan ohne Monroe, das war wie eine Wurst ohne Senf.

»Am Handgelenk abgetrennt«, sagte Genero. »Ich hätte fast gekotzt.«

»Yeah, da könnte man schon kotzen, klar«, sagte Monoghan.

Er schaute in die Mülltonne, in der der blutige Torso noch immer auf dem grünen Plastiksack lag.

»Nichts, nur ein Stück Frischfleisch«, sagte er zu Brown.

Brown sah elend aus. Er nickte bloß.

»Doktor unterwegs?« fragte Monoghan.

»Hab' ihn vor zehn Minuten angerufen.«

»Für den brauchst du keinen Krankenwagen mehr«, sagte Monoghan. »Alles, was du brauchst, ist ein Plastiksack.«

Er lachte über seinen eigenen Witz.

Er vermißte Monroe schmerzlich.

»Sieht wie ein Mann aus, oder?« sagte er. »Ich meine, keine Titten, lauter Haare auf der Brust.«

»Diese Hand, die ich gefunden habe«, sagte Genero, »war auch von einem Mann. Eine große, breite Hand. Ich hätte fast gekotzt.«

In der Durchfahrt befanden sich jetzt einige uniformierte Cops und ein paar Spezialisten, die an der Hintertür des Restaurants herumschnüffelten; eine Polizistin von der Fotoabteilung schoß ihre Polaroids. Die Spurensicherung war bereits vor Ort, auch wenn dies eigentlich nicht der Tatort war, da das Verbrechen ziemlich sicher woanders stattgefunden hatte. Hier hatten sie lediglich das Überbleibsel eines Verbrechens, ein Stück Frischfleisch in einer Mülltonne, wie Monoghan es genannt hatte, die Reste dessen, was einmal ein Mensch gewesen war. Dies, und was die Person, die den Torso an diese besondere Stelle transportiert hatte, an weiteren Spuren hinterlassen haben könnte.

»Ist schon erstaunlich, wie viele zerstückelte Leichen du in dieser Stadt kriegst«, sagte Monoghan.

»Oh, Mann, das sagst du *mir*?« versetzte Genero.

Monoghan trug einen schwarzen Homburg, einen schwarzen Anzug, ein weißes Hemd und eine schwarze Krawatte. Die Hände steckten bis auf die Daumen in den Jackentaschen. Er sah aus wie ein trauriger, gepflegter Leichenbestatter. Genero versuchte wie ein abgeklärter Großstadtdetektiv auszusehen, der als Student verkleidet war. Er trug eine weite blaue Hose und einen mit Rentieren gemusterten Pullover über einem am Hals offenen Hemd. Braune Collegeschuhe. Keinen Hut. Lockiges schwarzes Haar, braune Augen. Irgendwie glich er einem dämlichen Pudel.

Monoghan sah ihn an.

»Bist du der, der das Ding hier gefunden hat?« fragte er.

»Äh, ja«, sagte Genero und fragte sich, ob er das hätte zugeben sollen.

»Irgendwelche sonstigen Teile in den anderen Mülltonnen?«

»Ich hab' nicht nachgesehen«, sagte Genero und dachte, ein Teil reiche ihm vollends.

»Möchtest du jetzt nachsehen?«

»Hinterlaß keine Abdrücke auf den Deckeln«, warnte einer der Spezialisten.

Genero wickelte sich ein Taschentuch um die Hand und begann, die Deckel hochzuheben.

Er fand keine weiteren Teile.

»Also ist alles, was wir haben, diese Brust da«, sagte Monoghan.

»Hallo, Jungs«, sagte der Gerichtsmediziner, der die Durchfahrt entlangkam. »Was haben wir denn hier?«

»Nur diese Brust«, sagte Monoghan, während er auf den Torso zeigte.

Der Gerichtsmediziner spähte in die Mülltonne.

»Sehr nett«, sagte er und stellte seinen Arztkoffer ab. »Möchten Sie, daß ich es für tot erkläre, oder was?«

»Sie könnten uns sagen, wann der Tod eingetreten ist, das wäre hilfreich«, sagte Monoghan.

»Das wird die Autopsie zeigen«, sagte der Gerichtsmediziner.

»Anscheinend«, sagte Monoghan, »hat jemand schon die Autopsie *gemacht.* Können Sie sagen, was er benutzt hat?«

»Wer?« sagte der Gerichtsmediziner.

»Wer immer ihn in Stücke geschnitten hat.«

»Er war nicht gerade ein brillanter Gehirnchirurg, das kann ich euch sagen«, erwiderte der Gerichtsmediziner, während er das zerrissene und zerfetzte Fleisch betrachtete, wo sich einst Kopf, Arme und Unterleib angeschlossen hatten.

»Und was war es? Ein Hackmesser? Eine Metallsäge?«

»Ich bin kein Zauberer«, sagte der Gerichtsmediziner.

»Irgendwelche Merkmale, Narben, Tätowierungen?« fragte Brown ruhig.

»Keine, soweit ich sehen kann. Ich dreh's mal um.«

Genero merkte, daß der Gerichtsmediziner weiterhin »es« dazu sagte.

Der Gerichtsmediziner drehte es um.

»Hier ist auch nichts«, sagte er.

»Nichts, bloß ein Stück Frischfleisch«, sagte Monoghan.

Hawes trug nur eine leichte Sportjacke über einem am Hals offenen Hemd, keine Krawatte, keinen Hut. Eine milde Brise fuhr durch sein rotes Haar; in diesem Jahr war der Oktober wie ein Frühling in den Rocky Mountains. Marie Sebastiani schien es Unbehagen zu bereiten, mit einem Cop zu sprechen. Den meisten ehrlichen Bürgern ging es so; es waren nur die Diebe dieser Welt, die sich in Gegenwart von Gesetzeshütern absolut wohl fühlten.

Nervös herumfingernd erzählte sie ihm, wie sie ihr Kostüm gegen die Kleidung, die sie jetzt trug – eine Tweedjacke und einen Rock, eine lavendelfarbene Bluse und hochhackige Pumps – getauscht habe, während ihr Mann, Sebastian der Große, alias Frank Sebastiani, hinausgegangen sei, um hinter der Highschool all die *kleinen* Tricks, die er während der Vorstellung benutzte, ins Auto zu laden. Und dann sei *sie* hinausgegangen, dahin zurück, wo sie sich mit ihm habe treffen sollen, und das Auto sei weggewesen, und er sei weggewesen, und seine Requisiten seien quer über die Einfahrt verstreut gewesen.

»*Kleine* Tricks . . .« sagte Hawes.

»Oh, wissen Sie, die Ringe und die Tücher und die Bälle und der Vogelkäfig . . . na ja, all diese Sachen hier. Jimmy kommt mit dem Lieferwagen, um die Kisten und die größeren Sachen abzuholen.«

»Jimmy?«

»Franks Lehrling. Er ist Mädchen für alles, fährt den Lieferwagen überall hin, wo wir auftreten, hilft uns beim Ein- und Ausladen, streicht die Kisten, wenn sie es nötig haben, achtet darauf, daß alle Schnappverschlüsse richtig funktionieren . . . und so weiter.«

»Er hat Sie beide heute hier abgesetzt, ja?«

»Oh, ja.«

»Und hat Ihnen beim Ausladen und allem geholfen?«

»So wie immer.«

»Und blieb während des Auftritts?«

»Nein, ich weiß nicht, wohin er während des Auftritts ging. Wahrscheinlich raus, um einen Happen zu essen. Er wußte, wir würden hier ungefähr um fünf, halb sechs fertig sein.«

»Und wo ist er jetzt? Jimmy?«

»Naja, ich weiß es nicht. Wie spät ist es?«

Hawes sah auf seine Uhr.

Fünf nach sechs«, sagte er.

»Oh, Gott, ich weiß nicht, wo er ist«, sagte Marie. »Normalerweise ist er sehr pünktlich.«

»Wann *waren* Sie hier fertig?« fragte Hawes.

»Wie ich sagte, etwa um Viertel nach fünf.«

»Und Sie zogen sich um . . .«

»Ja. Nun, und Frank tat das auch.«

»Was trägt er auf der Bühne?«

»Schwarze Krawatte und Schwalbenschwanz. Und einen Zylinder.«

»Und was zog er an?«

»Ist das wichtig?«

»Sehr«, sagte Hawes.

»Dann lassen Sie es mich ganz genau beschreiben«, sagte Marie. »Er zog ein Paar weite blaue Hosen und ein blaues, sportliches Hemd an, unifarben, nur schlichtes Blau, und blaue Socken, und schwarze Schuhe, und ein . . . wie nennt man es? Pepita, ist das das Muster? Eine Art kleingezahntes, schwarzes und blaues Muster. Eine Pepita-Sportjacke. Keine Krawatte.«

Hawes war jetzt am schreiben.

»Wie alt ist Ihr Mann?« fragte er.

»Vierunddreißig.«

»Wie groß ist er?«

»Einsachtundsiebzig.«

»Gewicht?«

»Einhundertsiebzig Pfund.«

»Haarfarbe?«

»Schwarz.«

»Augen?«

»Blau.«

»Trägt er eine Brille?«

»Nein.«

»Ist er Weißer?«

»Also, *natürlich*«, sagte Marie.

»Irgendwelche besonderen Merkmale, Narben oder Tätowierungen?«

»Ja, er hat eine Blinddarmnarbe. Und eine Meniskotomienarbe.«

»Was ist das?« fragte Hawes.

»Er hatte einen Skiunfall. Der Knorpel im linken Knie riß. Sie entfernten den Knorpel, der Meniskus heißt. Dort hat er eine Narbe. Am linken Knie.«

»Wie buchstabiert man das?« fragte Hawes. »Meniskotomie?«

»Ich weiß nicht«, sagte Marie.

»Am Telefon sagten Sie mir, daß Sie im angrenzenden Staat wohnen . . .«

»Ja, das stimmt.«

»Wo?«
»Collinsworth.«
»Die Adresse?«
»Eden Lane 604.«
»Apartmentnummer?«
»Es ist ein Einfamilienhaus.«
»Telefonnummer, zuerst die Vorwahl?«
»Nun, ich kann Ihnen Franks Karte geben«, sagte sie, griff in die Umhängetasche und brachte ein Bündel Karten zum Vorschein. Sie nahm eine vom Stapel und gab sie Hawes. Er überflog sie schnell, schrieb beide, die Privat- und die Büronummer, auf seinen Notizblock und steckte die Karte in den Umschlag seines Blocks.
»Haben Sie versucht, zu Hause anzurufen?« fragte er.
»Nein. Warum sollte ich?«
»Sind Sie sicher, daß er nicht ohne Sie nach Hause gefahren ist? Vielleicht dachte er, dieser Jimmy würde Sie abholen.«
»Nein, wir hatten vor, hier in der Stadt zu essen.«
»Also wäre er nicht ohne Sie nach Hause gefahren.«
»Hat er nie getan.«
»Dieser Jimmy . . . wie ist sein Nachname?«
»Brayne.«
»Brain? Wie das im Kopf?«
»Ja, aber mit Ypsilon.«
»B-R-A-Y-N?«
»Mit E am Ende.«
»B-R-A-Y-N-E?«
»Ja.«
»James Brayne.«
»Ja.«
»Und seine Adresse?«
»Er wohnt bei uns.«
»Im gleichen Haus?«
»In einer kleinen Wohnung über der Garage.«
»Und *seine* Telefonnummer?«
»Oh, Gott«, sagte sie, »ich bin nicht sicher, ob ich mich an die erinnere.«
»Naja, versuchen Sie sich zu erinnern«, sagte Hawes, »weil ich denke, wir sollten bei Ihnen anrufen und sehen, ob einer vielleicht zurückgefahren ist.«
»Das würden sie nicht tun«, sagte Marie.

»Vielleicht hat es ein Mißverständnis gegeben«, sagte Hawes. »Vielleicht dachte Jimmy, Ihr Mann würde die Sachen ins Auto laden . . .«

»Nein, die großen Sachen passen nicht ins Auto. Darum haben wir den Lieferwagen.«

»Oder vielleicht dachte Ihr Mann, Sie würden mit Jimmy zurückfahren . . .«

»Ich bin sicher, das dachte er nicht.«

»Was für einen Wagen fährt Ihr Mann?«

»Einen 1984er Citation. Ein zweitüriges Coupé.«

»Farbe?«

»Blau.«

»Kennzeichen?«

»DL 74-3681.«

»Und der Lieferwagen?«

»Ein '79er Ford Econoline.«

»Farbe?«

»Eine Art Beige.«

»Wissen Sie vielleicht das Kennzeichen?«

»RL 68-7210.«

»Auf wessen Namen sind die Fahrzeuge angemeldet?«

»Auf meinen Mann.«

»Beide jenseits des Flusses angemeldet?«

»Ja.«

»Suchen wir ein Telefon, okay?« sagte Hawes.

»Es gibt drin eins«, sagte sie, »aber es hat keinen Sinn anzurufen.«

»Wie können Sie das wissen?«

»Weil Frank seine Sachen nicht in der Einfahrt verstreut hätte. Diese Tricks kosten Geld.«

»Trotzdem versuchen wir anzurufen.«

»Es hat keinen Sinn«, sagte Marie, »ich sage es Ihnen doch.«

Er wählte Sebastianis Privat- und Büronummer, und bei beiden ging niemand ran. Schließlich erinnerte sich Marie an die Nummer im Raum über der Garage, und er wählte auch diese. Nichts.

»Nun«, sagte er, »lassen Sie mich dran arbeiten. Ich werde Sie anrufen, sobald . . .«

»Wie soll ich nach Hause kommen?« fragte Marie.

Sie fragen irnmer, wie sie nach Hause kommen sollen.

»Es gibt Züge, die nach Collinsworth rausfahren, oder nicht?«

»Ja, aber . . .«

»Ich lass' Sie am Bahnhof raus.«

»Was ist mit all den Tricks draußen in der Einfahrt?«

»Vielleicht bekommen wir den Hausmeister dazu, sie irgendwo einzuschließen. Bis Ihr Mann auftaucht.«

»Wie kommen Sie darauf, daß er auftauchen wird?«

»Naja, ich bin sicher, daß es ihm gut geht. Nur ein Mißverständnis, das ist alles.«

»Ich bin nicht sicher, daß ich heute abend nach Hause gehen will«, sagte Marie.

»Nun, Madam . . .«

»Ich glaube, ich möchte . . . könnte ich mit Ihnen zum Polizeirevier kommen? Könnte ich dort warten, bis Sie etwas von Frank hören?«

»Das liegt ganz bei Ihnen, Madam. Aber es könnte einige Zeit dauern, bevor wir . . .«

»Und können Sie mir etwas Geld leihen?« fragte sie.

Er sah sie an.

»Für ein Abendessen?«

Es sah sie immer noch an.

»Ich werde es Ihnen zurückgeben, sobald . . . sobald wir Frank finden. Es tut mir leid, aber ich habe nur ein paar Dollar bei mir. Frank war derjenige, den sie bezahlten, er ist derjenige, der das ganze Geld hat.«

»*Wieviel* Geld, Madam?«

»Naja, gerade genug für einen Hamburger oder so.«

»Ich meinte eigentlich, wieviel Geld Ihr Mann bei sich hat?«

»Oh. Also, wir haben Hundert für den Job bekommen. Und wahrscheinlich hatte er noch etwas in seiner Brieftasche. Ich weiß nicht, wieviel.«

Was einen Raubüberfall ausschließt, dachte Hawes. Obwohl es in dieser Stadt Leute gab, die einem für einen Penny die Kehle durchschnitten. Plötzlich fragte er sich, wieviel Geld er dabei hatte. Es war das erste Mal in seinem Leben, daß ein Opfer ihn um ein Darlehen bat.

»Irgendwie hab' ich auch Hunger«, sagte er. »Versuchen wir den Hausmeister zu finden, und dann gehen wir was essen.«

Monroe wirkte ohne Monoghan verwaist.

Auf der Wanduhr im Spirituosenladen war es 18 Uhr 10.

Er stand hinter der Kasse, wo der Ladenbesitzer vor etwas mehr als einer Stunde erschossen worden war. Die Leiche war bereits weg. Auf dem Boden hinter der Ladentheke waren nur Blut und ein Kreideumriß. Die Kasse war leer.

»Es waren vier«, sagte der Mann, der mit Meyer sprach.

Meyer war gerade Streife in dem Bezirk gefahren, als Sergeant Murchison ihn über Funk erreicht hatte. Er war etwa zehn Minuten, nachdem alles vorüber war, an Ort und Stelle gewesen und hatte sofort per Funk »Tot bei Ankunft« gemeldet. Murchison hatte die Mordkommission informiert, daher war Monroe da, ganz allein, und er sah aus, als habe er seinen Zwillingsbruder verloren. Er trug einen schwarzen Homburg, einen schwarzen Anzug, ein weißes Hemd und eine schwarze Krawatte. Die Hände waren bis auf die Daumen in den Jackentaschen. Er sah aus wie ein trauriger, gepflegter Leichenbestatter. Meyer fragte sich, wo Monoghan war. Meyer stellte sich vor, er wäre, wo immer er war, ganz genauso gekleidet wie Monroe. Selbst wenn er krank im Bett liegen würde, wäre er gekleidet wie Monroe.

Meyer trug eine weite braune Hose, einen braunen Baumwollrollkragenpulli und eine beige Sportjacke. Er glaubte, an diesem Abend sehr flott auszusehen. Mit seiner Glatze und dem kräftigen Körperbau glaubte er, wie Kojak auszusehen, nur besser. Er bedauerte, daß Kojak nicht mehr lief. Er fand immer, daß Kojak glatzköpfigen Cops einen guten Ruf verschafft hatte.

»Kleine Kids«, sagte der Mann.

Es war das dritte Mal, daß er Meyer erzählte, vier kleine Kids hätten den Laden überfallen und den Besitzer erschossen.

»Was meinen Sie mit kleinen Kids?« fragte Monroe, der hinter der Kasse stand.

»Elf, zwölf Jahre alt«, sagte der Mann.

Sein Name war Henry Kirby, und er wohnte in einem Haus weiter oben an der Straße. Er war vielleicht sechzig, fünfundsechzig Jahre alt, ein dünner, grauhaariger Mann, der ein kurzärmeliges, sportliches Hemd und eine zerknitterte weite Polyesterhose trug. Er hatte zuerst Meyer und dann Monroe erzählt, daß er zu dem Laden gekommen sei, um eine Flasche Wein zu kaufen, als er diese kleinen Kids mit Einkaufstaschen und Pistolen habe herausrennen sehen. Monroe konnte es noch immer nicht glauben.

»Sie meinen *Kinder*?« sagte er.

»Kleine Kids, yeah«, sagte Kirby.

»Schüler?«

»Ja, kleine Kids.«

»Präpubertäre Bälger?« fragte Monroe.

Er machte seine Sache gut ohne Monoghan. Ohne Monoghan war er Monoghan und Monroe in einer Person.

»Ja, kleine Kids«, sagte Kirby.

»Was hatten sie an?« fragte Meyer.«

»Lederjacken, Jeans, Turnschuhe und Masken.«

»Was für Masken?« fragte Monroe. »Solche Monstermasken? Solche Gummidinger, die man über den Kopf zieht?«

»Nein, nur so kleine schwarze Masken über den Augen. Wie Räuber sie tragen. Sie waren Räuber, diese Kids.«

»Und Sie sagen, es waren vier?«

»Vier, genau.«

»Rannten mit Einkaufstaschen und Pistolen aus dem Laden?«

»Einkaufstaschen und Pistolen, genau.«

»Was für Pistolen?« fragte Monroe.

»Kleine Pistolen.«

»Wie Zweiundzwanziger?«

»Ich kenn' mich nicht so aus mit Pistolen. Es waren kleine Pistolen.«

»Wie Berettas?«

»Ich kenn' mich nicht so aus mit Pistolen.«

»Wie kleine Brownings?«

»Ich kenn' mich nicht so aus mit Pistolen. Es waren kleine Pistolen.«

»Haben Sie Schüsse gehört, als Sie sich dem Laden näherten?« fragte Meyer.

»Nein, hab' ich nicht. Ich wußte nicht, daß Ralph tot war, bis ich reingegangen bin.«

»Ralph?« sagte Monroe.

»Ralph Adams. Es ist sein Laden. Adams Wine & Spirits. Er ist schon seit zwanzig Jahren an diesem Fleck.«

»Jetzt nicht mehr«, sagte Monroe taktvoll.

»Und wohin gingen diese Kids, als sie aus dem Laden kamen?« fragte Meyer.

Das hört sich nach Fagins kleiner Bande an, dachte er. Die gewitzten Schieber, dieser Haufen. Ein Cop in England, den er kannte, hatte ihm kürzlich geschrieben, seine Kinder feierten dieses Jahr auch dort Halloween – wenn das das Wort dafür sei. Die Kinder der massenweise in England lebenden amerikanischen Beamten hätten diesen Feiertag bei den Briten eingeführt. Genau das brauchen sie, dachte

Meyer. Vielleicht fangen nächstes Jahr zwölfjährige englische Kids damit an, Spirituosenläden zu überfallen.

»Sie sind zu diesem Auto gerannt, das am Bordstein geparkt war«, sagte Kirby.

»Ein Fahrzeug?« sagte Monroe.

»Jawohl, ein Auto.«

»Ein Automobil?«

»Ein Auto, jawohl.«

»Was für ein Auto?«

»Ich kenn' mich nicht so aus mit Autos.«

»War es ein großes oder ein kleines Auto?«

»Ein normales Auto.«

»Ein Chevy oder ein Plymouth?«

»Ich kenn' mich nicht so aus mit Autos.«

»Ein Olds oder ein Buick?«

»Ein normales Auto, das ist alles.«

»Stiegen sie alle in dieses Auto?« fragte Meyer.

»Eins auf den Vordersitz, drei nach hinten.«

»Wer fuhr?«

»Eine Frau.«

»Wie alt war die Frau?«

»Schwer zu sagen.«

»Wie sah sie aus?«

»Es war eine Blondine.«

»Was hatte sie an?«

»Das konnte ich wirklich nicht sehen. Es war dunkel im Auto. Ich konnte sehen, daß es eine Blondine war, aber das ist auch alles.«

»Was war, als die Kids die Türen öffneten?« fragte Monroe. »Ging das Licht nicht an?«

»Jawohl, aber ich hab' nicht bemerkt, was sie anhatte. Ich dachte mir, daß es vielleicht eine Fahrgemeinschaft war, wissen Sie?«

»Wie meinen Sie?«

»Naja, die Kids waren alle ungefähr im gleichen Alter, daher konnten sie nicht alle *ihre* Kids sein, verstehen Sie? Daher dachte ich, daß sie wahrscheinlich nur ihr eigenes Balg und einige Freunde herumfährt. Wegen Halloween, wissen Sie?«

»Sie meinen, die Mutter des Kids war die Fahrerin des Fluchtautos, hä?«

»Na ja . . .«

»Bei einem Raub, hä? Als Fahrerin des Fluchtautos für vier Elfjährige.«

»Oder zwölf«, sagte Kirby. »Elf oder Zwölf.«

»Diese Kids«, sagte Meyer, »waren es lauter Jungen?«

»Sie waren wie Jungen *angezogen*, aber ich könnte das wirklich nicht beschwören. Sie rannten alle so schnell vorbei. Rannten raus aus dem Laden und gleich rein ins Auto.«

»Was dann?« fragte Monroe.

»Das Auto raste los.«

»Haben Sie die Nummer gesehen?«

»Ich kenn' mich nicht so aus mit Nummern«, sagte Kirby.

»Haben Sie die Polizei gerufen?« fragte Meyer.

»Ja, Sir. Ich hab den Notruf in der Minute angerufen, als ich Ralph tot hinter der Kasse liegen sah.«

»Haben Sie dieses Telefon hier benutzt?« fragte Monroe und zeigte auf den Apparat neben der Registrierkasse.

»Nein, Sir. Ich bin raus und hab' die Telefonzelle an der Ecke benutzt.«

»Okay, wir haben Ihren Namen und die Adresse«, sagte Monroe, »wir werden uns mit Ihnen in Verbindung setzen, wenn wir Sie brauchen.«

»Gibt es eine Belohnung?« fragte Kirby.

»Wofür?«

»Ich dachte, es gäbe eine Belohnung.«

»Wir kennen uns nicht so aus mit Belohnungen«, sagte Monroe. »Vielen Dank, wir bleiben in Verbindung.«

Kirby nickte enttäuscht und ging aus dem Laden.

»Halloween ist auch nicht mehr das, was es mal war«, sagte Monroe.

»Du hast dir gerade eine weitere Rückendeckung besorgt«, sagte Kling.

»Nein«, sagte Eileen.

»Was heißt nein? Du gehst in einen der übelsten Bezirke der Stadt . . .«

»Ohne dich«, sagte sie.

». . . um einen Typ zu suchen, der schon gemordet hat . . .«

»Ohne *dich*, Bert.«

»Warum?«

Sie saßen in einem italienischen Restaurant in der Nähe der Calm's

Point Bridge. Es war 18 Uhr 20: Eileen mußte in 40 Minuten im 62. Revier sein. Sie rechnete mit fünf Minuten über die Brücke, weiteren fünf bis zum Revier, genug Zeit, um in Ruhe zu essen. Sie sollte wahrscheinlich nicht essen, naja. Früher dachte sie, hungrig rauszugehen würde ihr einen Vorteil beim Kampf verschaffen. Kannst in Ruhe essen, *nachdem* du den Typ geschnappt hast. Zwei Martinis, nachdem du ihn geschnappt hast, ein Steak und einen Teller Pommes runterschlingen. Nachdem du ihn geschnappt hast. Wenn du ihn geschnappt hast. Manchmal hast du ihn nicht geschnappt. Manchmal hat er dich geschnappt.

Sie trug die Nuttenaufmachung und ihr Schießeisen in einer Einkaufstasche, die links neben ihrem Stuhl auf dem Boden stand. Kling saß ihr gegenüber, die Hände auf der Tischplatte verschränkt, mittlerweile leicht vorgebeugt, das blonde Haar fiel ihm in die Stirn, die Augen blickten durchdringend; er wollte wissen, warum sie heute abend keinen willigen Begleiter brauchte.

»Warum glaubst du wohl?« fragte sie.

Der Koch hatte die Spaghetti zu lange kochen lassen. Sie waren zwar als *al dente* aufgeführt, aber dies war eine jener Spelunken, in der die Küchenhilfe dachte, Al Dente wäre irgendein Typ mit Mafiaverbindungen.

»Ich glaube, du bist verrückt.«

»Danke.«

»Verdammt, wenn ich dir einen Stein in den Weg legen könnte . . .«

»Ich will nicht, daß du mir irgend etwas in den Weg legst. Ich habe einen Typ, der doppelt so groß ist wie du, und eine Frau, die selbst bei einer Revolution den Weg freischießen kann. Das ist alles, was ich brauche. Und mich.«

»Eileen, ich werde dir nicht im Weg sein. Ich will nur . . .«

»Nein.«

»Ich will nur da sein, wenn du mich brauchst.«

»Du verstehst es wirklich nicht, oder?«

»Nein.«

»Du bist nicht nur ein anderer Cop, Bert.«

»Das weiß ich.«

»Du bist mein . . .«

Sie erwog, »Freund« zu sagen, aber das hörte sich wie ein Teenager an. Sie erwog, »Geliebter« zu sagen, aber das hörte sich an, als lebe man entweder mit einer anderen Frau oder einem Eunuchen zusammen. Naja, sie lebten nicht richtig zusammen, nicht in einer Wohnung.

Sie entschloß sich zu dem, was einmal ein psychologischer Fachbegriff gewesen war, jetzt aber als Euphemismus für den Jungen oder das Mädchen, mit dem man ein nichteheliches Verhältnis hatte, zur Umgangssprache gehörte.

»Du bist mein A. I.«, sagte sie.

»Dein was?«

»Anderes Ich.«

»Das will ich hoffen«, sagte Kling. »Deswegen möchte ich . . .«

»Hör zu, bist du schwer von Begriff?« fragte sie. »Ich bin ein Cop, der rausgeht, um seinen Job zu erledigen. Was, zum Teufel, ist mit dir los?«

»Eileen, ich . . .«

»Ja, *was*? Glaubst du nicht, daß ich das alleine ritzen kann?«

Sie hatte einen unglücklichen Ausdruck gewählt.

Ritzen.

Sie sah seinen Gesichtsausdruck.

»Genau das meinte ich«, sagte sie.

»Wovon sprichst du?«

»Ich gehe nicht hin, um mich wieder schneiden zu lassen«, sagte sie, »mach dir darüber keine Sorgen.«

Er sah sie an.

»Diesmal schieße ich, um zu töten«, sagte sie.

Er holte tief Atem.

»Diese Spaghetti schmecken wie ein Badeschwamm«, sagte sie.

»Wann mußt du dort sein?«

»Um sieben.«

Er sah zur Uhr.

»Wo postieren sie dich?«

»In einer Bar namens Larry's. Ecke Fairview, Vierte Ost.«

»Dieser Typ, Shanahan, ist er in Ordnung?«

»Ich hoffe es«, sagte sie und schob ihren Teller beiseite. »Meinst du, wir könnten einen Kaffee bekommen? Und wieso hast du Annie ausgeklammert?«

»Hab' ich nicht . . .«

»Ich würde Annie nicht gegen hundert Shanahans eintauschen.«

»Beruhige dich, Eileen.«

»Ich bin ruhig«, sagte sie eisig. »Ich mag nur dein verdammtes Verhalten nicht. Du willst mich kleinhalten? Beweisen, daß du heute abend dort hingehen und den Job besser machen kannst als ich?«

»Niemand hat gesagt . . .«

»Ich kann den Job machen«, sagte sie.

Er sah ihr in die Augen.

»Ich kann es«, sagte sie.

Er wollte die Teile nicht dort lassen, wo man sie zu leicht gefunden hätte, und gleichzeitig wollte er sie nicht so gut verstecken, daß man sie wochenlang nicht entdecken würde. Das hier war ein kniffliges Unterfangen. Die Teile des Puzzles an verschiedenen Orten zu verstauen, sichergehen, daß er nicht gesehen wurde, während er das Beweismaterial eines blutigen Mordes verstreute.

Das erste Teil warf er hinter ein Restaurant an der Culver, Nähe Sechste, in der Annahme, daß sie mehr Müll hinausschaffen würden, sobald sie heute abend geschlossen hätten; in der Hoffnung, daß sie den Torso dann entdecken und unverzüglich die Polizei rufen würden. Er wollte die einzelnen Teile nicht an Orten deponieren, die zu weit auseinanderlagen, weil dies eine streng lokale Angelegenheit bleiben sollte, ein Gebiet, ein Revier, *dieses* Revier. Zugleich konnte er nicht riskieren, daß irgend jemand eines dieser Teile zu schnell fand und sich die Polizei überall in der Gegend herumtrieb und dadurch seine Arbeit erschwerte.

Er wollte, daß sie sie in kurzer Zeit zusammensetzen konnten. Zwei, drei Tage höchstens, je nachdem, wie lange sie brauchten, die Teile zu finden und zu identifizieren.

Bis dahin würde er weg sein, weit weg.

Er fuhr jetzt planlos durch die Straßen, langsam, erwartungsvoll.

Die anderen Körperteile – Kopf, Hände, Arme, unterer Torso – lagen auf einer Wagenplane im Kofferraum.

Noch mehr verdammte Kids auf den Straßen heute abend.

Bisher waren nur die Kleinen draußen. In ungefähr einer Stunde würden die streitsuchenden Teenybopper unterwegs sein, und am späten Abend die älteren Teenager, die, die *wirklich* auf Ärger aus waren. Werft eine Mülltonne um, findet eine Arm darin! Wie gefällt euch das, Jungs?

Er lächelte.

Polizeiwagen weiter vorn, vor einem Spirituosenladen.

Glatzköpfiger Typ kommt an den Bordstein, untersucht den Bürgersteig und dann die Straße.

Ärger.

»Aber nicht *sein* Ärger.

Er fuhr daran vorbei.

Steuerte Richtung Stem, bog rechts ab und musterte die Ladenfront. Kids schwirrten überall auf der Avenue herum, Zoff oder Zukker, Zoff oder Zucker. Dort rechts ein China-Restaurant. An der Ecke ein durchgehend geöffneter Supermarkt. Perfekt, wenn es dort eine Seiteneinfahrt gab. Einbahnstraße, er müßte daran vorbeifahren, an der nächsten Ecke rechts abbiegen und dann wieder rechts auf die Culver, sie von dort aus angehen.

An der nächsten Ecke hielt er an der roten Ampel, wollte nicht wegen einer beschissenen Ordnungswidrigkeit von einem übereifrigen Streifenpolizisten angehalten werden. Bog rechts ab. Noch eine Ampel an der Culver. Wartete darauf, daß sie umschaltete. Bog in die Culver ab, fuhr einen Block weiter, bog wieder rechts ab, in die Einbahnstraße. Fuhr sie langsam entlang. Gut! Eine Durchfahrt zwischen Supermarkt und Mietshaus. Er fuhr daran vorbei und machte den ganzen Weg ein zweites Mal. Ein Kerl in Schürze stand genau in der Einmündung und zündete sich eine Zigarette an. Er fuhr wieder vorbei. Und wieder. Und wieder und wieder, bis Durchfahrt und Bürgersteig leer waren. Er bog links in die Durchfahrt ab.

Drehte den Zündschlüssel herum, zog ihn ruckartig heraus. Ging um das Auto herum. Schloß den Kofferraum auf. Zerrte schnell einen der Arme heraus. Schloß erleichtert den Kofferraum. Ging rasch zur nächsten Mülltonne. Hob den Deckel. Ließ den Arm hineinfallen. Legte den Deckel wieder leicht schräg auf die Tonne. Ging zum Auto zurück, startete und stieß langsam rückwärts aus der Durchfahrt auf die Straße.

Zwei weniger, dachte er.

3

Die Polizeireviere in dieser Stadt sahen alle gleich aus. Selbst die neueren ähnelten nach einiger Zeit den älteren. Zwei grüne Kugeln auf beiden Seiten der Eingangstreppe, davor ein Wachmann, für den Fall, daß jemand auf die Idee kommen sollte, mit einer Bombe hineinzugehen. Weiße Ziffern prangten auf jeder Kugel: 72. Nur die Ziffern waren austauschbar. Alles andere war gleich. Eileen hätte auch jenseits des Flusses sein können, oben im Siebenundachtzigsten.

Zerkratzte Eingangstüren aus Holz, die obere Hälfte verglast. Unmittelbar hinter der Tür befand sich der Empfangsraum. Ein hohes Pult auf der rechten Seite, das wie eine Richterbank aussah, etwa einen halben Meter davor ein ebenso breites, hüfthohes Messinggeländer. Dahinter saß ein Sergeant. An der Wand hinter ihm Fotografien des Bürgermeisters und des Polizeichefs sowie ein Plakat mit den Verfahrensklauseln nach Miranda-Escobedo in Englisch und Spanisch. An der gegenüberliegenden Wand eine große amerikanische Flagge. Steckbriefe auf dem Anschlagbrett darunter. Sie hielt dem Sergeant kurz ihre Plakette unter die Nase, der bloß nickte, und steuerte auf die eisenbeschlagenen Stufen am hinteren Ende des Raumes zu.

Ein Regal voller Walkie-talkies stand dort an der Wand, jedes einzelne mit der Aufschrift *Eigentum des 72. Polizeireviers* versehen. Eine Treppe führte hinab zu den Arrestzellen im Keller und, wie ein von Hand in Druckschrift gefertigtes Schild anzeigte, hinauf zur Detective Division, der Kriminalabteilung, im ersten Stock. Eileen stieg die Treppe hoch, zu deren beiden Seiten sich apfelgrüne Wände mit abgegriffenem Anstrich und abblätternder Farbe befanden. Sie trug praktische flache Straßenschuhe, eine Strickjacke über einer weißen Baumwollbluse und einen braunen Wollrock. Die Nuttenausstattung war, zusammen mit dem Schießeisen, noch immer in ihrer Einkaufstasche.

Sie ging den Gang entlang, vorbei am Vernehmungszimmer, an der Schreibstube, den Herren- und Damentoiletten, den Umkleideräumen, durch einen breiten Eingang und dann in Richtung der Holzschwingtür, die das Geländer unterteilte, an das grüne, metallene Aktenschränke gestellt waren. Blieb an der Tür stehen. Hielt dem am nächstbesten Schreibtisch sitzenden Typen wieder die Hundemarke unter die Nase.

»Eileen Burke«, sagte sie. »Ich such' Shanahan.«

»Sie haben ihn gefunden«, sagte Shanahan, stand auf und kam mit ausgestreckter Hand um den Schreibtisch. Er war nicht so groß, wie Annie ihn beschrieben hatte, etwa einsachtzig, vielleicht einhundertundsiebzig, einhundertundachtzig Pfund schwer. Eileen wünschte, er wäre größer. Schwarze Haare und blaue Augen, breites Grinsen; jemanden wie ihn nannte Eileens Vater gewöhnlich einen schwarzen Iren. »Mike«, sagte er und drückte fest ihre Hand. »Freut mich, Sie dabeizuhaben. Treten Sie ein, möchten Sie Kaffee?«

»Klingt gut«, sagte sie und folgte ihm durch die Tür im Geländer zu seinem Schreibtisch. »Mit Milch und einem Stück Zucker.«

»Kommt sofort«, sagte er und holte eine Glaskanne mit Wasser, die auf einer Warmhalteplatte stand. »Wir haben nur Pulverkaffee«, sagte er, »und dieses Trockenmilchzeug, aber der Zucker ist echt.«

»Reicht völlig«, sagte sie.

Er löffelte Kaffee und Milchpulver in eine Tasse, goß heißes Wasser darüber, löffelte mit demselben weißen Plastiklöffel Zucker hinein, rührte um und brachte die Tasse dann zu seinem Schreibtisch. Sie stand noch immer.

»Setzen Sie sich, setzen Sie sich«, sagte er. »Ich klingle Lou an und sag' ihm, daß Sie da sind.«

Er sah hinauf zur Uhr.

»18 Uhr 50.

»Ich dachte, Sie und Annie würden zusammen rüberkommen«, sagte er und nahm den Hörer ab. »Annie ist in Ordnung, ich habe mit ihr beim Raubdezernat gearbeitet.« Er drückte auf einen Knopf im unteren Bereich des Telefons, wartete und sagte dann: »Lou? Eileen Burke ist hier, kommst du rüber?« Er lauschte. »Nein, noch nicht.« Er sah wieder auf die Uhr. »Hm«, sagte er. »Okay, na gut.« Er legte den Hörer wieder auf die Gabel. »Er wird gleich hier sein«, sagte er zu Eileen. »Er ist unten im Archiv, dachte sich, Sie wollen vielleicht einen Blick in die Akte werfen. Wir haben ständig an dem Fall gearbeitet, Lou und ich, sind aber auf keine heiße Spur gestoßen. Darum hat man uns die Mordkommission auf den Hals gehetzt, hm?«

Schweigend registrierte sie seine letzte Bemerkung. Sie wollte keine Rückendeckung durch jemanden, der wegen des Eingreifens der Mordkommission schmollte. Manche Cops behandelten einen schwierigen Fall wie ein krankes Kind. Verhätscheln ihn, messen alle zehn Minuten die Temperatur, wechseln die Laken, bringen die heiße Hühnersuppe. Kommt jemand zu nahe, heißt es, Vorsicht. Sie hoffte, daß es hier anders war. Sie wünschte, das 72. Revier hätte um Unterstützung *gebeten*, anstatt sie aufgedrängt zu bekommen.

»Wie ist der Kaffee?« fragte Shanahan.

Sie hatte ihn noch nicht angerührt. Jetzt hob sie die Tasse. Alle Kaffeetassen in Mannschaftsräumen sahen gleich aus. Schmutzig. In manchen Mannschaftsräumen hatten die Detectives ihre Initialen auf die Becher gemalt, damit sie den einen schmutzigen Becher vom anderen unterscheiden konnten. Sie nippte am Kaffee. Am Rand des Bechers war der Abdruck ihres Lippenstiftes zu sehen. Wahrscheinlich würde er noch in einem Monat dort sein.

»Okay?« sagte er.

»Ja, in Ordnung«, sagte sie.

»Ah, da ist Lou«, sagte er und schaute über ihre Schulter in Richtung Geländer. Sie drehte sich gerade rechtzeitig auf dem Stuhl um, so daß sie einen schmächtigen Mann mit olivbraunem Teint durch die Tür kommen sah. Ein kleiner Schnurrbart unter der Nase. Dicker Aktenordner in der rechten Hand. Einsachtzig, schätzte sie. Bewegte sich wie ein Torero, schmale Schultern und Hüften, feine Hände. Aber man konnte ja nie wissen. Hal Williams vom 87. Revier war nur einsfünfundsiebzig und konnte jeden miesen Dieb in drei Sekunden zu Boden schicken.

»Burke?« sagte er. »Schön, Sie zu sehen.« Nicht die Spur eines Akzents, Amerikaner in zweiter oder dritter Generation, vermutete sie. Er streckte ihr die Hand entgegen. Lockerer, schneller Händedruck, kaum merkliche Berührung. Kein Lächeln im Gesicht. »Lou Alvarez«, sagte er. »Freut mich, Sie hier zu haben, wir können Hilfe brauchen.«

Party-Manieren? Oder ein aufrichtiges Willkommen. Sie wünschte, sie wüßte es. Schließlich war sie es, die heute nacht da draußen ihren Arsch hinhalten mußte.

»Hier hab' ich die Akte«, sagte er, »vielleicht möchten Sie einen Blick drauf werfen, während wir auf Rawles warten.« Er sah zur Uhr. Nur noch fünf Minuten vor sieben, aber er nickte mürrisch. War dies ein Symptom dafür, daß er dachte, alle Frauen kämen gewöhnlich zu spät? Eileen nahm ihm den Aktenordner ab.

»Sie können die Fotos überspringen«, sagte er.

»Warum?«

Alvarez zuckte mit den Schultern.

»Tun Sie, was Sie wollen«, sagte er.

Sie sah sich die Fotos an, als Annie hereinkam.

»Hallo«, sagte Annie und blickte flüchtig zur Uhr hinauf.

Punkt sieben.

»Hallo, Mike«, sagte sie, »wie fühlt sich das Chamäleon zur Zeit?«

»Comme çi, comme ça«, sagte Shanahan und schüttelte ihr die Hand.

Wir haben ihn immer das Chamäleon genannt«, erklärte sie Eileen, sagte dann: »Annie Rawles«, und hielt Alvarez die Hand hin.

»Lou Alvarez.«

Er gab ihr die Hand. Es schien ihm unangenehm zu sein, Frauen die Hand zu geben. Plötzlich war Eileen froh, daß sie heute nacht mit Shanahan dort draußen sein würde.

»Warum das Chamäleon?« fragte sie.

»Der Mann mit den tausend Gesichtern«, sagte Annie und sah auf die Fotos in Eileens Hand. »Nett«, sagte sie und schnitt eine Grimasse.

»Vergiß die Bilder«, sagte Alvarez, »die Bilder sagen nichts. Wir haben in der Akte die Aussagen von einigen Mädchen, die in der Zone arbeiten und die geben uns ein ziemlich klares Bild des Gesuchten. Von Anfang an hat die Mordkommission Druck auf uns ausgeübt. Alles nur, weil der Bürgermeister in der Presse eine große Sache aus der Säuberung der Zone gemacht hat. Also schiebt die Mordkommission alles auf uns ab. Wenn Sie uns helfen, diesen Fall abzuschließen«, sagte er zu Eileen, »werde ich Ihnen persönlich einen Orden verleihen. Eigenhändig aus Bronze gegossen.«

»Ich hatte auf Gold gehofft«, sagtc Eileen.

»Sie sollten sich lieber noch die anderen Bilder ansehen«, sagte Shanahan.

»Die muß sie sich nicht ansehen«, sagte Alvarez.

»Welche?« fragte Eileen.

»Versuchst du ihr angst zu machen?«

»Ich versuche sie vorzubereiten.«

»Sie muß sich die Bilder nicht ansehen«, sagte Alvarez.

Aber Eileen hatte sie schon gefunden.

Auf den ersten Fotos sah man zerschlitzte Gesichter, durchschnittene Kehlen.

Auf diesen hier sah man die Verstümmelungen darunter.

»Hat das Messer oben und unten benutzt«, sagte Shanahan.

»Aha«, sagte Eileen.

»Hat sich das erste Mädchen in einem Hauseingang zwei Straßen von der Bar entfernt gegriffen.«

»Aha.«

»Das zweite in einer Durchfahrt in der Neunten Ost. Das letzte auf der Canalside.«

»Aha.«

»Was ich damit sagen will, ist, passen Sie auf sich auf«, warnte Shanahan.

»Das hier ist kein harmloser Irrer, der alte Damen im Park erschreckt. Das ist ein verdammtes Tier, und er meint es ernst. Bekommen Sie auch nur das kleinste bißchen Ärger, dann schreien Sie. Ich bin in Nullkommanichts da.«

»Ich brülle, was das Zeug hält«, sagte Eileen.

»Gut. Wir wollen hier nicht irgendwas beweisen, wir wollen diesen Kerl bloß schnappen.«

»Ich bin derjenige, der ihn schnappt«, sagte Alvarez, »ich kriege ihn an den Eiern.«

Eileen sah ihn an.

»Was haben die anderen Mädchen erzählt?« fragte Annie.

Sie wollte nicht, daß sich Eileen noch länger die Bilder ansah. Einmal beim Schönheitschirurgen war schon einmal zuviel. Sie nahm sie ihr aus der Hand, sah sie nur kurz an und steckte sie dann wieder in die Akte. Eileen blickte fragend zu ihr auf. Aber Alvarez redete bereits.

»Sie sind mit der Canal-Zone vertraut, Sie kennen die meisten Mädchen, die auf der Straße arbeiten«, sagte er. »Ein Wagen hält an, ein Mädchen lehnt sich ins Fenster. Sie einigen sich auf einen Preis, und sie macht ihren Job, während der Freier um den Block fährt. Bist du nicht auf den Mund gefallen, kommst du ran, so läuft das. Aber es gibt in der Nähe der Docks eine Bar, in der man Nutten der etwas gehobeneren Klasse antrifft. Jedenfalls verhältnismäßig. Nicht eines dieser Mädchen ist eine Klassestute.«

»Was ist mit dieser Bar?« sagte Annie.

»Sie heißt Larry's und ist an der Fairview, Ecke Vierte Ost. Die Mädchen, die auf dem Autostrich arbeiten, gehen hin und wieder rein, setzen sich in der Toilette einen Schuß, richten sich wieder her, was zu tun ist. Aber es gibt da auch ein paar jüngere und hübschere Mädchen, die dort rumhängen und Freier suchen. Wenn auch nur verhältnismäßig. Die Mädchen draußen auf dem Fleischbeschau kriegen fünf Scheine, wenn sie dir einen runterholen, und zehn fürs Blasen. Die, die in der Bar arbeiten, kriegen das Doppelte.

»Die Sache ist«, sagte Shanahan, »die drei Mädchen, die er kaltgemacht hat, arbeiteten in der Bar.«

»Also postiert ihr mich dort«, sagte Eileen.

»Ist einfach sicherer«, sagte Alvarez.

»Ich bin nicht auf Sicherheit aus«, sagte sie widerborstig.

»Nein, und Sie sind auch keine echte Nutte«, sagte Alvarez, seinerseits widerborstig. »Sie stehen dort auf der Straße, weisen einen Freier nach dem anderen ab, und die anderen Mädchen erkennen Sie innerhalb einer Minute als Schnüffler. Sie stehen dort völlig alleine, noch bevor die Nacht zehn Minuten alt ist.«

»Okay«, sagte sie.

»Ich will diesen Typ«, sagte er.

»Ich auch.«

»Nicht so, wie ich ihn will. Ich habe eine Tochter, die so alt ist wie das kleine Mädchen hier«, sagte er und tippte mit dem Finger auf die Akte.

»Okay«, sagte Eileen wieder.

»Wenn Sie in der Bar arbeiten«, sagte Alvarez, »haben Sie die Chance, die Sache in den Griff zu kriegen. Sind Sie schon mal als Nutte aufgetreten?«

»Ja.«

»Okay, also brauche ich Ihnen nicht zu sagen, wie Sie den Job zu machen haben.«

»Das ist richtig, das brauchen Sie nicht.«

»Aber es gibt dort unten in der Zone ein paar miese Gestalten, und nicht jeder versucht Sie aufzuschlitzen. Sie müssen auf jeden Fall sehr vorsichtig sein. Das ist kein Zuckerschlecken.

»Das war es noch nie«, sagte Eileen.

Sie starrten einander an.

»Was haben sie über ihn gesagt?« mischte sich Annie ein.

»Was?« sagte Alvarez.

Immer noch wütend. Nahm an, das Morddezernat hätte ihm einen Amateur geschickt. Nahm an, sie würde umfallen wie ein Grashalm. Du und deine Tochter können mich mal, dachte Eileen. Ich kenne meinen Job. Und es ist immer noch *mein* Arsch da draußen.

»Die Mädchen, mit denen ihr gesprochen habt«, sagte Annie. »Was haben die gesagt?«

»Was?«

»Über den Typ, meint sie«, sagte Shanahan. »Das ist kein Vergnügen, Annie, vielleicht sind es bloß verängstigte Nutten, aber sie haben allen Grund dazu. Sie erinnern sich, daß in jeder Mordnacht ein Typ an der Bar saß. Er trank mit den Opfern. Den dreien, die er kaltgemacht hat. Der gleiche Typ an drei verschiedenen Freitagabenden. Großer, blonder Typ, einsfünfundachtzig, einsneunzig, etwa neunzig Kilo schwer, jedesmal anders angezogen, paßt aber nahtlos zu der Gesellschaft im Laden.«

»Heißt was?«

»Heißt Freitagabendgesocks. Kein einziger feiner Pinkel hält dort Ausschau nach was Aufregendem.«

»Gibt es das?« fragte Eileen.

»Hin und wieder«, sagte Shanahan. »Sie halten sich nicht lange in der Zone. Die Nutten dort sind nicht die einzigen Raubtiere. Aber dieser Typ sieht aus wie ein Seemann auf Landurlaub. Was natürlich nicht bedeutet, daß er es unbedingt *ist*.«

»Noch etwas, was wir über ihn wissen sollten?«

»Yeah, er hielt sie bei Laune.«

»Was meinen Sie?«

»Erzählte ihnen ständig Witze.«

Eileen sah ihn an.

»Yeah, ich weiß, was Sie denken«, sagte Shanahan. »Ein Witzbold mit einem Messer.«

»Noch etwas?«

»Er trägt eine Brille«, sagte Alvarez.

»Eines der Mädchen glaubt, eine Tätowierung auf seiner rechten Hand gesehen zu haben. Am Daumen. Sie ist die einzige, die das erwähnt hat.«

»Was für eine Tätowierung?«

»Sie konnte sich nicht erinnern.«

»Mit wie vielen Mädchen haben Sie gesprochen?«

»Insgesamt mit vier *Dutzend*«, sagte Alvarez, »aber nur zwei von ihnen haben uns einen Hinweis gegeben.«

»Wann war das?« fragte Annie. »Als sie ihn mit den Opfern in der Bar sahen?«

»Unterschiedlich. Frühestens um neun, spätestens um zwei Uhr morgens.«

»Wird 'ne lange Nacht«, sagte Annie und seufzte.

Shanahan sah zur Uhr hinauf.

»Wir sollten unsere Strategie ausarbeiten«, sagte er. »Damit wir reagieren können, wenn er agiert. Wenn er Eileen erst mal hat . . .«

Er ließ den Satz offen.

Das Ticken der Uhr durchbrach die Stille im Mannschaftsraum.

»Kennt man Sie unten in der Zone?« fragte Eileen.

Shanahan sah sie an.

»Kennt man Sie?«

»Ja, aber . . .«

»Was, zum Teufel . . .?«

»Ich werde . . .«

»Was taugt eine Rückendeckung, die . . .?«

»Sie werden mich nicht wiedererkennen, machen Sie sich keine Sorgen.«

»Nein? Was sagt der Barkeeper, wenn Sie reinkommen? Hallo, Detektive Shanahan?«

»Jede Wette, daß Sie mich nicht wiedererkennen, wenn ich reinkomme«, sagte Shanahan.

»Darauf solltest du nicht wetten«, sagte Annie.

»Werde ich Sie erkennen, wenn ich schreien muß?«

»Dann werden Sie mich erkennen. Weil ich da sein werde.«

»Sie sind dabei«, sagte Eileen. »Aber wenn ich Sie erkenne, geh' ich sofort nach Hause. Ich gehe dort raus und gehe sofort nach Hause. Verstanden?«

»Das würde ich auch machen. Aber Sie werden mich nicht erkennen.«

»Ich hoffe nicht. Ich hoffe, ich verliere die Wette.«

»Das wirst du«, versprach Annie.

»Hat mir nicht gefallen, daß du ihn erschossen hast«, sagte die Blondine am Steuer des Kombis. »Das war absolut nicht notwendig, Alice.«

Alice sagte nichts.

»Man schießt mit der Pistole in die Luft, um sie zu erschrecken, damit sie wissen, daß man es ernst meint, das ist alles. Wenn der Mann, auf den du geschossen hast, tot ist, könnte die Nacht für uns ruiniert sein.«

Alice sagte noch immer nichts.

»Das Gute daran ist«, sagte die Blondine, »daß sie nie erwarten, daß der Blitz in der gleichen Nacht zweimal einschlägt. Hört ihr zu, meine Kleinen?«

Keines der Kinder sagte ein Wort.

Die Digitaluhr am Amaturenbrett zeigte 19:04 Uhr.

»Sie glauben, man macht einen Überfall, geht nach Hause und legt sich ein Weilchen hin. Das ist die gute Seite. Spielen wir unsere Karten heute nacht richtig aus, gehen wir locker mit vierzig Riesen nach Hause. Ich meine, ein Freitagabend? Eure Spirituosenläden sind offen, einige davon bis Mitternacht, die Leute decken sich fürs Wochenende ein. Jede Menge Kohle, Kinder, wir brauchen sie uns nur noch zu nehmen. Nicht mehr auf Leute schießen, habt ihr das verstanden?«

Die Kinder sagten nichts.

Die Augen hinter den Masken bewegten sich schnell hin und her, beobachteten beide Seiten der Avenue. Durch die Schlitze in den Masken wirkten alle Augen orientalisch, selbst die blauen.

»Besonders du, Alice. Hörst du mich?«

Alice nickte steif.

»Da ist er«, sagte die Blondine, »Nummer zwei«, und sie steuerte den Kombi an den Bordstein.

Der Spirituosenladen war hell erleuchtet.

Die Beschriftung auf dem verspiegelten Fenster lautete FAMOUS BRANDS WINE & WHISKEY.

»Viel Spaß, Kinder«, sagte die Blondine.

Die Kinder sprangen aus dem Wagen.

»Zoff oder Zucker, Zoff oder Zucker!« schrien sie schrill auf eine alte Frau ein, die aus dem Spirituosenladen kam.

Die alte Frau kicherte.

»Wie *niedlich*!« sagte sie vor sich hin.

Im Laden waren die Kinder nicht mehr so niedlich.

Der Inhaber stand mit dem Rücken zu ihnen und holte eine Zweiliterflasche Johnny Walker Red herunter.

Alice erschoß ihn sofort.

Der dreißigjährige Geschäftsführer, der vor dem Tresen stand, schrie.

Sie erschoß auch ihn.

Die Kinder räumten die Ladenkasse in weniger als zwölf Sekunden aus. Eines nahm eine Flasche Canadian Club aus dem Regal. Dann rannten sie wieder aus dem Laden, kichernd und schrill schreiend, »Zoff oder Zucker, Zoff oder Zucker!«

»Hallo, Peaches?« sagte der Mann am Telefon.

»Ja?«

»Ich habe den ganzen Tag versucht, Sie zu erreichen. Meine Sekretärin hat Ihre Nummer hinterlassen, aber sie hat nicht gesagt, bei welcher Agentur Sie sind.«

»Agentur?«

»Ja. Hier ist Phil Hendricks von Camera Works. Wir machen nächste Woche ein paar Aufnahmen, und meine Sekretärin dachte, sie könnten die Richtige für den Job sein. Wie alt sind Sie, Peaches?«

»Neunundvierzig«, sagte sie ohne Zögern. Schwindelte ein bißchen. Beschwindelte ihn um elf Jahre, aber wer zählte schon nach?

»Das ist bestens«, sagte er, »diese Aufnahmen sind für den Sears Katalog, ein halbes Dutzend reifer Frauen führen Hauskleider vor. Wenn Sie mir den Namen Ihrer Agentur geben, rufe ich morgen dort an.«

»Ich habe keine Agentur«, sagte Peaches.

»Sie haben keine? Nun, das ist seltsam. Ich meine . . . nun, wie lange führen Sie schon vor?«

»Ich bin kein Modell«, sagte Peaches.

»Sind Sie nicht? Wie kommt dann meine Sektretärin ...?«
Es entstand ein langes, verwirrtes Schweigen.

»Sie *sind* Peaches Muldoon, nicht wahr?« sagte er.

»Ja«, sagte sie, »aber ich habe nie ...«

»349-4040?«

»Das ist die Nummer. Aber Ihre Sekretärin muß ...«

»Na ja, hier sind Ihr Name und Ihre Nummer in ihrer Handschrift«, sagte er. »Aber Sie sagen, Sie sind kein Modell?«

»Nein, ich bin Schwester.«

»Was?«

»Krankenschwester.«

»Wie hat sie dann ...«?«

Wieder verwirrtes Schweigen.

»Haben Sie je daran *gedacht*, als Modell zu arbeiten?«

»Na ja ... nicht ernsthaft.«

»Haben Sie vielleicht mal jemandem gegenüber erwähnt, daß Sie Arbeit als Modell suchen, und meine Sekretärin hat das dann irgendwie mitbekommen? Nur so kann ich mir das vorstellen.«

»Wie heißt Ihre Sekretärin?«

»Linda. Linda Greeley.«

»Nein, ich kenne niemanden mit diesem Namen.«

»*Haben* Sie irgend jemandem erzählt, daß Sie vielleicht an einer Arbeit als Modell interessiert wären?«

»Na ja ... wissen Sie ... die Leute sagen mir immer, ich sollte es versuchen. Aber Sie wissen ja, wie die Leute reden.« Ich nehme sie nie ernst. Ich meine, ich bin kein Kind mehr, wissen Sie.«

»Na ja, neunundvierzig ist nicht gerade *uralt*«, sagte er und lachte.

»Na ja, ich glaube nicht. Aber die Leute versuchen einem zu schmeicheln, wissen Sie. Ich bin wirklich nicht hübsch genug dafür. Es gibt einen bestimmten Typ, wissen Sie. Als Modell.«

»Was für ein Typ *sind* Sie, Peaches?« fragte er.

»Na ja, ich weiß nicht, wie ich das beantworten soll.«

»Na ja, wie groß sind Sie, zum Beispiel?«

»Einsfünfundsiebzig«, sagte sie.

»Wieviel wiegen Sie?«

»Ich könnte etwas abnehmen«, sagte sie, »glauben Sie mir.«

»Na ja, vermutlich gibt es auf der ganzen Welt keine Frau, die nicht denkt, sie müßte etwas abnehmen. Wieviel *wiegen* Sie, Peaches?«

»Hundertzwanzig«, sagte sie. Und schwindelte ein bißchen. Na ja, beschwindelte ihn um zehn Pfund. Na ja, eigentlich um zwanzig Pfund.

»Das würde ich nicht gerade *fettleibig* nennen«, sagte er. »Einsfünfundsiebzig, einhundertzwanzig Pfund.«

»Na ja, sagen wir, ich bin . . . naja . . . zaftik, denke ich.«

»Sind Sie Jüdin, Peaches?«

»Was?«

»Zaftik ist ein jiddischer Ausdruck«, sagte er. »Aber Muldoon ist nicht jüdisch, nicht wahr?«

»Nein, nein. Ich bin Irin.«

»Rothaarig, wette ich.«

»Wie haben Sie das erraten?« fragte sie und lachte.

»Und ist das nicht ein schwacher Südstaatenakzent, den ich da heraushöre?«

»Ich stamme aus Tennessee. Ich hätte nicht gedacht, daß man es noch merkt.«

»Oh, nur eine Spur. Darum hört sich ›zaftik‹ aus Ihrem Mund auch so merkwürdig an«, sagte er. »Na ja, ich finde es schade, daß Sie kein Modell sind, Peaches, wirklich. Wir bezahlen 125 die Stunde, und wir fotografieren für etwa zwei Dutzend Seiten, da wäre ganz schön was zusammengekommen. Arbeiten Sie ganztags als Krankenschwester?«

»Nein, ich mache meistens Hausbesuche.«

»Dann hätten Sie vielleicht Zeit, um . . .«

Er zögerte.

»Aber wenn Sie keine Erfahrung haben . . .«

Er zögerte wieder.

»Ich weiß einfach nicht«, sagte er. »Wissen Sie, wir suchen Frauen, die reif genug sind, um als Durchschnittshausfrauen akzeptiert zu werden. Wir fotografieren keinen Glitzerfummel, keine sexy Damenunterwäsche, nichts in der Art. Überhaupt . . . na ja, ich weiß wirklich nicht. Aber Ihre Unerfahrenheit könnte ein Plus sein. Wenn Sie sagen, Sie sind ein zaftiker Typ, meinen Sie nicht . . . na ja, Sie sehen nicht *zu* glamourös aus, oder?«

»Ich würde nicht sagen, daß ich glamourös aussehe, nein. Ich bin neunundvierzig, wissen Sie.«

»Na ja, wie alt ist Sophia Loren? Sie ist um die fünfzig, nicht wahr? Und sie sieht auf jeden Fall glamourös aus. Was ich damit sagen will: Wir suchen hier keine Sophia Loren. Können Sie sich Sophia Loren in einem Hauskleid vorstellen?« sagte er und lachte wieder. »Ich schreibe mir nur kurz Ihre Maße auf, okay? Ich werde das morgen früh mit der Werbeagentur besprechen, wer weiß? Sie sagten einsfünfundsiebzig . . .«

»Ja.«

»Einhundertfünfundzwanzig Pfund.«

»Ja.«

»Wie sind Ihre anderen Maße, Peaches? Brustumfang zuerst.«

»Zweiundachtzig C.«

»Gut, wir wollen niemanden, der zu, na ja . . . es gibt diese sogenannten *reifen* Modelle mit großem, aber schlaffem Busen. Ihrer ist nicht schlaff, oder?«

»Oh, nein.«

»Und Ihr Taillenumfang, Peaches?«

»Sechsundsiebzig.«

»Und Ihre Hüften?«

»Zweiundachtzig.«

»Das hört sich sehr gut an«, sagte er. »Sind Ihre Brüste fest?« fragte er.

»Was?«

»Ihre Brüste. Entschuldigen Sie, aber ich weiß, die Werbeagentur wird das wissen wollen. Sie hatten so viele sogenannte reife Modelle, die mit Brüsten ankamen, die ihnen bis auf die Knie hingen. Sie sind etwas übervorsichtig geworden. Sind Ihre Brüste gut und fest?«

Peaches zögerte.

»Wie war doch gleich Ihr Name?« fragte sie.

»Phil Hendricks. Von Camera Works. Wir sind eine professionelle Fotoagentur, hier unten an der Hall Avenue.«

»Könnte ich Ihre Telefonnummer haben, bitte?«

»Sicher. Sie lautet 847-3300.«

»Und das ist für den Sears-Katalog?«

»Ja, wir fangen am Montagmorgen an zu fotografieren. Wir haben bereits zwei Frauen engagiert, beide Ende Vierzig, guter, fester Körperbau, eine von ihnen war übrigens Modell für Damenunterwäsche. Tun Sie mir einen Gefallen, ja, Peaches?«

»Was für einen?« sagte sie.

»Ist dort im Raum ein Spiegel?«

»Ja.«

»Reicht das Telefon bis dort hin? Dort, wo der Spiegel ist?«

»Na ja, er ist gleich hier an der Wand.«

»Stehen Sie auf, Peaches, und sehen Sie sich im Spiegel an.«

»Warum sollte ich?«

»Weil ich eine objektive Beschreibung will. Was haben Sie gerade an, Peaches?«

»Bluse und Rock.«

»Tragen Sie Schuhe?«

»Ja.«

»Und einen BH? Tragen Sie einen BH, Peaches?«

»Hören Sie, dieses Gespräch macht mich etwas nervös«, sagte sie.

»Ich möchte Ihre objektive Beschreibung, Peaches.«

»Wovon?«

»Ob Ihre Brüste gut und fest sind. Können Sie sich im Spiegel sehen, Peaches?«

»Hören Sie, das macht mich wirklich *sehr* nervös«, sagte sie.

»Ziehen Sie Ihre Bluse aus, Peaches. Schauen Sie sich im BH an, und sagen Sie mir ...«

Sie legte auf.

Ihr Herz klopfte.

Ein Trick, dachte sie. Er hat mich ausgetrickst! Wie konnte ich so dumm sein? Weiter mit ihm zu *sprechen*! Weiter seinen Verlockungen zu *glauben*! Habe ihm alle Antworten gegeben, die er ...

Wieso wußte er meinen Vornamen?

Ich bin als P. Muldoon eingetragen, wieso wußte er ...?

Der Anrufbeantworter. Hallo, hier ist Peaches, ich bin gerade nicht zu erreichen. Natürlich. Hat gesagt, er hätte den ganzen Tag versucht, mich zu erreichen. Hallo, hier ist Peaches, ich bin gerade nicht zu erreichen. Hat Muldoon und die Nummer aus dem Telefonbuch, hat meinen Vornamen vom Anruf ...

Oh, Gott, meine *Adresse* steht auch in diesem Buch!

Angenommen, er *kommt* her?

Oh, lieber Gott ...

Wieder klingelte das Telefon.

Geh nicht ran, dachte sie.

Es klingelte weiter.

Geh nicht ran.

Klingeln, Klingeln.

Aber Sandra wollte wegen der Party anrufen.

Klingeln, Klingeln, Klingeln.

Wenn er's wieder ist, häng' ich gleich ein.

Sie griff nach dem Telefon. Ihre Hand zitterte. Sie nahm den Hörer ab.

»Hallo?« sagte sie.

»Peaches?«

War er es wieder? Die Stimme klang nicht ganz wie seine.

»Ja?« sagte sie.

»Hallo, hier ist Detective Andy Parker. Ich weiß nicht, ob Sie sich an mich erinnern oder nicht, ich bin der, der Ihren verrückten . . .«

»Junge, bin ich froh, von *Ihnen* zu hören!« sagte sie.

»Wie findet Ihr das?« sagte Parker und hängte ein. »Erinnert sich an mich, als wenn's gestern gewesen wäre, hat mir gesagt, ich soll sofort rüberkommen!«

»Dich vergißt man nicht«, sagte Brown. Er saß an seinem Schreibtisch und tippte einen Bericht über den Torso, den sie hinter dem Burgundy-Restaurant gefunden hatten. Genero sah ihm über die Schulter und versuchte zu lernen, wie man »zerstückelt« buchstabierte.

Das Klappern der Schreibmaschinen belebte den Mannschaftsraum.

Meyer saß in seiner adretten beigen Sportjacke da und tippte einen Bericht über die Kinder, die den Spirituosenladen überfallen und den Besitzer getötet hatten.

Kling saß an seinem Schreibtisch und tippte einen Folgebericht über einen Einbrecher, den er drei Tage zuvor geschnappt hatte. Er dachte an Eileen. Er dachte daran, daß Eileen gerade jetzt in Calm's Point war und sich für die Zone fertigmachte. Er dachte daran, vielleicht später rüberzugehen. Er sah zur Uhr hinauf. 19 Uhr 15. Vielleicht, sobald er um Mitternacht freihatte. Sehen, was drüben los war. Sie sollte nicht wissen, daß er sich dort umsah. Eine dritte Rückendeckung konnte nicht schaden.

»Also«, sagte Parker, »wenn mich hier niemand braucht, werd' ich, glaube ich, mal rüberschlendern.«

»Niemand braucht dich hier, klar«, sagte Meyer. »Wir haben hier zwei Morde, niemand braucht dich.«

»Sag mir die Wahrheit, Meyer«, versetzte Parker. »Denkst du, diese beiden Morde könnten heute nacht abgeschlossen werden? Hast du, bei aller Erfahrung, je einen Mord am selben Tag abgeschlossen, wo du ihn reinbekommen hast? Hast du?«

»Ich versuche nachzudenken«, sagte Meyer.

»Meiner Erfahrung nach ist das nie passiert«, sagte Parker. »Es sei denn, man kommt hin, und der Täter steht mit 'ner qualmenden Pistole in der Hand da. Sonst dauert es Wochen. Monate manchmal. Manchmal *Jahre.*«

»Manchmal *Jahrhunderte*«, sagte Brown.

»Und was ist der springende Punkt?« sagte Meyer.

»Der springende Punkt ist ... *hier* ist der springende Punkt«, sagte er und breitete die Arme weit in Richtung Geländer aus, als Carella durch die Tür kam. »Steve«, sagte er, »ich bin sehr froh, dich zu sehen.«

»Wirklich?« sagte Carella.

Er war ein großer, schlanker Mann mit der Statur und Haltung eines Athleten. Braune Haare, braune, etwas schrägstehende Augen, die ihm ein irgendwie orientalisches Aussehen verliehen. Heute abend trug er ein kariertes Sporthemd unter einer blauen Windjacke, dünne Cordhosen, braune Slipper. Er ging direkt zu seinem Schreibtisch und schaute im Ablagekorb nach telefonischen Mitteilungen.

»Wie ist es draußen?« fragte Brown.

»Ruhig«, sagte Carella. »Bist du gut zurückgekommen?« fragte er Kling.

»Ich hab' ein Taxi erwischt.«

Carella drehte sich zu Parker um. »Warum bist du so froh, mich zu sehen?« fragte er.

»Weil mein Kollege, Detective Meyer Meyer, der dort am Schreibtisch mit neuer Jacke und kahlem Kopf sitzt, ganz scharf drauf ist, einen Mord zu knacken, den er grade reinbekommen hat. Und dazu braucht er einen guten Partner.«

»Was mich ausschließt«, sagte Carella. »Was für ein Mord, Meyer?«

»Ein paar Kids haben einen Spirituosenladen überfallen und den Besitzer erschossen.«

»Teenager?«

»Elfjährige.«

»Kein Scherz?«

»Mußt dir ein paar Lollis besorgen«, sagte Brown, »sie damit in die Falle locken.«

»Also hat jetzt jeder seinen genehmen Partner?« fragte Parker. »Du hast Genero ...«

»Vielen Dank«, sagte Brown.

»Meyer hat Steve ...«

»Ich bin nur auf einen Kaffee vorbeigekommen«, sagte Carella.

»Und ich habe Peaches Muldoon.«

»Wer ist das?«

»Eine bezaubernde Krankenschwester, die es nicht abwarten kann, mich zu sehen.«

»Sechzig Jahre alt«, sagte Brown.

»Das ist eine alte *Dame*!« sagte Genero schockiert.

»Sag's ihm.«

»Hast du dich je mit 'ner Krankenschwester verabredet?« sagte Parker.

»Ich?« fragte Genero.

»Du, du. Hast du dich je mit einer Krankenschwester verabredet?«

»Nein, und ich habe mich auch noch nie mit einer sechzigjährigen Dame verabredet.«

»Sag's ihm«, verlangte Brown.

»Nichts geht über 'ne Krankenschwester«, sagte Parker. »Tatsache ist, daß man ein Buch mit dem Wort Krankenschwester im Titel eine Million Mal öfter verkauft.«

»Wer hat dir das erzählt?«

»Das ist eine Tatsache. Ein Verleger hat mir das erzählt. In diesem Büro, wo sie alle Schreibmaschinen gestohlen haben. War vielleicht vor einem Jahr. Eine Krankenschwester im Titel verkauft eine Million Bücher mehr.«

»Ich werde ein Buch schreiben und es *Die Nackten und die Krankenschwester* nennen«, sagte Brown.

»Wie wär's mit *Die Krankenschwester von Notre Dame?*« sagte Meyer.

»Oder *Die Krankenschwester am Kwai?*« sagte Carella.

»Kindsköpfe, macht nur weiter«, sagte Parker. »Bis morgen früh. Ich bin dann ein Wrack.«

»Ich glaube, es ist besser, wenn du hierbleibst«, sagte Brown. »Cotton ist ganz allein da draußen.«

»Bert kann mit ihm Händchen halten, sobald er sein Buch zu Ende geschrieben hat.«

»Welches Buch?« fragte Kling und sah von seiner Schreibmaschine auf.

»Ich«, sagte Parker, »ich mach' 'nen Folgebericht über eine Mordermittlung.«

»Eine zehn Jahre alte«, sagte Brown.

»Ich dachte, du hättest elf gesagt«, meinte Carella verwirrt.

»Der Mord. War vor zehn Jahren. Er hat einen Irren verhaftet, der Priester umbrachte. Die Krankenschwester ist seine Mutter.«

»Die *Kids* sind elf Jahre alt«, sagte Meyer. »Die, die das mit dem Typen aus dem Spirituosenladen gemacht haben. Oder zwölf.«

»Daran dachte ich«, sagte Carella. Er wirkte immer noch verwirrt.

»Weitere Einwände?« fragte Parker.

Alle sahen ihn sauer an.

»In diesem Fall, meine Herren, entbiete ich ein herzliches Lebewohl.«

»Hinterläßt du eine Nummer, wo wir dich erreichen können?« fragte Brown.

»Nein«, sagte Parker.

Das Telefon klingelte, als er durch die Tür hinaus auf den Flur ging.

Brown, der ihm nachsah, schüttelte den Kopf und nahm den Hörer ab.

»Siebenundachtzigstes Revier, Brown.«

»Artie, hier ist Dave von unten«, sagte Murchison. »Du kümmerst dich doch um diese Leiche in der Mülltonne, nicht wahr?«

»Das *Teil* einer Leiche«, sagte Brown.

»Na ja, wir haben grade noch ein Teil reinbekommen«, sagte Murchison.

4

Hawes mußte sich immer wieder einreden, daß dies rein dienstlich war.

Bermuda war die eine Sache gewesen, Bermuda war tausend Meilen entfernt, und außerdem hatte er Annie gebeten mitzukommen. Dies hier war eine andere Sache. Dies war die große, böse Stadt, und Annie lebte hier, und außerdem hatte er morgen abend eine Verabredung mit ihr, und außerdem war Marie Sebastiani verheiratet.

Zur Zeit jedenfalls.

Es bestand die Möglichkeit, daß ihr Mann allein abgehauen war, um von ihr wegzukommen; warum andererseits jemand eine schöne, langbeinige Blondine verlassen wollte, ging über Hawes' Horizont. Wenn das aber passiert war – wenn Sebastian der Große seinen Mist überall in der Einfahrt verstreut und dann mit dem Citation abgehauen war –, dann war er vielleicht für immer weg. In diesem Fall wäre Marie, entgegen ihrer Annahme, nicht verheiratet. Hawes hatte

Fälle bearbeitet, bei denen ein Kerl rausging, um einen Laib Brot zu kaufen, und man seither nie mehr von ihm gehört hatte. Wahrscheinlich lebte er auf irgendeiner Südseeinsel und malte nackte Eingeborene. Er hatte einen Fall gehabt, in dem der Typ seiner Frau erzählt hatte, er wolle runtergehen und die *Fernsehzeitung* kaufen. Das war um 20 Uhr gewesen. Die Frau hatte sich die 23-Uhr-Nachrichten bis zum Schluß angesehen, und dann die Johnny-Carson-Show, und dann den Spätfilm, und noch immer kein Gatte mit der *Fernsehzeitung.* Sechs Jahre später war der Typ in Kalifornien wieder aufgetaucht. Er lebte mit zwei Mädchen in Santa Monica zusammen. Vielleicht hatte Sebastian der Große den größten Trick seiner Laufbahn vorgetäuscht: Er verschwand von seiner Frau. Wer wußte es?

Andererseits gab es vielleicht einen guten Grund für die Unruhe der Dame. Vielleicht war jemand auf Frank Sebastiani gestoßen, während er seinen Kram ins Auto geladen hatte, und vielleicht hatte er den Zauberer niedergeschlagen und sein Zeug aus dem Auto geworfen und war dann mit beiden, dem Zauberer und dem Auto, abgehauen. Wirft den Zauberer später raus, tot oder lebendig, und verkauft das Auto an einen Schrotthändler. Leichte Beute an einem relativ ruhigen Halloween-Abend. Es war möglich.

Wie auch immer, dies war rein dienstlich.

Hawes wünschte sich jedoch, daß Marie ihn nicht so oft berühren würde.

Die Dame war ganz eindeutig eine Tatscherin, und obwohl Hawes nicht unbedingt an die psychologische Prämisse glaubte, daß wiederholter flüchtiger Körperkontakt eine unbedingte Voraussetzung für sofortige Verführung war, mußte er zugeben, daß ihre häufige Berührung seines Arms, seiner Schulter oder der Hand ihn etwas verunsicherte. Genau genommen diente die Berührung nur dazu, eine Bemerkung hervorzuheben – als sie ihm zum Beispiel erneut versicherte, wie dankbar sie sei, daß er sie zum Abendessen mitnähme – oder um auf dieses oder jenes Restaurant auf der Stem zu zeigen. Er hatte das Auto in der Fünften Nord geparkt, und sie gingen jetzt westwärts, Richtung Downtown, um einen Ort zum Essen zu suchen. An einem Freitagabend um 19 Uhr 35 waren noch immer viele Restaurants geöffnet, aber Marie hatte ihm gesagt, sie habe Lust auf Pizza, und daher wählte er ein kleines Restaurant in der Vierten Straße, genau im Süden der Avenue. Rotkarierte Tischdecken, Kerzen in Chiantiflaschen, Leute, die nach Tischen anstanden. Hawes nutzte selten seinen Dienstgrad aus, aber jetzt erwähnte er beiläufig gegenüber der Empfangsdame, daß er ein erschöpfter Detective des 87. Reviers sei und seit Dienstbeginn um vier nichts gegessen habe.

»Hier entlang, Officer«, sagte die Empfangsdame sofort und führte sie an einen Tisch in Fensternähe.

Sobald die Empfangsdame weg war, sagte Marie: »Passiert das immer?«

»Passiert was?«

»Die königliche Behandlung.«

»Manchmal«, sagte Hawes. »Sicher, daß Sie nur Pizza wollen? Auf der Speisekarte gibt es jede Menge andere Sachen.«

»Nein, genau darauf habe ich Lust. Käse und Sardellen.«

»Möchten Sie einen Drink?« fragte er. »Ich bin im Dienst, aber . . .«

»Beachten Sie das wirklich?«

»Selbstverständlich.«

»Ich trinke nur Bier zur Pizza.«

Hawes gab dem Kellner ein Zeichen und bestellte dann eine große Pizza mit Käse und Sardellen.

»Etwas zu trinken?« fragte der Kellner.

»Ein Bier vom Faß für die Dame, eine Cola für mich.«

»Miller's oder Michelob?«

»Miller's«, sagte Marie.

Der Kellner ging wieder.

»Das ist wirklich sehr nett von Ihnen«, sagte Marie und griff über den Tisch, um seine Hand kurz zu berühren. Eine zarte Berührung. Kurz, und schnell vorüber.

»Sobald wir wieder im Mannschaftsraum sind«, sagte Hawes, »werde ich noch mal bei Autos anrufen und sehen, ob sie was über einen der Wagen rausgefunden haben.«

Er hatte die Abteilung Autodiebstahl vom Büro des Hausmeisters in der Highschool aus angerufen und beide, den Cication und den Econoline, als vermißt gemeldet, aber er wußte, wie die Chancen standen, einen der Wagen noch heute abend zu finden. Er wollte ihr das nicht sagen.

»Das wäre ein Anfang«, sagte sie. »Wenn sie die Autos finden würden.«

»Oh, sicher.«

Ein gequälter Ausdruck trat auf ihr Gesicht.

»Ich bin sicher, er ist okay«, sagte Hawes.

»Ich hoffe es.«

»Ich bin sicher.«

Er war sich überhaupt nicht sicher.

»Ich denke nur dauernd, daß ihm etwas Schreckliches passiert ist. Ich denke dauernd, wer auch immer das Auto gestohlen hat . . .«

»Na ja, Sie wissen es nicht wirklich«, sagte Hawes.

»Was meinen Sie damit?«

»Na ja, daß das Auto gestohlen wurde.«

»Es ist weg, oder nicht?«

»Ja, aber . . .«

Er wollte ihr nicht sagen, daß ihr Mann vielleicht allein weggefahren war, einfach so ins Blaue. Die Lady sollte ihr Bier und die Pizza genießen. Wenn ihr Mann sie tatsächlich verlassen hatte, würde sie es früh genug erfahren. Wenn er irgendwo tot in einer Gasse lag, würde sie das sogar noch früher erfahren.

Er kam erst wieder auf Jimmy Brayne zu sprechen, nachdem sie bedient worden waren.

Sie machte sich über die Pizza her, als habe sie seit einer Woche nichts gegessen. Sie aß so, wie die Frau in dem *Tom-Jones*-Film aß. Leckte sich die Lippen, verdrehte die Augen, schob Pizza in ihren Mund, als handele es sich um einen Liebesakt. Reiß dich zusammen, dachte er. Das hier ist rein dienstlich.

»Normalerweise ist er zuverlässig, ist das richtig?« sagte er.

»Wer?«

»Jimmy Brayne.«

»Oh, ja. Absolut.«

»Wie lange arbeitet er schon für Sie?«

»Drei Monate.«

»Diesen Juli angefangen?«

»Ja. Wir hatten diese Vorstellung bei dem großen Republikaner-Picknick in der Vierten. Das war das erste Mal, daß Jimmy uns half.«

»Brachte die Sachen rüber in den Lieferwagen . . .«

»Ja.«

»Holte ihn später ab.«

»Ja.«

»Wußte er, wo er Sie heute abend abholen sollte?«

»Oh, sicher. Er lud die Sachen vor der Schule aus, natürlich wußte er es.«

»Hat er Ihnen beim Ausladen geholfen?«

»Ja.«
»Wann war das? Um wieviel Uhr?«
»Wir kamen dort gegen Viertel nach drei an.«
»Fuhren Sie zusammen in die Stadt?«
»Frank und ich folgten dem Lieferwagen.«
»Und Jimmy verließ die Schule um wieviel Uhr?«
»Sobald alles auf der Bühne war.«
»Das war wann?«
»Halb vier, Viertel vor vier?«
»Und er wußte, daß er um halb fünf zurückkommen sollte?«
»Ja.«
»Ist es möglich, daß er mit Ihrem Mann irgendwo hinging?«
»Wohin, zum Beispiel?«
»Auf einen Drink oder so? Während Sie sich umzogen?«
»Warum lag dann das ganze Zeug auf dem Bürgersteig?«
»Es ist nur so, daß . . . na ja, *beide* sind verschwunden . . .«
»Entschuldigen Sie«, sagte der Kellner. »Officer?«
Hawes blickte hoch.
»Officer, ich belästige Sie ungern«, sagte der Kellner.
»Ja?«
»Officer, in einer der Mülltonnen im Hof ist der Arm von jemandem.«

Auf dem Ziffernblatt der Wanduhr im Umkleideraum war es genau 19 Uhr 50.

Sie hätten Teenager sein können, die Geschichten über ihre Freunde austauschten.

Nichts in ihrer Unterhaltung deutete darauf hin, daß sie auszogen, um einen Killer zu jagen.

»Vielleicht hätte ich später hinterherfahren sollen«, sagte Annie. »Die Untersuchung war am Mittwoch beendet, ich hätte dann runterfahren können.« Sie schlüpfte in ihren kurzen Rock, zog ihn über Bluse und Strumpfhose, zog den Reißverschluß an der Seite hoch, schloß den Knopf an der Taille. »Schlimm ist nur, daß ich nicht sicher war, ob ich fahren *wollte.*«

»Aber er hat dich gebeten, oder nicht?« sagte Eileen.

»Sicher, aber . . . ich weiß nicht. Ich hatte das Gefühl, er hat das nur so gesagt. Ich sage dir die Wahrheit, ich glaube, er wollte allein hinfahren.«

»Wie kommst du darauf?« fragte Eileen.

Sie trug eine tiefausgeschnittene Bluse und einen Wickelrock, genauso kurz wie Annies, der auf der rechten Seite mit einer acht Zentimeter langen, verzierten Sicherheitsnadel verschlossen war.

Die Nadel würde als letztes Kampfmittel dienen, wenn es sein mußte. Wenn es sein mußte, würde sie ihm damit die Augen ausstechen.

Sie saß auf der Bank vor den Spinden und zog hochhackige Stiefel mit hängenden Stulpen an. Um ihren Knöchel im rechten Stiefel war ein Halfter geschnallt. Die Pistole im Halfter war eine Astra-Firecat-Automatik, Kaliber .25, mit fünf Zentimeter langem Lauf. Sie wog unter vierhundert Gramm. Sechs Schuß im Magazin, plus einem in der Kammer. Sie würde alle sieben Kugeln in sein Gesicht ballern, wenn sie mußte.

In ihrer Handtasche befand sich ein sechsschüssiger Smith & Wesson, Kaliber .44, mit verdecktem Hammer. Und ein Springmesser. Rambo, dachte sie. Aber es wird mir nicht noch mal passieren. Sie trug zwei Slips unter ihrer Strumpfhose. Die psychologischen Waffen.

»Ich ... ich weiß einfach nicht«, sagte Annie. »Ich glaube, Cotton versucht die Sache zu beenden, ich weiß einfach nicht.«

Sie griff in den Spind nach ihrer Handtasche, nahm den Kosmetikbeutel heraus.

Eileen stand jetzt und sah auf ihre Stiefel.

»Kannst du die Pistole sehen?« fragte sie.

Annie kam zu ihr, einen Lippenstift in der Hand. Sie blickte in die hängende Stulpe des Stiefels an Eileens rechtem Fuß.

»Du solltest das Halfter tiefer schnallen«, sagte sie. »Ich sehe einen Metallschimmer.«

Eileen setzte sich wieder, rollte den Stiefelstulpen herunter, löste das Halfter, setzte es tiefer an, schnallte es wieder fest.

»Vielleicht hättest du wirklich hinterherfahren sollen, ihn zur Rede stellen«, sagte sie.

»Tja, das wäre mit Sicherheit das Ende gewesen. Ein Mann will keine Rechenschaft darüber ablegen, was er in den Ferien getrieben hat.«

»Aber wenn er es beenden *will* ...«

»Ich bin mir dessen nicht so sicher.«

»Na ja, wie kommst du dann darauf, er *könnte* es wollen?«

»Wir haben in den letzten zwei Wochen nicht miteinander geschlafen.«

»Bert und ich haben seit der Vergewaltigung nicht mehr miteinander geschlafen«, sagte Eileen frei heraus, stand auf und sah wieder in ihre Stiefel.

»Es . . . tut mir leid«, sagte Annie.

»Vielleicht wird sich das heute nacht ändern«, sagte Eileen.

Und plötzlich wußte Annie, daß sie einen Mord plante.

Der Name der alten Dame lautete Adelaide Davis, und sie hatte gesehen, wie die Kinder in den Spirituosenladen in der Culver, Ecke Zwölfte gegangen waren. Jetzt stand sie mit Carella und Meyer draußen auf dem Bürgersteig. Im Laden hievten zwei Sanitäter den Körper des Besitzers auf eine Bahre. Monroe beobachtete den Vorgang, die Hände in den Jackentaschen. Ein Spezialist von der mobilen Untersuchungseinheit pinselte die Kasse wegen möglicher Fingerabdrücke ein. Der Gerichtsmediziner kniete über dem zweiten Körper. Einer der Helfer sagte: »Hoch«, und beide hoben die Bahre und gingen vorsichtig um den Gerichtsmediziner und den anderen Körper herum.

Eine Menschenmenge hatte sich auf dem Bürgersteig versammelt. Noch immer war es erst 20 Uhr an einem milden Freitagabend, noch immer waren viele Leute auf der Straße. Die Sanitätshelfer gingen hinter Mrs. Davis und den beiden Detectives vorbei. Mrs. Davis beobachtete sie, wie sie die Bahre in den Krankenwagen schoben. Sie beobachtete sie, wie sie eine weitere Bahre in den Laden trugen. Streifenpolizisten drängten jetzt die Menge zurück und sorgten dafür, daß jeder hinter der Absperrung stand. Mrs. Davis fühlte sich privilegiert. Mrs. Davis fühlte sich wie ein Star. Sie konnte einige ihrer Nachbarn in der Menge sehen, und sie wußte, daß die sie beneideten.

»Ich kann's nicht glauben«, sagte sie. »Sie sahen so niedlich aus.«

»Wie viele waren es, Madam?« fragte Carella.

Mrs. Davis mochte Carella. Sie fand, daß er sehr gut aussah. Der andere Detective hatte eine Glatze, sie hatte niemals Männer mit Glatze gemocht. Wartet nur, bis sie ihrer Tochter in Florida erzählen konnte, daß sie Augenzeugin eines Mordes – *zweier* Morde – war und wie sie im Fernsehen mit zwei Detectives gesprochen hatte.

»Oh, nur eine Handvoll«, sagte sie.

»Wie viele würden Sie sagen?« fragte Meyer.

»Na ja, sie rannten sehr schnell vorbei«, sagte sie. »Aber ich würde sagen, es waren nur vier oder fünf. Sie sprangen alle aus dem Kombi und rannten in den Laden.«

»Es war ein Kombi, hm? Das Fahrzeug?«

»Oh, ja. Ganz bestimmt.«

»Wissen Sie vielleicht das Baujahr und Fabrikat?«

»Tut mir leid, nein. Ein blauer Kombi.«

»Und diese Kids rannten mit Pistolen in den Händen raus, hm?«

»Nein, ich habe keine Pistolen gesehen. Nur die Einkaufstaschen.«

»Keine Pistolen«, sagte Carella.

»Nicht, bis sie im Laden waren. Die Pistolen waren in den Einkaufstaschen.«

»Und als sie im Laden waren, zogen diese kleinen Jungs die Pistolen und . . .«

»Nein, es waren kleine Mädchen.«

Meyer sah Carella an.

»Mädchen?« sagte er.

»Auf jeden Fall. Vier oder fünf kleine Mädchen. Alle trugen diese langen Kleider bis zu den Knöcheln und kleine blonde Perücken. Sie sahen aus wie kleine Prinzessinnen.«

»Prinzessinnen«, sagte Carella.

»Ja«, sagte Mrs. Davis. »Sie trugen diese Masken, die die Gesichter vollständig bedecken, mit so was wie Chinesenaugen – schräg, Sie wissen schon – na ja, vielleicht japanisch, würde ich sagen. Na ja, wie *Ihre* Augen«, sagte sie zu Carella. »Schräg, wissen Sie?«

»Ja, Madam.«

»Und auf die Masken waren rosarote Wangen und leuchtend rote Lippen gemalt, und ich glaube, kleine Schönheitsflecken am Mund. Sie waren sehr schön. Wie kleine chinesische Prinzessinnen. Oder japanische. Nur daß sie blond waren.«

»Und sie trugen diese chinesisch aussehenden Masken . . .«

»Oder japanisch . . .«

»Richtig«, sagte Meyer, »und sie trugen blonde Perücken . . .«

»Ja, lockige blonde Perücken.«

»Lockige blonde Perücken und lange Kleider.«

»Ja, wie Nachthemden. Sie sahen aus wie herzallerliebste kleine Prinzessinnen.«

»Was für Schuhe, Madam?« fragte Carella.

»Oh, ich weiß nicht. Ich habe nicht auf ihre Schuhe geachtet.«

»Sie trugen keine *Turnschuhe*, oder?«

»Na ja, das konnte ich wirklich nicht sehen. Die Nachthemden waren sehr lang.«

Die Sanitäter kamen gerade mit dem zweiten Körper heraus. Der Gerichtsmediziner war noch immer drin und sprach mit Monroe. Mrs. Davis sah auf den Körper hinunter, als sie ihn vorbeitrugen. Bis heute abend hatte sie nie eine Leiche gesehen, außer im Leichenhaus. Heute abend hatte sie gleich zwei aus der Nähe gesehen.

»Also, sie rannten in den Laden«, sagte Carella.

»Ja, und sie haben schrill ›Zoff oder Zucker‹ geschrien.«

»Aha«, sagte Carella. »Und zogen die Pistolen . . .«

»Ja. Und erschossen Mr. Agnello und den Mann, der bei ihm im Laden war.«

»Erschossen sie sofort?« sagte Meyer.

»Ja.«

»Sagten nicht, daß es ein Überfall oder so was sei, haben sofort geschossen.«

»Ja. Auf Mr. Agnello und den Mann bei ihm.«

»Was geschah danach, Madam? Im Laden. Sahen Sie weiter zu?«

»Oh, ja. Ich war zu Tode erschrocken, aber ich sah weiter zu.«

»Haben Sie gesehen, wie sie die Kasse ausräumten?«

»Ja. Und eine hat eine Flasche Whiskey aus dem Regal genommen.«

»Was dann?«

»Sie sind rausgerannt. Ich stand dort drüben, dort drüben links, ich bin nicht sicher, ob sie mich gesehen haben. Ich schätze, sie hätten mich auch erschossen, wenn sie mich gesehen hätten.«

»Sie hatten Glück«, sagte Carella.

»Ja, hatte ich.«

»Was machten sie dann?« fragte Meyer.

»Sie stiegen wieder in den Kombi, und die Frau fuhr mit ihnen weg.«

»Den Wagen fuhr eine Frau?«

»Ja, eine blonde Frau.«

»Wie alt, würden Sie sagen?«

»Das kann ich wirklich nicht sagen. Eine etwas untersetzte Frau, sie hätte um die vierzig sein können.«

»Untersetzt . . .«

»Na ja, irgendwie dick.«

»Was hatte sie an, können Sie sich erinnern?«

»Tut mir leid.«

Monroe kam aus dem Spirituosenladen.

»Is' das hier die Zeugin?« fragte er.

»Eine sehr gute Zeugin«, sagte Carella.

»Na ja, vielen Dank, junger Mann«, sagte Mrs. Davis und lächelte ihn an. Sie war plötzlich froh, ihm nicht erzählt zu haben, daß sie sich die Hosen naß gemacht hatte, als sie zugesehen hatte, wie diese kleinen Mädchen Mr. Agnello erschossen.

»Also, was haben wir hier?« fragte Monroe. »Eine Epidemie der Kindergartenkinder, die Spirituosenläden überfallen?«

»Sieht so aus«, sagte Carella. »Wo ist dein Partner?«

»Weiß der Teufel, wo er ist?« sagte Monroe. »Entschuldigen Sie, Gnädigste.«

»Oh, das ist völlig in Ordnung«, sagte sie. Es war genau wie im Kabelfernsehen, mit Flüchen und allem. Sie konnte es nicht erwarten, ihre Tochter anzurufen und ihr davon zu berichten.

»Dieselben Kids, oder was?« fragte Monroe.

»Was?« sagte Mrs. Davis.

»Entschuldigen Sie«, sagte Monroe, »ich sprach gerade mit dem Officer hier.«

»Kleine Mädchen diesmal«, sagte Meyer. »Aber es hört sich nach derselben Bande an. Dieselbe Blondine fuhr den Wagen.«

»Nette Frau, diese Blondine«, sagte Monroe. »Fährt Kids zu Überfällen. Was für ein Auto, habt ihr's rausgefunden?« Er drehte sich zu Carella um. »Die Sache ist, der Furz vom anderen Laden konnte nicht . . . entschuldigen Sie, Gnädigste.«

»Oh, das ist völlig in Ordnung«, sagte sie.

»Ein blauer Kombi«, sagte Meyer.

»Wissen Sie zufällig, welches Baujahr und Fabrikat, Gnädigste?«

»Tut mir leid, nein.«

»Yeah«, sagte Monroe. »Also, alles, was wir haben, ist dieselbe dicke Blondine, die vier Kids in einem blauen Kombi rumfährt.«

»Das ist alles«, sagte Meyer.

»Wäre die Mordkommission noch nicht eingeschaltet, würde ich das in einer Minute dem Raubdezernat übergeben. Schick ihnen trotzdem einen Funkspruch rüber.«

»Hab' ich schon gemacht«, sagte Meyer. »Nach dem ersten.«

Einer der Spezialisten schlenderte aus dem Laden.

»Hab' hier 'n paar Kugeln«, sagte er. »Wer will sie?«

»Wie sehen sie aus?« fragte Monroe.

Der Spezialist öffnete die Hand. Auf weißem Stoff lagen vier benutzte Kugeln.

»Zweiundzwanziger vielleicht«, sagte er und zuckte mit den Achseln.

Mrs. Davis beugte sich vor, um auf die Hand des Spezialisten zu schauen.

»Also, okay, Gnädigste«, sagte Monroe, »haben Sie hier noch was zu tun?«

»Reg dich ab«, sagte Carella.

Monroe sah ihn an.

»Ich werde Sie von einem unserer Wagen zu Hause absetzen lassen, Mrs. Davis«, sagte Carella.

»Ein Taxiunternehmen, das betreiben die hier«, dachte Monroe laut.

»Reg dich ab«, sagte Carella erneut, diesmal sanfter, doch irgendwie lag in den Worten eine größere Drohung.

Monroe sah ihn wieder an und drehte sich dann zu Meyer um.

»Reiß dir die Kugeln unter den Nagel und bring sie rüber zur Ballistik«, sagte er. »Ruf das Raubdezernat an und sag ihnen, wir haben noch einen.«

»Hört sich wie ein guter Rat an«, sagte Meyer.

Monroe vermißte den Sarkasmus. Er warf Carella noch einen wütenden Blick zu und ging dann zum Bordstein, wo sein Wagen geparkt war.

Wartet, bis ich das meiner Tochter erzähle! dachte Mrs. Davis. Eine Fahrt in einem Polizeiwagen!

Der Streifenpolizist, der Charlie Vier fuhr, näherte sich gerade der Ecke Rachel und Jakes Street. Er war auf Streife und unternahm noch eine Routinetour durch den Bezirk, als ihn sein Kollege auf dem Beifahrersitz entdeckte.

»Fahr langsamer, Freddie«, sagte er.

»Was siehst du, Joe?«

»Den Lieferwagen dort. An der Ecke.«

»Was ist damit?«

Joe Guardi öffnete seinen Notizblock. »Haben wir nicht eine Notiz über einen Ford Econoline?« Er knipste die Innenbeleuchtung an, blätterte rasch den Block durch. »Yeah, hier ist sie«, sagte er. In seiner Handschrift sah er die Worte: Gesucht wird ein '79er Ford Econoline, beige, RL 68-7210. Blauer '84er Citation, DL 74-3681.

»Yeah«, sagte er wieder. »Überprüfen wir's.«

Die beiden Männer stiegen aus dem Auto. Sie strahlten den Lieferwagen mit ihren Taschenlampen an. Kennzeichen des angrenzenden Staates, RL 68-7210.

Sie versuchten es an der Tür, die dem Bordstein am nächsten war.

Unverschlossen.

Joe ging zur Beifahrerseite des Lieferwagens. Dort schob er die Tür auf, beugte sich hinein und öffnete das Handschuhfach.

»Irgendwas da?« fragte Freddie.

»Sieht nach Kfz-Papieren aus.«

Er nahm die Papiere aus einer durchsichtigen Plastikhülle, die einen Fahrzeugschein und eine Versicherungskarte in zweifacher Ausfertigung enthielt.

Der Lieferwagen war auf einen Frank Sebastiani zugelassen, der jenseits des Flusses an der Eden Lane Nummer 604 in Collinsworth wohnte.

Der Film war um 19 Uhr zu Ende gewesen und danach hatten sie auf einen Drink an der Stem haltgemacht. Sie hatten in der Bar angefangen zu streiten, mit leisen, gepreßten Stimmen, beinahe einem Flüstern, doch jeder um sie herum konnte aus der Art, wie sie sich angespannt über den kleinen Tisch zwischen ihnen beugten, erkennen, daß sie Streit hatten. Zuerst stritten sie sich nur über den Film, den sie gesehen hatten. Sie bestand darauf, daß er auf einem Roman namens *Straßen aus Gold* basierte, und er bestand darauf, daß der Film überhaupt nichts mit diesem Roman zu tun hatte; der Film hatte sein eigenes Drehbuch. »Wieso haben sie dann das Recht, denselben Titel zu benutzen?« fragte sie, und er sagte: »Sie können das machen, weil man einen Titel nicht urheberrechtlich schützen kann. Sie können den beschissensten Film der Welt machen, wenn sie wollen, und sie können ihn *Verdammt in alle Ewigkeit* oder *Die gute Erde* oder sogar *Straßen aus Gold* nennen, wie heute abend, und niemand auf der Welt kann einen Dreck dagegen unternehmen.« Sie warf ihm einen kurzen, wütenden Blick zu und sagte dann: »Was, zum Teufel, weißt du über Urheberrecht?« Und er sagte: »Einen Haufen mehr, als du über *irgend etwas* weißt«, und von da an schrien sie sich regelrecht im Flüsterton an und beugten sich angespannt und mit funkelnden Augen und verzerrtem Mund über den Tisch.

Auf dem Nachhauseweg stritten sie immer noch.

Aber jetzt ging es bei der Auseinandersetzung um ernstere Dinge als einen unwichtigen kleinen Roman namens *Straßen aus Gold* oder einen kleinen Scheiß-Film, der darauf basierte.

Sie stritten sich über Sex, worüber sie sich fast immer stritten. Tatsächlich hatten sie sich wahrscheinlich genau darüber auch hinten in der Bar gestritten.

Es war beinahe 20 Uhr 30, doch die Straßen füllten sich langsam mit herumstreunenden Teenagern. Nicht alle suchten Ärger. Viele wollten nur ihre jugendliche Energie ablassen. Diejenigen, die aus Jux und Tollerei draußen waren, trugen Kostüme, die nicht ganz so vollkommen waren, wie die der Kinder und später der Teenybopper. Einige halbwüchsige Mädchen benutzten Halloween als Vorwand, um sich so gewagt anzuziehen, wie sie wollten, spazierten durch die Straßen und sahen aus wie Nutten, Mata Haris, Go-Go Tänzerinnen oder Sexy-Hexies in Schwarz mit bis zu den Oberschenkeln geschlitzten Röcken. Einige der halbwüchsigen Jungen waren wie Ledernacken, Weltrauminvasoren oder Söldner angezogen, die meisten trugen Patronenschultergurte und riesige Maschinen- oder Todesstrahlengewehre aus Plastik. Aber das waren nicht diejenigen, die Ärger suchten. Diejenigen, die Ärger suchten, hatten sich nicht für Halloween herausgeputzt. Sie trugen einfach ihre übliche Kleidung, hatten vielleicht das Gesicht etwas geschwärzt, um vollkommen mit der Nacht zu verschmelzen. Sie waren diejenigen, die auf Zerstörung und Brand aus waren. Sie waren diejenigen, die Lieutenant Byrnes dazu veranlaßt hatten, die Zahl der Detectives der Nachtschicht heute zu verdoppeln. Na ja, sie *beinahe* zu verdoppeln. Sieben Männer auf Schicht statt der üblichen vier.

Das streitende Pärchen ging die Straße entlang und zu dem Haus, in dem es wohnte, ging an einer Gruppe halbwüchsiger Mädchen vorbei, die wie Bilderbuchteenager angezogen waren: Glitzerkleider mit weiten Schärpen, lange Zigarettenspitzen, Perlenschnüre um die Stirn geschlungen; sie kicherten und benahmen sich, als wären sie high, was sie vielleicht auch waren. Das Pärchen beachtete sie nicht. Es war zu sehr mit seinem Streit beschäftigt.

»Es geht doch darum«, sagte er, »daß es nie spontan ist.«

»Spontan, sicher«, sagte sie. »Was du unter spontan verstehst, ist, über mich herzufallen, wenn ich aus der Dusche komme . . .«

»Es ist nicht falsch . . .«

»Wenn ich total sauber bin.«

»Wann *willst* du denn lieben?« fragte er. »Wenn du total verdreckt bist?«

»Ich will, verdammt, nicht wieder am ganzen Körper *schwitzen*, nachdem ich gerade geduscht habe.«

»Wie wär's dann damit, *bevor* du unter die Dusche gehst?«

»Ich liebe nicht gern, wenn ich mich am ganzen Körper verschwitzt fühle.«

»Also willst du es nicht tun, wenn du verschwitzt bist, und du willst es auch nicht tun, wenn du *nicht* verschwitzt bist. Wann *willst* du . . .?«

»Du drehst mir das Wort im Mund um.«

»Nein, tu' ich nicht. Ich versuche den springenden Punkt zu . . .«

»Der springende Punkt ist, daß du ein Sexbesessener bist. Ich versuche zu kochen, und du stellst dich hinter mich und reibst dieses riesige Ding an mir . . .«

»Ich finde nichts Falsches an spontanen . . .«

»Nicht während ich koche!«

»Was ist, wenn du *nicht* kochst? Was ist, wenn ich nach Hause komme, und wir trinken einen Martini, was ist . . .?«

»Du weißt, daß ich mich vor dem Abendessen gern entspanne.«

»Also, was zum Teufel ist denn Liebe? *Ich* finde es entspannend, sich zu lieben, das muß ich dir sagen. Wenn *du* denkst, sich zu lieben wäre so was wie ein mühsamer *Hindernislauf* . . .«

»Ich kann meinen Cocktail nicht genießen, wenn du mich begrapschst, während ich versuche zu ent . . .«

»Ich betrachte *zärtliches Streicheln* nicht als *Begrapschen*.«

»Du weißt nicht, wie man zärtlich ist. Du willst doch bloß auf mich springen wie ein gottverdammter *Vergewaltiger*!«

»Ich betrachte Leidenschaft nicht als *Vergewaltigung*!«

»Das kommt daher, daß du nicht unterscheiden kannst zwischen Liebe und . . .«

»Okay, was soll das alles? Sag mir, was das alles soll, okay? Willst du nun *völlig* darauf verzichten, daß wir uns lieben? Du willst es nicht *vor* dem Duschen machen, du willst es nicht *nach* dem Duschen machen, du willst es nicht machen, während wir etwas *trinken*, oder während du *kochst*, oder während wir fernsehen, oder wenn wir morgens aufwachen, wann, zum Teufel, *willst* du es machen, Elise?«

»Wenn ich mich danach fühle. Und hör auf zu schreien!«

»Ich *schreie* nicht, Elise! Wann willst du es machen? Willst du es *überhaupt* machen, Elise?«

»Ja«, schrie sie.

»Wann?«

»Jetzt sofort, Roger, okay? Gleich hier, okay? Machen wir's gleich hier auf dem Bürgersteig, okay?«

»Hervorragend!«

»Du würdest es doch machen, oder nicht?«

»Ja! Gleich hier! *Überall*!«

»Gut, ich nicht! Du hättest es in dem gottverdammten *Kino* gemacht, wenn ich dich gelassen hätte.«

»Ich hätte es auch in der Bar gemacht, wenn du nicht angefangen hättest, über den blöden Film zu *streiten*!«

»Du würdest es in der Kirche machen!« sagte sie. »Du bist ein Besessener, das bist du.«

»Das ist richtig, ich bin ein Besessener! Du machst mich verrückt, darum bin ich ein Besessener!«

Sie gingen jetzt ins Haus. Er dämpfte seine Stimme.

»Machen wir's im Aufzug, okay?« sagte er. »Willst du's im Aufzug machen?«

»Nein, Roger, ich will es nicht in dem gottverdammten Aufzug machen.«

»Dann nehmen wir den Aufzug bis zum Dach und machen's auf dem Dach.«

»Ich will's auch nicht auf dem gottverdammten Dach machen.«

Er drückte ärgerlich auf den Aufzugknopf.

»Wo *willst* du es denn machen, Elise? *Wann* willst du es denn machen, Elise?«

»Später.«

»Wann später?«

»Wenn Johnny Carson vorbei ist.«

»Wenn *wir* im Fernsehen wären«, sagte er, »und Johnny Carson würde *uns* zusehen«, sagte er, »und er hätte einen Ständer . . .«

»Wir *wohnen* zufällig hier, Roger.«

». . . glaubst du, Johnny Carson würde warten und es erst machen, wenn *wir* vorbei wären? Oder würde Johnny Carson . . .?«

»Es ist mir egal, was Johnny Carson tun oder nicht tun würde. Ich *mag* Johnny Carson nicht mal.«

»Warum willst du dann warten, bis er vorbei ist?«

Die Aufzugtüren öffneten sich.

Zuerst dachten sie, es wäre eine ausgestopfte Puppe. Die untere Hälfte einer Vogelscheuche oder so etwas. Blaue Hose, blaue Socken, schwarze Schuhe, schwarzer Gürtel in den Hosenschlaufen. Ein Halloween-Streich. Ein paar Kids, die die Hälfte einer ausgestopften Puppe in den Aufzug geworfen hätten.

Und dann begriffen sie, daß genau über der Taille der Puppe ein zerfetzter, blutiger Streifen zerrissenen Fleisches zu sehen war, und sie begriffen, daß sie gerade auf den unteren Torso eines Menschen blickten, und Elise schrie, und die beiden rannten aus dem Foyer, aus dem

Haus, zur Telefonzelle an der Ecke, wo Roger atemlos den Notruf wählte.

Die Cops, die in Boy Zwei Streife fuhren, reagierten innerhalb von drei Minuten.

Einer der Cops erreichte über Walkie-talkie das 87. Revier.

Der andere Cop durchsuchte, obwohl er es hätte besser wissen sollen, die Hose der Leiche und fand eine Brieftasche in der rechten Gesäßtasche.

In der Brieftasche, die er auch nicht hätte anfassen sollen, fand er einen Führerschein mit Namen und Adresse.

»Na ja, hier steht sowieso, wer er ist«, sagte er zu seinem Partner.

5

»Worum es geht«, sagte Parker. »Sie hatten einen obszönen Anruf, darum geht's.«

»Genau das habe ich mir gedacht«, sagte Peaches.

Sie sah noch immer ziemlich gut aus. Vielleicht wie eine Frau von Anfang Fünfzig. Gute Beine – na ja, Beine verändern sich nie –, die Brüste noch immer fest, die Haare so rot, wie er sie in Erinnerung hatte, vielleicht etwas mit Clairol nachgeholfen. Sie trug einen einfachen Rock und eine Bluse, hochhackige Schuhe. Mit angezogenen Beinen saß sie auf der Couch. Er war froh, daß er sich rasiert hatte.

»Sie sind nicht alle so, wie man denkt«, sagte Parker. »Ich meine, sie gehen nicht ans Telefon und fangen sofort an, dreckig zu reden – na ja, einige machen es –, aber viele haben einen ganzen Sack voll Tricks. Man merkt nicht, was los ist, bis sie einen schon soweit haben, daß man irgendwelche Sachen macht.«

»*Genau* das ist passiert«, sagte Peaches. »Ich habe nicht gemerkt, was los war. Ich meine, er hat mir seinen *Namen* genannt und ...«

»Phil Hendricks, richtig?« sagte Parker. »Camera Works.«

»Richtig. Und seine Adresse und die Telefonnummer ...«

»Haben Sie versucht, die Nummer anzurufen, die er Ihnen gegeben hat?«

»*Natürlich* nicht!«

»Na ja, ich werd's versuchen, wenn Sie möchten, aber ich bin sicher, da war was faul. Ich hatte mal 'nen Fall, da wählte dieser Typ einfach auf gut Glück Nummern, hoffte, einen Babysitter ranzukriegen. Schließlich hatte er einen Babysitter dran, erzählt ihr, er macht eine Untersuchung über kindliches Verhalten, redet diesen fünfzehn-, sechzehnjährigen Mädchen sanft ein, den Babys, auf die sie aufpassen, einen Klaps zu geben.«

»Wie meinen Sie das?«

»Er hat ihnen gesagt, wie wichtig es bei ihrer Arbeit wäre, sich vor den eigenen Neigungen zu schützen, jeder hätte diese Neigungen – so redete er –, und kindliches Verhalten wäre eine heimtückische Sache. Und wenn er sie soweit hatte, daß sie interessiert waren und zuhörten, sagte er: ›Ich weiß, daß Sie selbst bei vielen Gelegenheiten in Versuchung gewesen sein müssen, dem kleinen Kind, auf das sie aufpassen, einen Klaps zu geben, besonders, wenn es frech ist‹, und der fünfzehnjährige Babysitter sagt: ›Oh, Mann, Sie sagen es‹, und er sagt: ›Sind Sie, zum Beispiel, heute abend nicht mindestens einmal in Versuchung geraten, es mal richtig übers Knie zu legen?‹, und sie sagt: ›Na ja . . .‹ und er sagt: ›Los, sagen Sie mir die Wahrheit, ich bin Kinderpsychologe‹, und bevor man's merkt, hatte er sie überzeugt, daß es am besten wäre, diese Neigungen zu *zügeln*, indem man ihnen *freien Lauf* läßt, wissen Sie, auf therapeutische Art, dem Kind einen sanften Klaps geben. Warum holen Sie das Kind jetzt nicht? Und sie rennt los, holt das Kind, und er sagt ihr, daß sie ihm einen sanften Klaps geben soll, und bevor man sich versieht, hat er sie dazu gebracht, das Kind mörderisch zu verdreschen, während er zuhört und drauf abfährt. Das war dieser eine Fall, den ich hatte, vielleicht schreib' ich eines Tages ein Buch drüber.«

»Faszinierend«, sagte Peaches.

»Ich hatte einen anderen Fall: Dieser Typ da sucht in der Zeitung Anzeigen, wo Leute Möbel verkaufen. Er sucht jemanden, der ein Kinderzimmer verkauft, wissen Sie? Die Kindermöbel loswerden, sie gegen Zeug für Jugendliche ersetzen. Er wußte, er würde entweder eine junge Mutter oder ein Mädchen ans Telefon kriegen – normalerweise wollen die Mädchen ihre Möbel austauschen, wenn sie ins Teenageralter kommen. Und er fängt an, mit ihnen über Möbel zu sprechen, entweder mit der Mutter, wenn sie zu Hause war, oder mit dem Mädchen, wenn die Mutter außer Haus war. Und während er mit ihnen geredet hat – es war nämlich ein langes Gespräch, wissen Sie –, was für ein Bett es ist, und wie die Matratze ist, und wie viele Schubladen im Kleiderschrank sind, so was, während er am Telefon war, hat er . . . na ja . . .«

»Masturbiert«, sagte Peaches.

»Na ja, ja.«

»Glauben Sie, daß der Mann, der mich heute abend anrief, masturbiert hat, während er mit mir redete?«

»Schwer zu sagen. Nach dem, was Sie mir erzählt haben, *war* er entweder schon dabei, oder er wollte anfangen. Er wollte Sie dazu bringen, über Ihren Körper zu reden, verstehen Sie. Der übrigens immer noch sehr schön ist.«

»Na ja, vielen Dank«, sagte Peaches und lächelte.

»Klingt für mich genauso, als hätte ihn das heißgemacht. Daß er Sie dazu bringt, sich vor dem Spiegel dort auszuziehen. Sie wären überrascht, wie viele Frauen bei so was mitspielen. Er ködert sie damit, daß er sie denken läßt, sie hätten das Zeug zum Modell – es gibt keine Frau auf der Welt, die nicht gern Modell wäre –, und dann bringt er sie dazu, sich im Spiegel anzuschauen, während er seine Nummer macht.«

»Genau da hab' ich's begriffen«, sagte Peaches.

»Klar.«

»Als er gesagt hat, ich soll die Bluse ausziehen.«

»Klar. Aber 'ne Menge Frauen begreifen's nicht mal dann. Sie würden sich wundern. Sie machen einfach mit, denken, es wäre in Ordnung, haben keine Ahnung, was am anderen Ende passiert.«

»Ich hab' Angst, er könnte herkommen«, sagte Peaches.

»Na ja, diese Typen machen das normalerweise nicht«, sagte Parker. Das sind normalerweise nicht die Vergewaltiger oder die Würger. Nageln Sie mich nicht darauf fest, man hat da draußen alle *möglichen* Irren. Aber normalerweise sind die Anrufer nicht die Gewalttätigen.«

»Normalerweise«, sagte Peaches.

»Ja«, sagte Parker.

»Weil er meine Adresse hat, verstehen Sie.«

»Hm«, sagte Parker.

»Und mein Name ist auf dem Briefkasten unten. Mit der Apartmentnummer.«

»Ich weiß. Ich hab's gesehen, als ich geklingelt habe. Aber da steht P. Muldoon.«

»Sicher, aber das steht auch im Telefonbuch. P. Muldoon.«

»Na ja, ich bezweifle, daß er herkommt. Er ruft vielleicht nicht mal mehr an. Wenn ich Sie wäre, würde ich aber den Spruch auf dem Anrufbeantworter ändern. 'ne Menge alleinlebender Mädchen haben diese flotten Sprüche, Musik im Hintergrund, versuchen sexy zu klingen, lassen den Anrufer vermuten, jemanden dranzuhaben, der gern die Betten wechselt. Lieber 'nen geschäftsmäßigen Spruch auf dem Band lassen. So was wie: ›Sie haben 123-4567 angerufen‹, und dann: ›Hinterlassen Sie bitte einen Nachricht nach dem Piepton‹. Rein geschäftlich. Sie müssen nicht erklären, daß Sie nicht ans Telefon gehen können, weil jeder *weiß*, er hat das Band erwischt. Und natürlich sollten Sie nicht sagen: ›Ich bin gerade nicht zu erreichen‹, oder so was, weil das eine Einladung für einen Einbrecher ist.«

»Ja, ich weiß.«

»Der springende Punkt ist: Die meisten Leute sind heute mit Anrufbeantwortern vertraut, sie *wissen*, daß sie eine Nachricht nach dem Piepton hinterlassen sollen, also müssen Sie ihnen keine lange Liste mit Anweisungen geben, und Sie müssen auch nicht sehr nett klingen. Hören Ihre Freunde diesen netten kleinen Spruch ein paar hundertmal, dann möchten sie Sie deswegen am liebsten erschießen. Hört aber ein obszöner Anrufer den netten kleinen Spruch, dann denkt er sich, er hat was Besonderes dran, und ruft solange an, bis er Sie erreicht.«

»Ich verstehe«, sagte Peaches.

»Yeah«, sagte Parker. »Haben Sie irgendwelche männlichen Freunde, die einen Spruch für Sie aufnehmen können?«

»Na ja . . .«

»Weil das meistens das Beste ist. Auf diese Weise denkt sich jeder Verrückte, der das Telefonbuch nach abgekürzten Vornamen durchfingert, bei P. Muldoon ankommt und eine männliche Stimme auf dem Anrufbeantworter hat, daß er einen Peter Muldoon oder einen Paul Muldoon dranhat, aber keine Peaches Muldoon. Er wird nicht wieder anrufen. Das ist also eine gute Lösung, es sei denn, Sie befürchten, irgendwelche Männer abzuschrecken, die Sie vielleicht erlaubterweise anrufen. Das liegt an Ihnen.«

»Ich verstehe«, sagte Peaches.

»Yeah«, sagte Parker. »Dieser Typ allerdings, der Sie heute abend angerufen hat, weiß schon, daß hier eine Peaches Muldoon wohnt, und er ist mit seiner kleinen Masche schon ziemlich weit bei Ihnen gekommen, also ruft er Sie vielleicht wieder an. Wir tun was, wenn er weiter anruft, wir legen eine Fangschaltung . . .«

»Eine Fangschaltung?«

»Yeah, so können wir den Anruf zurückverfolgen, selbst wenn er auflegt. Sie müssen es mir sagen, wenn er wieder anruft.«

»Oh, das *werde* ich«, sagte Peaches.

»So, das ist alles«, sagte Parker. »Obwohl er vielleicht nicht wieder anrufen wird.«

»Oder herkommt.«

»Na ja, wie gesagt, ich glaube nicht, daß er das tun wird. Aber Sie wissen, wo Sie mich erreichen können, wenn er's tut.«

»Ich weiß das wirklich zu schätzen«, sagte Peaches.

»Sind Sie gerade im Dienst?« fragte sie.

»Nicht unbedingt«, sagte er.

»Wollen Sie sich amüsieren?« fragte sie.

Marie Sebastiani zeigte ihnen einen weiteren Kartentrick.

»Wir haben hier drei Karten«, sagte sie. »Das Pik-As, das Kreuz-As, das Karo-As.« Sie breitete die Karten fächerförmig aus, das Karo-As links vom Pik-As, und das Kreuz-As rechts davon. »Jetzt werde ich die drei Asse umgedreht unter die Karten mischen«, sagte sie und begann, sie in den Stapel zu stecken.

Fünf Detectives sahen ihr zu.

Carella telefonierte mit den Ballistikern, sagte ihnen, er wolle einen schnellen Bericht über die Kugeln, die die Spezialisten im Famous Brands Wine & Liquors entdeckt hatten. Der Typ bei den Ballistikern machte es ihm schwer. Er sagte Carella, daß es schon fast Viertel vor neun sei und er um Mitternacht ginge. Das Labor sei bis morgen früh um acht geschlossen. Er sagte Carella, daß der Bericht bis dahin warten könne. Carella sagte ihm, er wolle den Bericht sofort. Während er gleichzeitig Maries Kartentrick beobachtete.

Die anderen vier Detectives standen entweder um Carellas Schreibtisch herum oder saßen darauf. Sein Schreibtisch glich einem Versammlungsort. Brown stand gleich links von Carella, die Arme verschränkt. Er wußte, dies würde ein weiterer guter Trick werden. Sie hatte schon vier Kartentricks gezeigt, seit sie mit Hawes in den Mannschaftsraum gekommen war. Das war der Fall gewesen, nachdem Hawes Brown aus einer kleinen Pizzeria an der Vierten Nord angerufen hatte, um ihm zu sagen, einer der Leute habe dort einen Arm hinten in einer Mülltonne gefunden. Brown war mit Genero hingerast. Jetzt hatten sie drei Teile. Besser gesagt, der Gerichtsmediziner hatte sie. Den oberen Torso und ein Paar Arme. Brown hoffte, daß der Gerichtsmediziner ihm sagen konnte, ob die Teile zusammengehörten oder nicht. Wenn die Teile nicht zusammenpaßten, hatten sie es vielleicht mit drei verschiedenen Leichen zu tun. Wie die drei Karten, die Marie Sebastiani jetzt umgedreht in verschiedene Teile des Stapels steckte.

»Das Pik-As«, sagte sie. »Das Karo-As.« Schob es sorgfältig in den Stapel. »Und das Kreuz-As.«

Genero beobachtete die Karten aufmerksam. Er war sicher, daß er das Geheimnis diesmal herausbekommen würde, auch wenn er es bei den letzten vier Tricks nicht geschafft hatte. Er fragte sich, ob sie irgendwelche Bestimmungen mißachteten, wenn sie im Mannschaftsraum einen Stapel Karten hatten. Er hoffte, der Gerichtsmediziner würde anrufen und mitteilen, daß sie es nur mit einer Leiche zu tun hätten. Irgendwie sagte ihm die Vorstellung mehr zu, es nur mit einer zerhackten Leiche zu tun zu haben als mit dreien.

Meyer stand neben ihm, beobachtete Maries Hände. Sie hatte lange, schlanke Finger. Mit den Fingern steckte sie die Karten so sanft in den Stapel, wie ein Dealer ein Messer in einen Konkurrenten rammt. Meyer fragte sich, warum die kleinen Kids ihre Kleidung vor dem zweiten Überfall gewechselt hatten. Er fragte sich auch, ob es einen dritten Überfall geben würde. Hatten sie genug für heute abend? Husch, husch ins Bettchen, Kinderchen, Schlafenszeit. Oder hatten sie gerade erst angefangen?

Hawes stand direkt neben Marie. Er konnte ihr Parfüm riechen. Er hoffte, ihr Mann würde sie von Honolulu aus anrufen, um ihr zu sagen, daß er sie verlassen habe. Er würde einen kalten, leeren Platz in Maries Bett hinterlassen. Ihre Nähe berauschte ihn jetzt fast bis zur Bewußtlosigkeit. Hawes vermutete, daß es ihr Parfüm war. Er hatte ihr noch nicht erzählt, daß die Blaujacken den Lieferwagen gefunden hatten. Noch keine Meldung über den Citation. Vielleicht waren der Gatte und sein Gehilfe zusammen nach Hawaii geflogen. Vielleicht war der Gatte schwul. Hawes warf einen kurzen Blick auf Maries knackiges Hinterteil, als sie sich über den Tisch lehnte, um den Stapel Karten aufzunehmen. Er war in großer Versuchung, seine Hand auf ihr Hinterteil zu legen.

»Wer möchte mischen?« fragte sie.

»Ich«, sagte Genero. Er war sicher, daß das Geheimnis ihrer Tricks etwas mit dem Mischen zu tun haben mußte.

Marie gab ihm den Stapel.

Meyer beobachtete ihre Hände.

Genero mischte die Karten und gab ihr dann den Stapel zurück.

»Okay, Detective Brown«, sagte sie. »Nehmen Sie eine dieser drei Karten. Entweder das Kreuz-As, das Karo-As oder das Pik-As.«

»Kreuz«, sagte Brown.

Sie sah den Stapel durch, der jetzt aufgedeckt war, suchte es. Als sie das Kreuz-As gefunden hatte, zog sie es heraus und warf es auf den Tisch. »Detective Meyer?« sagte sie. »Wie ist es mit Ihnen?«

»Das Pik-As«, sagte er.
»Ich kapier's nicht«, sagte Genero.
Marie sah den Stapel wieder durch.
»Wo ist der Trick?« sagte Genero. »Wenn Sie sich die Karten ansehen, finden Sie sie *natürlich.*«
»Ganz richtig«, sagte sie. »Hier ist das Pik-As.«
Sie warf es auf den Tisch.
»Welche Karte möchten *Sie*?« fragte sie Genero.
»Es ist nur noch eine Karte übrig.«
»Und welche ist es?«
»Das Karo-As.«
»Okay«, sagte sie und gab ihm den Stapel. »Suchen Sie es.«
Genero begann den Stapel durchzusehen.
»Haben Sie es nun gefunden?« fragte sie.
»Warten Sie noch eine Minute, okay?« sagte er.
Er sah den ganzen Stapel durch. Kein Karo-As. Er sah ihn ein zweites Mal durch. Noch immer kein Karo-As.
»Haben Sie es gefunden?« fragte sie.
»Es ist nicht da«, sagte er.
»Sind Sie sicher? Sehen Sie noch mal nach.«
Er sah den Stapel ein drittes Mal durch. Noch immer kein Karo-As.
»Aber ich hab' gesehen, daß Sie es in den Stapel zurückgesteckt haben«, sagte er verblüfft.
»Ja, das haben Sie«, sagte sie. »Wo ist es also?«
»Ich geb' auf, wo ist es?«
»Genau hier«, sagte sie grinsend, griff in ihre Bluse und zog das Karo-As aus dem BH.
»Wie haben Sie das gemacht?« fragte Hawes.
»Vielleicht verrate ich es Ihnen irgendwann«, sagte Marie und zwinkerte ihm zu.
Das Telefon klingelte. Carella saß direkt daneben. Er nahm ab.
»Siebenundachtzigstes Revier, Carella«, sagte er.
»Steve, hier ist Dave von unten. Gib mir entweder Brown oder Genero, okay? Lieber Brown.«
»Warte eine Sekunde«, sagte Carella und reichte Brown den Hörer. »Murchison«, sagte er.
Brown nahm den Hörer.
»Ja, Dave?«
»Ich hab' grade eine Meldung von Boy Zwei erhalten«, sagte Murchison. »Es sieht so aus, als hätten wir die Leiche, die Stück für Stück

auftaucht, identifiziert. Ein Pärchen hat die untere Hälfte in einem Haus gefunden, im Fahrstuhl. *Wenn* es dieselbe Leiche ist. Brieftasche in der Gesäßtasche, mit 'nem Führerschein drin. Komm lieber schnell rüber, ich verständige die Mordkommission.«

»Wie lautet die Adresse?« fragte Brown und hörte zu. »Hab' ich«, sagte er schreibend. »Und der Name des Pärchens?« Er hörte wieder zu. »Okay. Und der Name im Führerschein? Okay«, sagte er, »wir machen uns auf die Socken.« Er legte den Hörer wieder auf. »Gehen wir, Genero«, sagte er, »die Teile finden sich ein. Wir haben gerade die untere Hälfte reinbekommen. Diesmal mit 'nem Namensschild drauf.«

»Dieser Trick nennt sich Geheimnisvolle Vorhersage«, sagte Marie und begann die Karten zu mischen.

»Was heißt Namensschild?« fragte Genero.

»Der Tote hat eine Brieftasche bei sich«, sagte Brown.

»Wie?«

»Was heißt, *wie*? In seiner *Tasche* heißt wie.«

»Ich bitte jetzt jeden, mir eine dreistellige Zahl aufzuschreiben«, sagte Marie.

»Du meinst, er trägt eine Hose?« sagte Genero.

»Es sei denn, er hat eine Tasche auf den Arsch genäht«, sagte Brown.

»Du meinst, die untere Hälfte der Leiche steckt in einer *Hose*?«

»Warum gehen wir nicht einfach rüber und kümmern uns selbst drum, okay?«

»Wer möchte drei Zahlen für mich aufschreiben?« fragte Marie. »Drei beliebige Zahlen?«

»Und sein Name ist in der Brieftasche?« sagte Genero.

»In seinem Führerschein«, sagte Brown. »Gehen wir.«

Beide Männer gingen zu dem Geländer. Kling kam von der Herrentoilette unten im Foyer zurück. Er öffnete die Tür und machte eine tiefe Verbeugung, holte dabei mit dem Arm weit aus und bat sie durch die Schwingtür.

»Wie heißt er denn?« fragte Genero.

»Frank Sebastiani«, sagte Brown.

Und Marie fiel ohnmächtig in Klings Arme.

Annie Rawles war schon vor Ort, als Eileen vor Larry's hielt. Auf der Uhr hinter der Bar, einem großen, reichverzierten Ding mit neonorangem Rand, war es 20 Uhr 55. Durch das Spiegelglasfenster konnte Annie den weißen Cadillac sehen, der an den Bordstein fuhr. Auch der Barmann konnte ihn sehen. Beide beobachteten den Fahrer mit dem üblichen Interesse, während er den Motor abstellte; Annie nippte an einem Bier, der Barmann polierte Gläser. Der Mann hinter dem Lenkrad des Wagens war groß und schwarz und trug Zuhälterklamotten.

Beide beobachteten, wie Eileen am Bordstein aus dem Auto stieg, lange Beine, auffallend und außergewöhnlich. Mit einer kleinen Pistole in einem dieser weichen, aufreizenden Stiefel versteckt, stolzierte sie jetzt in Richtung Eingangstür.

Mr. Zuhälter lehnte sich über den Sitz, kurbelte das Fenster an der Bordsteinseite herunter.

Schrie Eileen etwas zu.

Eileen tänzelte zurück, beugte sich vor, um in das Fenster zu schauen.

Kurzer Rock, knapp über dem Arsch, auffallend, anmachend.

Begann den Kopf zu schütteln, ruderte mit den Armen.

»Die gibt ihm Saures«, sagte der Barmann.

Südstaatenakzent, so weich wie ausgelassene Butter. Klang eigentlich wie gar nicht weit weg von Houston.

»Und das mag er überhaupt nicht«, sagte der Barmann.

Mr. Zuhälter sprang auf der Fahrerseite aus dem Auto, ging um den Wagen und stand schreiend vor ihr auf dem Bürgersteig.

Eileen schüttelte immer noch den Kopf, die Hände in den Hüften.

»Will nicht aufhör'n, ihm Saures zu geben, was?« sagte der Barmann.

Und plötzlich schlug Mr. Zuhälter sie.

»Prügel sie mal richtig durch«, sagte der Barmann und nickte ermutigend.

Eileen taumelte zurück, ihre grünen Augen funkelten. Sie ballte die Fäuste und ging auf ihn los, als wolle sie ihn umbringen, doch er stieß sie weg, drehte sie in Richtung der Bar, gab ihr wieder einen Stoß, diesmal hin zum Bareingang, und stolzierte dann zum Caddy zurück, Herr über alles, was in seinem Blickfeld lag. Eileen rieb sich die Wange. Sie starrte dem Caddy nach, als er vom Bordstein wegfuhr.

Der erste Akt hatte begonnen.

Vier Teile waren zu einem geworden.

Vielleicht.

Sie zeigten ihr zuerst das Bündel Kleidungsstücke.

Schwarze Schuhe, blaue Socken. Blaue Hose. Schwarzer Gürtel. Weiße Unterhose. Blutflecken am Bund von Hose und Unterhose.

»Ich . . . ich glaube, das sind Franks Kleider«, sagte Marie.

Ein paar Münzen in einer Hosentasche. Ein Vierteldollar, zwei Zehn-Cent-Stücke und ein Penny.

Keine Schlüssel. Weder Haus- noch Autoschlüssel.

Ein Taschentuch in der anderen Tasche.

Und eine Brieftasche.

Schwarzes Leder.

»Ist das die Brieftasche Ihres Mannes?« fragte Brown.

»Ja.«

Ihre Stimme war sehr sanft. Als würden die Dinge, die sie ihr zeigten, Ehrfurcht erfordern.

In der Brieftasche ein Führerschein, ausgestellt auf Frank Sebastiani, Eden Lane 604, Collinsworth. Keine Kreditkarten. Wahlberechtigungsschein, derselbe Name, dieselbe Adresse. 120 Dollar in Zwanzigern, Fünfern und Ein-Dollar-Noten. In einer der kleinen Taschen steckte ein grüner Fetzen Papier, auf dem mit der Hand die Worte MARIES GRÖSSEN geschrieben war. Darunter stand:

Hut: 22
Kleid: 38
BH: 75 B
Gürtel: 70
Höschen: 5
Ring: 5
Handschuhe: 7 1/2
Strümpfe: 38 (Medium)
Schuhe: 38

»Ist das die Handschrift Ihres Mannes?« fragte Brown.

»Ja«, sagte Marie. Dieselbe sanfte, ehrfürchtige Stimme.

Sie führten sie hinein.

Das Leichenschauhaus stank.

Der Gestank menschlicher Ausdünstungen und nach Fleisch ließ sie zurückprallen.

Sie gingen mit ihr an einem rostfreien Stahltisch vorbei, auf dem die gesäuberten Überbleibsel eines Brandopfers in Boxerpose aufgebahrt lagen, als versuche es noch immer gegen die Flammen anzukämpfen, die es verzehrt hatten.

Die vier Teile der zerstückelten Leiche lagen auf einem anderen rostfreien Stahltisch. Sie waren lieblos zusammengelegt, stießen nicht ganz aneinander. Lagen dort auf dem Tisch wie ein unvollständiges Puzzlespiel.

Sie blickte auf die Teile.

»Keine Frage, sie sind vom selben Körper«, sagte Carl Blaney.

Lavendelfarbene Augen, weißer Kittel. So stand er unter der Neonbeleuchtung und schien weder den unerträglichen Gestank zu bemerken, noch sich darüber zu ärgern.

»Wegen der Identifizierung . . .«

Er zuckte mit den Achseln.

»Wie Sie sehen, haben wir bisher weder die Hände noch den Kopf.«

Dies galt den Polizisten im Raum. Ignorierte währenddessen die Frau. Hatte Angst, sic könnte auf seinen glänzenden Fliesenboden kotzen. Oder in eines der rostfreien Stahlbecken, die innere Organe enthielten. Drei Cops jetzt. Hawes, Brown und Genero. Aus zwei Fällen wurde einer. Vielleicht.

Die untere Hälfte des Torsos war jetzt nackt.

Sie blickte immer noch auf ihn.

»Kennen Sie vielleicht seine Blutgruppe?« fragte Blaney.

»Ja«, sagte Marie. »B«.

»Nun, das ist die, die wir hier haben.«

Hawes wußte von den Blinddarm- und Meniskotomienarben, weil sie sie bei der Beschreibung ihres Mannes erwähnt hatte. Er sagte jetzt gar nichts. Erstes Gebot bei der Identifizierung: keine Beeinflussung der Zeugin. Laß sie von selbst darauf kommen. Er wartete.

»Irgendwas wiedererkannt?« fragte Brown.

Sie nickte.

»Was erkennen Sie wieder, Madam?«

»Die Narben«, sagte sie.

»Wissen Sie vielleicht, was für Narben das sind?« fragte Blaney.

»Die am Bauch ist eine Blinddarmnarbe.«

Blaney nickte.

»Die am linken Knie stammt von der Knorpelentfernung.«

»Genau das sind die Narben«, sagte Blaney zu den Detectives.

»Sonst noch was, Madam?« fragte Brown.

»Sein Penis«, sagte sie.

Weder Blaney noch einer der Detectives zwinkerten. Dies war keine Regierungskommission, die sich da um die Teile einer Leiche geschart hatte, dies war eine Gruppe Professioneller, die eine positive Identifizierung vorzunehmen versuchte.

»Was ist damit?« fragte Blaney.

»Dort müßte ein kleiner ... na ja, ein Schönheitsfleck sein, ich nehme an, so würden Sie es nennen«, sagte Marie. »Auf der Unterseite. Auf der Vorhaut.«

Blaney hob den schlaffen Penis der Leiche mit einer Hand an, die in einem Gummihandschuh steckte. Er drehte ihn leicht.

»Das?« fragte er und zeigte auf ein stecknadelkopfgroßes Muttermal auf der Vorhaut, etwa zwei Zentimeter unter der Eichel.

»Ja«, sagte Marie sanft.

Blaney ließ den Penis fallen.

Die Detectives versuchten sich klarzuwerden, ob all das eine positive Identifizierung ergab oder nicht. Kein Gesicht zum Anschauen. Keine Hände, um die Fingerabdrücke zu überprüfen. Nur die Blutgruppe, die Narben auf Bauch und Bein und das übereinstimmende Muttermal – das Marie als Schönheitsfleck bezeichnet hatte – auf dem Penis.

»Wissen Sie zufällig, wer sein Zahnarzt war?« fragte Hawes Marie.

»Zahnarzt?« sagte sie.

»Zum späteren Vergleich«, sagte Hawes. »Falls wir irgendwann ein Gebiß für ein Zahndiagramm haben.«

Sie sah ihn verblüfft an.

»Vergleich?« sagte sie.

»Unser Diagramm gegen das des Zahnarztes. Wenn es das Ihres Mannes ist, werden die Diagramme übereinstimmen.«

»Oh«, sagte sie. »Oh. Na ja ... das letzte Mal war er in Florida beim Zahnarzt. Miami Beach. Er hatte diese furchtbaren Zahnschmerzen. Seit wir in den Norden gezogen sind, ist er nicht beim Zahnarzt gewesen.«

»Wann war das?« fragte Brown.

»Vor fünf Jahren.«

»Dann ist das aktuellste Zahndiagramm ...«

»Ich weiß gar nicht, ob es ein Diagramm *gibt*«, sagte Marie. »Er ging einfach zu jemandem, den das Hotel empfohlen hatte. Wir hatten einen längeren Vertrag in Regal Palms. Ich meine, wir hatten nie einen *bestimmten* Zahnarzt, wenn Sie das meinen.«

»Yeah, na ja«, sagte Brown.

Damit, dachte er, war auch die Sache mit den Zähnen am toten Punkt angelangt.

Er drehte sich zu Blaney um.

»Und was meinst du?« sagte er.

»Wie groß war Ihr Mann?« fragte Blaney Marie.

»Das hab' ich alles hier«, sagte Hawes und nahm seinen Notizblock heraus. Er schlug die Seite auf, wo er es vorher notiert hatte, und begann laut vorzulesen. »Einsachtzig, hundertundsiebzig Pfund, schwarze Haare, blaue Augen, Blinddarmnarbe, Meniskotomienarbe.«

»Wenn wir dort einen Kopf dransetzen«, sagte Blaney, »hätten wir einen Körper von ungefähr einsachtzig. Und ich würde das Gewicht anhand der einzelnen Teile etwa auf das, was du hast, also auf einhundertundsiebzig, einhundertfünfundsiebzig Pfund schätzen. Die Haare auf den Armen, der Brust, den Beinen und im Schambereich sind schwarz – was nicht unbedingt heißt, daß das *Kopfhaar* dem exakt entsprechen muß, aber zumindest schließt es einen Blonden, einen Rothaarigen oder jemanden aus dem braunen Spektrum aus. Das Haar ist mit Sicherheit *schwarz.* Die Augen – na ja, wir haben keinen Kopf, oder?«

»Also haben wir eine positive Identifizierung, oder was?« fragte Brown.

»Ich würde sagen, wir betrachten die Überbleibsel eines gesunden Weißen, Ende Zwanzig, Anfang Dreißig«, sagte Blaney. »Wie alt war Ihr Mann, Madam?«

»Vierunddreißig«, sagte sie.

»Ja«, sagte Blaney und nickte. »Und natürlich scheint die Identifizierung des Muttermals auf dem Penis ein entscheidender Faktor zu sein.«

»Ist das Ihr Mann, Madam?« fragte Brown.

»Das ist mein Mann«, sagte Marie, legte ihren Kopf an Hawes' Schulter und begann leise an seiner Brust zu weinen.

Das Hotel stand weit vom Revier entfernt, in einer Seitenstraße der Detavoner Avenue in der City. Er hatte es bewußt nur einen Steinwurf vom Tatort entfernt ausgesucht. *Tatorte*, um genau zu sein. Fünf verschiedene Orte, wenn man den Kopf und die Hände mitzählte. Fünf Orte in einem kurzen Schauspiel mit dem Titel *Die Zauberei und das plötzliche Verschwinden Sebastians des Großen.*

Eine Erlösung, dachte er.

»Ja, bitte?« sagte der Portier. »Kann ich etwas für Sie tun?«

»Ich habe reserviert«, sagte er.

»Ihr Name, bitte?«

»Hardeen«, sagte er. »Theo Hardeen.«

Wunderbarer Zauberer, lange tot. Houdinis Bruder. Geeigneter Name, der sich geradezu anbot. Hardeen war berühmt gewesen für seine Befreiung aus einer mit Wasser gefüllten und mit massiven Schlössern gesicherten verzinkten Eisentonne. *Versagen bedeutet, Tod durch Ertrinken!* hatten seine Plakate verkündet. Das Risiko, hier zu versagen, war noch größer.

»Wie schreibt man das, bitte?« fragte der Portier.

»H-A-R-D-E-E-N.«

»Ja, mein Herr, hier habe ich es«, sagte der Portier und nahm eine Karte heraus. »Hardeen, Theo. Nur für diese Nacht, ist das richtig, Mr. Hardeen?«

»Nur diese Nacht, ja.«

»Wie möchten Sie zahlen, Mr. Hardeen?«

»Bar«, sagte er. »Im voraus.«

Der Portier vermutete, er wäre ein Aufreißer. Einmalige Affäre, Typ mietet sich allein ein, sein Schätzchen – oder eine Nutte aus dem Branchenbuch – würde später vorbeikommen. Keine Erklärungen, keine Beschwerden, dachte er. Aber berechne ihm ein Doppelzimmer.

»Das macht 85 Dollar plus Steuern«, sagte er und beobachtete, wie die Brieftasche herauskam, dann ein Hundert-Dollar-Schein, und wie die Brieftasche dann augenblicklich wieder verschwand. Wie er vermutet hatte, ein Aufreißer. Der Typ wollte sich weder in den Führerschein noch in die Kreditkarten gucken lassen. Hardeen war zweifellos ein falscher Name. Theo Hardeen? Was die sich immer für Namen ausdachten. Wen interessiert's? Nimm das Geld und halt's Maul, dachte er.

Er rechnete die Steuern aus, wechselte den Hundert-Dollar-Schein und schob das Geld über den Schalter. Blitzschnell die Brieftasche wieder raus, das Geld verschwand, die Brieftasche auch.

»Haben Sie Gepäck, mein Herr?« fragte er.

»Nur eine Reisetasche.«

»Jemand wird Ihnen Ihr Zimmer zeigen, mein Herr«, sagte er und betätigte die Klingel auf dem Schalter. »Empfang!« rief er. »Sie müssen Ihr Zimmer bis zwölf Uhr mittags verlassen, mein Herr. Ich wünsche Ihnen eine gute Nacht.«

»Danke.«

Ein Page in hellroter Uniform brachte ihn auf sein Zimmer im zweiten Stock. Knipste das Licht im Badezimmer an. Zeigte ihm, wie man die Klimaanlage bediente. Schaltete den Fernseher für ihn ein. Wartete auf das Trinkgeld. Bekam seine fünfzig Cent, sah auf seine Hand, zuckte mit den Achseln und verließ das Zimmer. Was, zum Teufel, hatte er für das Tragen einer Tasche erwartet? So ein heruntergekommenes Hotel – na ja, darum hatte er es ja genommen. Man stellte keine Fragen. Rein, raus, vielen Dank.

Er sah auf den Bildschirm und dann auf seine Uhr.

21 Uhr 15.

Noch fünfundvierzig Minuten bis zu den Nachrichten um zehn.

Er fragte sich, ob sie bereits alle vier Teile gefunden hatten. Oder eins der Autos. Er hatte den Citation auf dem Parkplatz eines Supermarktes vier Straßen nördlich vom Fluß gelassen, kurz nachdem er den Kopf und die Hände versenkt hatte.

Irgendwas Blödes lief im Fernsehen. Na ja, im Fernsehen war heutzutage *alles* blöd. Er würde sich bis 10 Uhr gedulden müssen, um zu sehen, was los war. Wenn was los war.

Er zog seine Schuhe aus, legte sich auf dem Bett lang, die Augen geschlossen, und entspannte sich an diesem Tag zum ersten Mal.

Morgen nacht um diese Zeit würde er in San Francisco sein.

6

Eileen kam aus der Damentoilette und ging zum hinteren Teil der Bar, wo ein Fernseher an die Wand montiert war. Schnelles Absatzgeklapper, schlüpfrige Nuttenbewegung, jede Menge Arsch und Knöchel. Sie warf Annie, die mit übereinandergeschlagenen Beinen an der Kasse am Ende der Bar saß, nicht mal einen kurzen Blick zu. Zwei oder drei Männer an den Tischen drehten sich nach ihr um. Sie gönnte ihnen einen kurzen, abschätzenden Blick, kein Lächeln, kein Locken, und setzte sich auf einen Barhocker neben einen Typ, der auf den Bildschirm blickte. Immer noch kochte sie vor Wut. Im Spiegel hinter der Bar konnte sie noch den brennenden Abdruck seiner Hand auf ihrer linken Wange sehen. Der Barmann schlenderte zu ihr.

»Sag an«, verlangte er.

»Rum-Coke«, sagte sie. »Wenig Rum.«

»Kommt sofort«, sagte er und griff nach einer Flasche mit billigem Rum im Regal hinter sich. Er gab Eis ins Glas, einen Spritzer Rum, füllte das Glas mit Coke aus einem Zapfhahn. »Genau drei Grüne«, sagte er, »ein Sonderpreis. Soll ich's aufschreiben?«

»Ich zahle gleich«, sagte sie und griff in ihre Umhängetasche. Der 44er lag mit dem Griff nach oben unter einem Seidenschal. Sie nahm die Brieftasche heraus, bezahlte den Drink. Der Barmann druckste herum.

»Ich bin Larry«, sagte er. »Das is' mein Laden.«

Eileen nickte und nahm dann einen Schluck von ihrem Drink.

»Du bist neu«, sagte Larry.

»Und?« sagte sie.

»Und ich krieg' was ab«, sagte er.

»Du kriegst 'nen Dreck«, sagte Eileen.

»Ich laß' keine Nutten hier rumhängen, außer, ich krieg' was ab.«

»Red mit Torpedo«, sagte sie.

»Ich kenne keinen Torpedo.«

»Kennst du nicht, hä? Na ja, dann frag rum. Ich hab' das Gefühl, mit ihm zu reden würde dir nicht gefallen.«

»Wer is' Torpedo? Der schwarze Bubi, der dich vermöbelt hat?«

»Torpedo Holmes. Frag mal rum. Bis dahin verpiß dich.«

»Siehst du die Lady, die dort am Ende der Bar sitzt?« fragte Larry.

Eileen sah zu Annie.

»Ich seh' sie.«

»Die is' auch neu. Wir hatten ein nettes kleines Gespräch, gleich als sie reinkam. Ich krieg' zwanzig Prozent von ihrer Anschaffe, und das bloß dafür, daß sie ihren Arsch auf diesen Barhocker pflanzen darf.«

»Die hat auch keinen Torpedo«, sagte Eileen. »Verdammt, läßt du mir meine Ruhe, oder willst du, daß ich telefoniere?«

»Telefonier ruhig«, sagte Larry.

»Mister«, sagte Eileen, »Sie reiten sich tiefer in die Scheiße, als sie es wert sind.«

Sie schwang sich vom Barhocker – lange Beine tasteten nach dem Boden –, nahm ihre Tasche, hängte sie sich um und ging hüftschwingend in Richtung Telefonzelle.

Annie beobachtete sie und dachte: Gott, ist sie gut.

In der Telefonzelle wählte Eileen den heißen Draht zum Zweiundsiebzigsten.

Alvarez nahm ab.

»Sag Robinson, er soll zurückkommen«, sagte sie. »Der Barmann nervt mich.«

»Schon da«, sagte Alvarez und hängte ein.

Detective Second Grade Alvin Robinson arbeitete im Dreiundsiebzigsten, in der Nähe des Parks und des County-Gerichts. Das Team des Zweiundsiebzigsten war überzeugt, daß er nicht als Cop für die Canal-Zone geeignet war, und sie setzten ihn diese Nacht nur ein, um

Eileens Glaubwürdigkeit als echte Nutte zu unterstreichen. Er würde nicht zum Team für ihre Rückendeckung gehören, obwohl Eileen es sich anders gewünscht hätte. Sie ärgerte sich immer noch, daß er sie so fest geschlagen hatte –, obwohl sie wußte, daß er es realistisch hatte aussehen lassen wollen –, doch im Caddy auf dem Weg dorthin, hatte er wie ein harter, verläßlicher Cop geklungen, der wußte, wo es lang ging.

Keine zehn Minuten nach ihrem Anruf betrat er die Bar. Der herausfordernde Blick unter der breiten Krempe seines Hutes suchte den Raum ab. Jeder in der Kaschemme sah weg. Mit coolem Ludengang tänzelte er zu Eileen hin und legte ihr die Hand auf die Schulter.

»Der da?« fragte er und deutete mit dem Kopf dorthin, wo Larry gerade eine Karaffe mit Tomatensaft füllte. Eileen nickte bloß. »Du«, sagte Robinson und zeigte mit dem Finger auf ihn. »Komm her.«

Larry ließ sich Zeit.

»Du machst meiner Mieze Ärger?« sagte Robinson.

»Hast du ein Telefon in deinem Zuhälterschlitten?« sagte Larry und nahm die Herausforderung an, obwohl er noch nie im Leben einen gemeiner wirkenden Schwarzen gesehen hatte. Jeder in der Bar blickte jetzt zu ihnen, die Typen an den Tischen, der, der noch vor einer Minute ferngesehen hatte.

»Hab' dich was gefragt«, sagte Robinson.

»Ich hab' ihr die Regeln vorgelesen, Kumpel«, sagte Larry. »Dieselben Regeln . . .«

»Nenn *mich* nicht Kumpel, Kumpel«, sagte Robinson. »Ich bin nicht dein verdammter Kumpel, und ich lebe nach keinen Regeln. Wenn du noch nichts von Torpedo Holmes gehört hast, muß ich dir eine schnelle Lektion erteilen. Niemand mischt sich bei mir ein, Mann. Niemand. Es sei denn, er sucht eine *andere* Art von Einmischung, die ich ihm gezwungenermaßen bieten würde. Kapiert?«

»Ich sag' dir . . .«

»Nein, du *sagst* mir nichts, Mister. Du *hörst* zu, genau das machst du.« Er griff in seine Brieftasche, nahm ein abgenutztes Stück glänzenden Papiers heraus, entfaltete es und strich es auf der Bar glatt. »Das ist aus dem *L. A. Magazine*«, sagte er. »Erkennst du den auf dem Bild wieder?«

Larry sah das Farbfoto eines großen Schwarzen, der einen roten Seidenhausmantel trug und selbstbewußt in die Kamera grinste. Das Zimmer im Hintergrund war opulent ausgestattet. Der Untertitel des Fotos lautete: *Thomas »Torpedo« Holmes zu Hause.*

Robinson fand, daß die Ähnlichkeit verblüffend war. Aber selbst wenn sie es nicht gewesen wäre, hätte er fest daran geglaubt, daß die meisten Weißen – besonders ein Ultrakonservativer wie dieser – dachten, alle Nigger sähen gleich aus. Thomas »Torpedo« Holmes saß schon seit zehn Jahren in Soledad.

Der Artikel erwähnte die Verhaftung und Verurteilung nicht, weil er drei Jahre vorher geschrieben worden war, als Holmes noch ganz oben gewesen war. Cops zieht man in der Zeitung nicht in den Dreck, nicht mal in Los Angeles.

»Ich nehme an, du kannst nicht lesen«, sagte Robinson, »also werd' ich dich ins Bild setzen.« Er schnappte sich den Artikel von der Theke, bevor er zu genau geprüft wurde, faltete ihn zusammen und steckte ihn wieder in die Brieftasche. Eileen saß gelangweilt herum. »In dem Artikel steht, Mann, daß mir nicht mal L. A.s Höchste an den Kragen können, genau das steht in dem Artikel. Und dasselbe gilt hier in *dieser* Stadt, kein Gesetz kann mir was, kein beschissener Barmann ...«

»Mir *gehört* dieser Laden!« sagte Larry.

»Hörst du mir zu, Mann, oder kannst du dein Maul nicht halten? Ich sag' dir, daß ich meine Kisten mit niemandem teile, nicht mit dem Gesetz, nicht mit 'nem anderen, der Mädchen laufen hat, und vor allem nicht mit *dir.*«

»Hier ist nicht L. A.«, sagte Larry.

»Hm, ohne Scheiß?« sagte Robinson.

»Ich meine, ich hab' hier Regeln, Mann.«

»Soll ich dir deine Regeln in den Arsch schieben, Mann? Zusammen mit dieser Kanne Tomatensaft? Mann, bring mich nicht in Versuchung. Dieses kleine Mädchen da wird hier solange rumsitzen, wie sie will, kapiert, Mann? Und wenn ich mit dem Service, den sie hier kriegt, zufrieden bin, dann setze ich vielleicht ab und zu ein paar andere kleine Mädchen hier ab, um diesem verdammten Loch etwas Klasse zu geben.« Wieder kam seine Brieftasche heraus. Er warf eine Fünfzig-Dollar-Note auf den Tresen. »Das ist für alles, was sie trinken will. Wenn es weg ist, komm' ich mit mehr zurück. Und bete lieber, daß ich nicht mit was zurückkomme, das ein scharfes Ende hat. Hast du das geschnallt, Mann?«

Larry nahm den Schein und steckte ihn in die Hemdtasche. Er glaubte, einen moralischen Sieg errungen zu haben. »Was soll dieser aufgeblasene Scheiß?« fragte er lächelnd; jetzt spielte er fürs Publikum, zeigte ihm, daß er nicht zurückgesteckt hatte. »Wir sind zwei Ehrenmänner, können wir nicht miteinander reden, ohne uns gegenseitig zu bedroh'n?«

»Hast du mich bedroht?« sagte Robinson. »Ich hab' nicht gehört, daß mich jemand bedroht hat.«

»Was ich meine . . .«

»Hör'n wir jetzt auf, Mann? Du wirst Linda von jetzt an nett behandeln?«

»Das einzige, was ich der Dame gesagt habe . . .«

»Was du gesagt hast, ist Scheiße. Ich will keine Anrufe mehr von ihr.«

»Ich hab' nichts gegen ein gutaussehendes Mädchen«, sagte Larry.

»Gut. Und ich hab' nichts dagegen, daß sie hier ist«, sagte Robinson und grinste wie ein Honigkuchenpferd. Er legte seine Hand wieder auf Eileens Schulter. »Na, Süße«, sagte er, »und jetzt locker zur Sache. Weil Daddy nämlich 'ne süße Überraschung für dich hat, wenn die Nacht geschafft ist.«

»Bis bald, Torp«, sagte sie und hielt ihm die Wange für einen Kuß hin.

Robinson bedachte Larry mit einem kurzen, vielsagenden Nicken und tänzelte in coolem Ludengang durch die Tür und hinaus zum weißen Cadillac am Straßenrand.

Am anderen Ende der Bar sagte Annie: »Ich wünschte, *ich* hätte so 'nen Mann.«

Der dritte Überfall auf einen Spirituosenladen fand statt, während Alvin Robinson seine bühnenreife Show vor dem Besitzer von Larry's Bar abzog, aber die Blaujacken meldeten ihn nicht vor 21 Uhr 30, und Carella und Meyer erreichten den Tatort nicht vor 21 Uhr 35. Zu der Zeit fuhr Robinson bereits zurück zum 73. Revier.

Diesmal war niemand umgebracht worden – doch an Versuchen hatte es nicht gemangelt. Martha Frey, die vierzigjährige Besitzerin und Geschäftsführerin des Ladens an der Culver, Ecke Zwanzigste, erzählte ihnen, vier davon – bekleidet mit Clownskostümen, gepunkteten Clownshüten, weißen Clownsmasken mit roten Knollennasen und breitgrinsenden roten Mündern – hätten in dem Moment angefangen zu schießen, als sie den Laden betraten. Sie habe sich ans Herz gefaßt und sich hinter der Ladentheke in der Hoffnung fallenlassen, glaubhaft eine tödlich Verwundete zu simulieren. Als sie die Kasse ausgeräumt hätten, sei ihr in den Sinn gekommen, daß einem einfallen könnte, ihr »den Gnadenstreich zu geben«, wie sie es nannte, während sie dort lag und sich tot stellte. Keinem war es eingefallen. Sie betrachtete es als ein Wunder, daß sie noch lebte, wo doch vier kleine Pistolen im Spiel gewesen seien, alle zur gleichen Zeit. Sie fragte sich, ob sie sie am Ende nicht doch verletzt hätten. War es möglich, daß sie unter Schock stand und nicht wußte, ob sie verletzt worden war? Hatten die Detectives Blut an ihr gesehen?

Meyer versicherte ihr, daß sie unversehrt sei.

»Ich kann nicht glauben, daß sie mich nicht getroffen haben«, sagte sie und bekreuzigte sich. »Gott muß mich behütet haben.«

Entweder das, oder sie waren diesmal einfach nervös, dachte Carella. Dreimal innerhalb von vier Stunden, da konnte sogar ein ausgebuffter Profi durchdrehen. Von einer Handvoll Grundschüler nicht zu sprechen.

»Haben Sie gesehen, wer den Wagen fuhr?« fragte Carella.

»Nein«, sagte Martha. »Ich habe gerade die Kasse für den Abend kontrolliert. Normalerweise schließe ich freitags um neun, aber heute ist Halloween, 'ne Menge Partys laufen, den Leuten geht der Schnaps aus, sie rennen noch in letzter Minute in den Laden. Es war ungefähr zwanzig nach, als sie reinkamen.«

Der Wagen der mobilen Spurensicherung fuhr gerade vor dem Laden vor.

»Die Spezialisten werden hier eine Weile zu tun haben«, sagte Carella. »Sie wollen sehen, ob sie irgendwas auf der Kasse finden.«

»Drin wird nichts sein, das ist sicher«, sagte Martha traurig.

»Haben sie was zu Ihnen gesagt?« fragte Meyer. »Als sie reinkamen?«

»Nur ›Zoff oder Zucker!‹ Dann haben sie angefangen zu schießen.«

»Haben sie nicht gesagt: ›Das ist ein Überfall‹, oder so was?«

»Nichts.«

»Hallo, Jungs«, sagte einer der Spezialisten. »Schon wieder Kinderstunde?«

»Schule schon wieder zu Ende?« fragte der andere Spezialist.

»Was war, als sie die Kasse ausgeräumt haben?« fragte Meyer, der sie ignorierte.

»Einer sagte: ›Halt sie offen, Alice‹. Ich glaube, er meinte die Einkaufstasche.«

»Alice?« sagte Carella. »Ein Mädchen?«

»Eine Frau, ja«, sagte Martha.

Carella fand, damit ginge der Feminismus etwas zu weit.

»Und, dieses kleine Mädchen . . .« begann er, aber Martha unterbrach ihn sofort.

»Eine *Frau*«, sagte sie. »Kein kleines Mädchen. Das waren keine *Kinder*, Detective Carella, das waren *Liliputaner.*«

Er sah sie an.

»Ich habe als Hochseiltänzerin bei Ringling gearbeitet«, sagte sie. »Habe mir bei einem Sturz die Hüfte gebrochen, hab' dann lieber aufgehört. Aber ich erkenne immer noch Liliputaner, wenn ich sie sehe. Es waren *Liliputaner.*«

»Was hab' ich dir gesagt, Baz?« sagte einer der Spezialisten. »Ich hätte mit dir wetten soll'n.«

»Liliputaner«, sagte der andere Spezialist. »Ich bin ein verdammter Idiot.«

Ich auch, dachte Carella.

Aber jetzt wußten sie, wonach sie suchten.

Und jetzt hatten sie ein Verhaltensmuster.

Peaches und Parker waren die einzigen, die nicht kostümiert waren.

»Was stellst du dar?« fragte ein Mann, der als Cowboy verkleidet war.

»Ich bin ein Cop«, sagte Parker.

»Ich bin ein Opfer«, sagte Peaches.

»Und ich spinne«, sagte der Cowboy.

Parker zeigte jedem, den er traf, seine Marke.

»Sieht wie echt aus«, sagte ein Pirat.

Peaches hob ihren Rock und zeigte einem Stummfilmregisseur einen blauen Fleck auf ihrem Schenkel.

»Ich bin ein Opfer«, sagte sie.

Sie hatte sich den blauen Fleck zugezogen, als sie eines Nachts auf dem Weg zum Badezimmer gegen einen Tisch gestoßen war.

Der Stummfilmregisseur, der eine Reithose anhatte und ein Megaphon trug, sagte: »Das sind Beine, Süße. Willst du zum Film?«

Das Mädchen bei ihm war wie Theda Bara angezogen.

Parker sah in den Ausschnitt ihres enganliegenden knappen Satinkleides, sagte: »Sie sind verhaftet«, und zeigte ihr seine Marke.

In der Küche schnupften Dracula, Superman, Scarlett O'Hara und Cleopatra Kokain.

Parker zeigte ihnen nicht seine Marke. Statt dessen schnupfte er ein paar Lines mit ihnen.

Peaches sagte: »Für einen Cop bist du ziemlich spaßig.«

Es war das erste Mal seit vielen Jahren, daß jemand Parker gesagt hatte, er sei spaßig, als Cop oder überhaupt. Er nahm sie fest in die Arme.

Sie machte: »Ooooooh.«

Ein Weißer mit geschwärztem Gesicht, angezogen wie Eddie Murphy in *Beverly Hills Cop*, sagte: »Ich bin ein Cop«, und zeigte Parker eine gefälschte Marke.

»Ich komme widerstandslos mit«, sagte Parker und umarmte Peaches erneut.

»Wie ich das sehe«, sagte Kling, »fahren wir rüber, sobald wir abgelöst werden. Vielleicht sind wir gegen Mitternacht oder etwas später in der Zone.«

»Aha«, sagte Hawes und sah auf die Uhr an der Wand.

21 Uhr 50. Weniger als zwei Stunden, bis die Ablösung eintrudeln würde.

»Sie brauchen nicht mal wissen, daß wir da sind«, sagte Kling. »Wir nehmen eine der Limousinen, kutschieren einfach durch die Straßen.«

Sie saßen flüsternd an seinem Schreibtisch. Am anderen Ende des Raumes bekam Brown gerade eine Beschreibung von Jimmy Brayne. Er war soweit, Haus und Hof zu verwetten, daß der Gehilfe von Sebastian dem Großen auch derjenige war, der ihn kaltgemacht und in Stücke gehackt hatte.

»Dieser Typ ist extrem gefährlich«, sagte Kling. »Hat schon drei Leute abgemurkst.«

»Und du glaubst, sie könnten Hilfe brauchen, hä?« sagte Hawes. »Annie und Eileen?«

»Je mehr, desto besser«, sagte Kling.

»Schwarz oder weiß?«

»Weiß«, sagte Marie.

»Alter?«

»Zweiunddreißig.«

»Größe?«

»Ungefähr einsfünfundsiebzig.«

»Annie hat nicht mal erwähnt, daß sie bei der Sache dabei ist«, sagte Hawes. »Ich hab' mit ihr gesprochen, ungefähr um ...«

»Sie hat den Anruf vom Morddezernat erst am späten Nachmittag erhalten. Genau das ist's ja, Cotton. Sie haben das verdammte Ding aus der Wundertüte gezaubert.«

»Gewicht?« sagte Brown.

»Um die hundertachtzig? Ungefähr.«
»Haarfarbe?«
»Schwarz.«
»Augen?«
»Braun.«
»Ich meine, würdest *du* dorthin gehen, mit nur zwei Mann als Rükkendeckung?« sagte Kling. »Wenn der Typ mit 'nem Messer bewaffnet ist und schon drei Leute um die Ecke gebracht hat?«
»Die Chance scheint nicht schlecht zu sein«, sagte Hawes. »Drei gegen einen? Alle drei bewaffnet. Gegen nur ein Messer.«
»*Nur*, hä? Der springende Punkt ist, wenn Annie und dieser Shanahan zu nah bei ihr sind«, sagte Kling, »wird er nicht in Aktion treten. Also müssen sie sich im Hintergrund halten. Aber wenn er plötzlich losschlägt, wer deckt dann den Rückraum?«
»Irgendwelche Narben, besondere Kennzeichen oder Tätowierungen?« fragte Brown.
»Nicht daß ich wüßte.«
»Irgendein regionaler Akzent oder Dialekt?«
»Er ist aus Massachusetts. Hört sich ein bißchen wie die Kennedys an.«
»Was hatte er an, als Sie heute aus dem Haus gingen?«
»Lassen Sie mich nachdenken.«
Sie saß auf einer Bank unter dem Schwarzen Brett des Mannschaftsraums, die Hände im Schoß gefaltet. Ihr Gesicht war immer noch tränennaß. Brown hatte einen Fuß auf der Bank, ein Klemmbrett auf dem Knie. Er wartete.
»Bluejeans«, sagte sie. »Und einen Wollpullover, kein Hemd. Einen Pullover mit V-Ausschnitt. Eine Art Rotbraun. Und Turnschuhe. Und ... weiße Socken, glaube ich. Oh, ja. Er trägt eine Art Medaillon um den Hals. Ein Silbermedaillon, ich glaube er hat es bei einem Schwimmwettbewerb gewonnen. Einem Highschool-Schwimmwettbewerb.«
»Trägt er es immer?«
»Ich habe ihn nie ohne gesehen.«
»Hast du mit Eileen drüber gesprochen?« fragte Hawes.
»Ja, ich hab's beim Abendessen erwähnt«, sagte Kling.
»Hast du ihr gesagt, daß du rüber willst?«
»Yeah.«
»In die Zone?«
»Yeah.«

»Was hat sie gesagt?«

»Sie sagte, sie käme damit klar.«

»Aber du glaubst das nicht, hä?«

»Ich glaube, sie kommt besser damit klar, wenn ein paar Leute mehr dabei sind. Die sollten das selbst wissen, die Mordkommission. Und auch das Zweiundsiebzigste. Zwei Frauen auf die Straße zu schicken gegen . . .«

»Plus Shanahan.«

»Na ja, ich kenne diesen Shanahan nicht, du?«

»Nein, aber . . .«

»Soweit ich weiß . . .«

»Aber du kannst nicht automatisch davon ausgehen, daß er schon im Vorruhestand ist.«

»Ich weiß nicht, was er ist. Ich *weiß* nur, daß er sich nicht so um Eileen sorgt wie *ich*.«

»Vielleicht ist das das Problem«, sagte Hawes.

»Trägt er eine Armbanduhr?« fragte Brown.

»Ja«, sagte Marie.

»Wissen Sie vielleicht, was für eine?«

»Eine dieser Digitaluhren. Schwarz mit einem schwarzen Armband. Eine Seiko, glaube ich. Ich bin nicht sicher.«

»Irgendwelchen anderen Schmuck?«

»Einen Ring. Er trägt ihn am rechten kleinen Finger. Ein kleiner Goldring mit rotem Stein. Ich glaube nicht, daß es ein Rubin ist, aber er sieht aus wie einer.«

»Ist er Rechts- oder Linkshänder?«

»Weiß ich nicht.«

»Was meinst du?« sagte Kling.

»Ich meine, warum überläßt du es nicht ihnen?« sagte Hawes.

Kling sah ihn an.

»Sie sind erfahrene Cops, alle. Wenn das Morddezernat oder das 72. dort keine Armee aufgestellt haben, dann vielleicht, weil sie glauben, ihn sonst zu verschrecken.«

»Ich sehe nicht ein, daß zwei Typen mehr eine *Armee* sind«, sagte Kling.

»Diese Kerle können Fallen riechen«, sagte Hawes, »sie sind wie Tiere im Dschungel. Auf jeden Fall haben sie Walkie-talkies dabei, oder nicht? Annie, Shanahan? Vielleicht sogar Eileen. Streifenpolizisten werden in der Zone rumfahren, sie werden da draußen nicht allein sein. Jeder meldet sich über 10 bis 13 . . .«

»Ich will nicht, daß sie noch mal geschnitten wird«, sagte Kling.

»Glaubst du, *sie* will noch mal geschnitten werden?« fragte Hawes.

»Erzählen Sie mir, was passierte, bevor sie heute aus dem Haus gingen«, sagte Brown. »Hat er sich anders als sonst verhalten?«

»So wie immer«, sagte Marie.

»Hat er sich mit Ihrem Mann gut verstanden?«

»Ja. Na ja, er will auch Zauberer werden, wissen Sie. Er studierte all die Tricks, die die berühmten Zauberer machten – Dai Vernon, Blackstone, Audley Walsh, Tommy Windsor, Houdini, Ballantine – alle. Er ist auch mit all den Neuen in Kontakt, versucht ihre Tricks herauszufinden. Und mein Mann ist . . .«

Sie verlor fast die Beherrschung.

»Mein Mann . . . war . . . sehr geduldig mit ihm. Immer bereit, ein Kunststück zu erklären, einen Taschenspielertrick oder einen Bühnentrick . . . half ihm mit seinem Zuspruch . . . nahm sich die Zeit, um . . . um . . . ihm alles zu zeigen . . . und ihn anzuleiten. Ich kann nicht verstehen, wie er so was tun konnte. Ich will Ihnen die Wahrheit sagen, Detective Brown, ich bin bereit, alles zu tun, damit Sie Jimmy finden, aber ich kann nicht glauben, daß er es getan hat.«

»Na ja, *wir* wissen das auch nicht sicher«, sagte Brown.

»Genau das meine ich«, sagte Marie. »Ich bete nur zu Gott, daß *ihm* nicht auch was passiert ist. Ich hoffe nur, jemand hat nicht . . . hat nicht *beide* umgebracht.«

»Wie sind *Sie* mit ihm ausgekommen?« fragte Brown.

»Jimmy? Er ist für mich wie ein Bruder.«

»Keine Streitigkeiten, hä? Ich meine, zu dritt in einem Haus?«

»Überhaupt nicht.«

»Was heißt das also?« fragte Kling. »Du kommst nicht mit mir?«

»Ich glaube, *du* solltest auch nicht gehen«, sagte Hawes.

»Nun, ich gehe.«

»Sie weiß, was sie tut«, sagte Hawes matt. »Und Annie auch.«

»Sie wußte *nicht*, was sie tat, als dieser Hurensohn . . .« Kling hatte sich selbst verraten. Er holte tief Atem.

»Ganz ruhig«, sagte Hawes.

»Ich geh' da heute nacht raus«, sagte Kling. »Mit dir oder ohne dich.«

»Ganz ruhig«, sagte Hawes erneut.

Brown ging vorbei.

»So stell' ich mir das vor«, sagte er zu Hawes. »Du hast die Vermißtenmeldung reingekriegt, ich die Teile. Stellt sich raus, daß es sich um denselben Fall handelt. Ich denke, daß Genero vielleicht wieder auf Streife gehen sollte, sich um den Ärger auf den Straßen kümmern, um den sich die Lieutenants Sorgen machen. Wir können zusammen daran arbeiten, wie hört sich das für dich an?«

»Hört sich gut an«, sagte Hawes.

»Ich werd's Genero sagen«, sagte Brown und ging.

»Alles okay?« fragte Hawes Kling.

»Mir geht's gut«, sagte Kling.

Aber auch er ging.

Der Stadtplan war auf dem langen Tisch im Vernehmungsraum ausgebreitet. Meyer und Carella beugten sich über den Stadtplan. Sie hatten bereits Sergeant Murchison gebeten, nachzuprüfen, ob irgendwo in der Stadt ein Zirkus oder ein Rummel war. Sie glaubten nicht, daß es zu dieser Jahreszeit so etwas gab. In der Zwischenzeit versuchten sie herauszufinden, wo die Liliputaner das nächste Mal zuschlagen würden.

»Liliputaner«, sagte Meyer kopfschüttelnd. »Hast du je einen Liliputaner verhaftet?«

»Nie«, sagte Carella. »Ich habe mal einen Zwerg verhaftet. Er war ein hervorragender Einbrecher. Kroch immer durch die Entlüftungsschächte.«

»Was ist der Unterschied?« fragte Meyer.

»Ein Liliputaner ist eine Person von ungewöhnlich kleinem Wuchs, aber er ist physisch gut proportioniert.«

»Na und? Dussel und Doc waren auch gut proportioniert.«

»Nur im Film«, sagte Carella. »Im wirklichen Leben hat ein Zwerg anormale Körpermaße.«

»Kannst du die Namen aller sieben Zwerge aufzählen?« fragte Meyer.

»Ich kenne nicht mal den Namen von Schneewittchen«, sagte Carella.

»Los, versuch's.«

»Jeder kann die Namen der sieben Zwerge aufzählen«, sagte Carella.

»Fang an, zähl sie auf.«

»Dussel, Doc . . .«

»Die beiden hatten wir schon.«

»Griesgram, Schlafmütze, Rotznase . . . wie viele haben wir?«

»Fünf.«

»Der Schüchterne.«
»Yeah?«
»Und . . .«
»Yeah?«
»Wie heißt der siebte?« fragte Carella.
»Niemand kann alle sieben aufzählen«, sagte Meyer.
»Also, sag mir, wie er heißt.«
»Denk drüber nach«, sagte Meyer lächelnd.

Carella beugte sich wieder über den Stadtplan. Jetzt würde ihn der gottverdammte siebte Zwerg die ganze Nacht über nerven.

»Das erste Mal haben sie hier zugeschlagen«, sagte er und zeigte auf den Plan. »Culver, Ecke Neunte. Das zweite Mal hier. Noch immer in der Culver, drei Straßen östlich. Das nächste Mal auf der Culver, Ecke Zwanzigste.«

»Sie arbeiten sich auf der Culver in Richtung Uptown vor.«

»Das erste Mal um . . . hast du den Zeitplan?«

Meyer öffnete sein Notizbuch. »17 Uhr 15«, sagte er. »Das zweite Mal kurz nach sieben. Das dritte Mal vor etwa vierzig Minuten.«

»In welchen Zeitabständen also?«

»17 Uhr 15, 19 Uhr 05, 21 Uhr 20. Macht mehr oder weniger zwei Stunden.«

»Zeit, um die Kostüme zu wechseln . . .«

»Oder vielleicht haben wir's hier mit *drei* Gangs zu tun, was hältst du davon?«

»Auf der ganzen Welt gibt es nicht so viele Liliputaner«, sagte Carella.

»Hast du schon den Namen des siebten Zwergs rausgefunden?«

»Nein.« Er sah wieder auf den Plan. »Also müßte der nächste weiter Richtung Uptown auf der Culver sein, und sie müßten ungefähr um elf, halb zwölf zuschlagen.«

»*Wenn* es ein nächstes Mal gibt.«

»Und sie den Zeitplan nicht verkürzen.«

»Yeah«, sagte Meyer und schüttelte wieder den Kopf. »Liliputaner. Ich dachte immer, Liliputaner wären gesetzestreue Bürger.«

»Sei bloß froh, daß es keine Riesen sind«, sagte Carella.

»Du hast's«, sagte Meyer.

»Hä?« sagte Carella.

»Der Frohe. Das ist der siebte Zwerg.«

»Oh. Ach so.«

»Was willst du also machen?«

»Reden wir erst mit Dave, mal sehen, ob er was über einen Zirkus oder Rummel rausgefunden hat.«

»Das ist ein Schuß ins Blaue«, sagte Meyer.

»Dann rufen wir wieder die Ballistik an, mal sehen, ob sie was über die Kugeln rausgefunden haben.«

»Vielleicht kriegen wir Kaliber und Fabrikat«, sagte Meyer, »aber ich seh' nicht, wie uns das helfen soll.«

»Und dann würde ich sagen, wir fahren lieber nach Uptown«, sagte Carella, »inspizieren die Culver, mal sehen, welche Läden für den nächsten Überfall in Frage kommen.«

»Denkst du an einen bestimmten?«

»Wenn es sie nicht bündelweise gibt.«

Carella faltete den Stadtplan zusammen.

»Also«, sagte er. »Zuerst Murchison.«

Sie saß immer noch leise weinend auf der Bank, als Hawes zu ihr trat.

»Mrs. Sebastiani?« sagte er.

Marie sah auf. Tränenüberströmtes Gesicht, blaue, jetzt gerötete Augen.

»Tut mir leid, Sie belästigen zu müssen«, sagte er.

»Nein, das ist in Ordnung«, sagte sie.

»Ich wollte Ihnen sagen, ... wir haben den Lieferwagen gefunden, aber den Citation noch nicht. Sie sagten, Brayne hätte den Lieferwagen heute in die Stadt gefahren ...«

»Ja.«

»Also werden die Spezialisten vielleicht seine Fingerabdrücke am Lenkrad finden. Er ist nicht im Vorstrafenregister, oder?«

»Nicht daß ich wüßte.«

»Na ja, wir schicken seine Daten durch den Computer, mal seh'n, was wir rausfinden. Falls währenddessen die Spezialisten etwas entdecken, und falls wir den Citation finden, wissen wir vielleicht, ob er derjenige war, der den Wagen von der Schule wegfuhr. Durch Vergleich der Abdrücke auf beiden Lenkrädern, verstehen Sie?«

»Ja. Aber ... naja, wir *alle* haben beide Autos oft gefahren. Ich meine, sie werden wahrscheinlich meine Abdrücke und Franks zusammen mit Jimmys finden. Wenn Sie überhaupt Abdrücke finden.«

»Aha, ja, das ist möglich. Aber wir werden sehen, okay?« In der

Zwischenzeit hat Detective Brown schon eine Suchmeldung nach Brayne rausgegeben, und wir werden alle Bahnhöfe, Busbahnhöfe, Flughäfen überwachen, falls er . . .«

»*Sie* werden überwachen?«

»Na ja, nicht Brown und ich persönlich. Ich meine, die Polizei. Die Suchmeldungen sind schon raus, wie gesagt, also werden wir vielleicht dort Ergebnisse erhalten. Falls er versucht, aus der Stadt rauszukommen.«

»Ja«, sagte Marie und nickte.

»Brown und ich fahren zurück zur Highschool, mal sehen, ob jemand gemerkt hat, was in der Durchfahrt passiert ist.«

»Na ja . . . wird jemand *da* sein? Ich meine, sind die Lehrer nicht . . .?«

»Und die Kids, ja, die werden weg sein, das muß bis morgen warten. Aber der Hausmeister wird da sein, und vielleicht hat *er* was gesehen.«

»Wird es derselbe Hausmeister sein, der heute nachmittag da war?«

»Ich weiß nicht, aber wir werden es auf jeden Fall rauskriegen.«

»Ja, ich verstehe.«

»In der Zwischenzeit will ich wissen, was *Sie* vorhaben. Haben Sie Verwandte oder Freunde hier in der Stadt?«

»Nein.«

»Dann fahren Sie also nach Hause? Ich weiß, daß Sie knapp bei Kasse sind . . .«

»Ja, aber in Franks Brieftasche war Geld.«

»Na ja, das Labor wird Tests an der Brieftasche samt Inhalt vornehmen wollen, also kann ich Ihnen die nicht geben. Aber wenn ich Ihnen Geld für eine Zug- oder Busfahrkarte leihen soll . . . was ich wissen will: Haben Sie vor, nach Hause zu fahren oder nicht, Mrs. Sebastiani? Weil es, ehrlich gesagt, hier nichts mehr für Sie zu tun gibt.«

»Ich . . . ich weiß nicht, was ich machen soll«, sagte sie, fing wieder an zu weinen und vergrub ihr Gesicht in einem schon durchnäßten Taschentuch.

Hawes beobachtete sie, angesichts ihrer Tränen fühlte er sich unbehaglich.

»Ich bin nicht sicher, ob ich nach Hause will«, sagte sie, ihre Stimme durch das Taschentuch gedämpft. »Wenn Frank weg ist . . .«

Sie brach den Satz ab.

Sie schluchzte weiter in das Taschentuch.

»Sie müssen irgendwann nach Hause«, sagte Hawes freundlich.

»Ich weiß, ich weiß«, sagte sie, putzte sich die Nase, schniefte und wischte sich mit dem Handrücken über die Augen. »Ich muß noch einige Anrufe machen ... Franks Mutter in Atlanta, und seine Schwester ... und ich denke ... vermutlich muß ich Vorbereitungen für die Beerdigung treffen ... oh Gott, wie werden sie ... was werden sie ...?«

Hawes dachte das gleiche. Die Leiche bestand aus vier einzelnen Teilen. Die Leiche hatte keine Hände und keinen Kopf.

»Das muß sowieso bis zur Autopsie warten«, sagte er. »Ich lasse es Sie wissen, wenn ...«

»Ich dachte, das hätten sie bereits gemacht.«

»Na ja, das war eine Voruntersuchung. Wir haben um einen Voruntersuchungsbericht gebeten, verstehen Sie. Aber der Gerichtsmediziner wird eine ausführlichere Untersuchung durchführen wollen.«

»Warum?« fragte sie. »Ich habe ihn schon identifiziert.«

»Ja, aber wir haben es hier mit einem Mord zu tun, Mrs. Sebastiani, und wir müssen wissen ... na ja, zum Beispiel, ob Ihr Mann *vergiftet* wurde, bevor die Leiche ... na ja ...«

Er beendete seinen Satz nicht.

Er redete zuviel.

Hier hatte er es mit einer gottverdammten trauernden Witwe zu tun.

»Es gibt 'ne Menge Dinge, die uns der Gerichtsmediziner sagen kann«, schloß er lahm.

Marie nickte.

»Also ... *werden* Sie nach Hause fahren?« fragte er.

»Ich nehme an.«

Hawes öffnete seine Brieftasche, zog zwei Zwanziger und einen Zehner heraus.

»Das ist zuviel«, sagte sie.

»Na ja, das bringt Sie erst mal über die Runden. Ich werde Sie heute abend noch anrufen, um sicher zu sein, daß Sie gut nach Hause gekommen sind. Und ich melde mich bei Ihnen, wenn sich was Neues ergibt. Manchmal dauert es ein bißchen, aber wir bleiben dran ...«

»Ja«, sagte sie. »Sagen Sie mir Bescheid.«

»Ich lasse Sie von einem der Wagen absetzen«, sagte er. »Fahren Sie mit dem Zug nach Hause oder ...?«

»Mit dem Zug, ja.«

Sie wirkte wie erstarrt.

»Also ... äh ... wann immer Sie bereit sind, funke ich den Sergeant an, und er wird einen Wagen von der Straße ziehen. Ich würde Sie ja selbst fahren, aber Brown und ich wollen zur Schule rüber.«

Marie nickte.

Und dann sah sie auf und sagte, vielleicht nur zu sich selbst: »Wie soll ich ohne ihn leben?«

7

Genero war verärgert.

Er war derjenige, der das erste Leichenteil gefunden hatte, und jetzt waren ihm alle *vier* Teile aus der Hand genommen worden. Sozusagen. Er schob es auf das Dienstalter. Sowohl Brown als auch Hawes waren länger Detectives als er, und daher hatten sie sofort diesen saftigen Mordfall übernommen. Da war er also, wieder auf der Straße, und fuhr herum wie ein gottverdammter Streifenpolizist. Er war mehr als verärgert. Er hatte eine gewaltige Stinkwut.

Um 22 Uhr 15 wimmelte es auf den Straßen immer noch von Menschen . . . na ja, sicher, wer hatte Ende Oktober mit solch einem Wetter gerechnet? Männer in kurzärmeligen Hemden, Frauen in Sommerkleidern, jeder flanierte auf der Avenue, als sei es Sommer in Paris (nicht daß er je dort gewesen war). An der Ecke eine Lady mit einem französischen Pudel, die den Hund gleich auf den Bürgersteig kacken ließ, auch wenn es gegen das Gesetz war. Er fragte sich, ob er sie verhaften sollte. Er betrachtete es als unter seiner Würde – ein Detective, der eine Frau verhaften mußte, deren Hund illegal kackte. Er ließ den Hund kacken und fuhr weiter.

Fuhr Streife durch den Sektor.

Wer war noch hier draußen?

Kling?

Kam auf die Culver, steuerte Richtung Osten.

Kam am ersten Spirituosenladen vorbei, der heute abend überfallen worden war, dann am zweiten . . .

Worüber hatten sie im Mannschaftsraum gesprochen? Meyer und Carella. Liliputaner? War es möglich? Liliputaner, die Spirituosenläden überfielen? Diese kleinen Gnome aus *Der Zauberer von Oz* überfielen *Spirituosenläden*, um Himmels willen? Er wußte nicht, was aus dieser Welt noch werden sollte. Jede Nacht vor dem Schlafengehen dankte er Gott, daß er auserwählt war, in dieser Welt, wie sie auch werden sollte, Recht und Gesetz zu vertreten. Selbst wenn ihm manchmal ein ausgewachsener Mord aus den Händen gerissen wurde. Der einzige Weg, im Department weiterzukommen, bestand darin, ab und zu einen guten Mordfall zu knacken. Nicht daß sie Carella besonders gut getan hätten, all die Mordfälle, die er geknackt hatte. Wie lange war er jetzt schon Detective? Und noch immer nur Second Grade. Na ja, manchmal wurden Leute übergangen. Der Sanftmütige wird die Erde erben, dachte er. Immer noch wünschte er sich, eine echte Chance bei diesem Mordfall heute abend zu haben. Er war derjenige, der das erste Teil gefunden hatte, etwa nicht?

Auf der Mason Avenue waren die Nutten in voller Mannschaftsstärke angetreten, na ja, Halloween, eine Menge Kerle kamen in die Stadt und suchten den Großen Kürbis. Gingen mit dem Großen Herpes nach Hause oder vielleicht mit dem Großen AIDS. Er würde es mit keiner Mason-Avenue-Nutte treiben, selbst wenn man ihm eine Million Dollar dafür gäbe. Na ja, vielleicht doch. Für eine Million, vielleicht. Die dort an der Ecke sah tatsächlich sehr sauber aus. Aber man wußte ja nie. Jedenfalls war sie Puertoricanerin, und seine Mutter hatte ihn davor gewarnt, mit irgendwelchen Mädchen rumzumachen, die keine Italienerinnen waren. Er fragte sich, ob Italienerinnen überhaupt Herpes bekamen. Er war sicher, daß sie niemals AIDS bekamen.

Er fuhr auf einer der Seitenstraßen wieder nach Norden, bog dann auf die Stem ein, alles protzig und hell, er mochte diesen Teil der . . .

»Boy Eins, Boy Eins . . .«

Das Walkie-talkie lag auf dem Sitz neben ihm. Die Zentrale versuchte ihn zu erreichen . . .

»Boy Eins.«

Antworten.

»10-21 auf eins-eins-vier-eins Oliver, Nähe Sechste, Appartement vier-zwei. 10-21 auf eins-eins-vier-eins Oliver, Nähe Sechste. Treffen Sie Frau.«

»Welches Apartment?«

»Vier-zwei.«

»Auf dem Weg.«

Ein Einbruch ein paar Straßen weiter südlich. Kein Detective am Tatort erforderlich. Wenn es ein 10-30 gewesen wäre, ein bewaffneter Raub, oder sogar ein 10-34, eine tätliche Bedrohung, hätte er sich mit den Blaujacken in Verbindung gesetzt. Vermutete er. Manchmal war es besser, seine Nase nicht in zu viele Dinge zu stecken. Ein 10-30 – eine Verstärkung – sicher. Jemand ruft um Hilfe, man fährt schnell zum Tatort, *egal wo* man ist.

Er raste ein paar Straßen weit die Stem hoch, bog auf gut Glück rechts ab, in Richtung Süden, auf den Park zu. Dort wollte er auf die Grover, eine Weile parallel zum Park fahren, dann weiter nach Norden zum Fluß, zurück auf die Silvermine, um das Oval herum, dann wieder in Richtung Süden auf . . .

Los, vorwärts.

Vier Teenager.

Rannten in das Gebäude an der Ecke.

Nur ein flüchtiger Eindruck.

Bluejeans und Drillichjacken.

Irgendwas in den Händen.

Ärger?

Scheiße, dachte er.

Er verlangsamte die Fahrt. Kein Parkplatz an der Straße, er hielt in zweiter Reihe vor dem Gebäude und nahm das Walkie-talkie.

»Siebenundachtzigstes«, sagte er, »D. D. Vier.«

Die Zentrale anrufen, sich zu erkennen geben. Einer der sechs Zivilwagen der Kriminalabteilung.

»Weiter, Vier.«

»Genero«, sagte er. »10-15, vier an der Zahl, bei zwölf–siebzehn, an der nördlichen Elften.«

»Bleiben Sie in Kontakt, Genero.«

Er hatte die vier Teenager als herumstreunende Bande gemeldet, ein nichtkriminelles Ereignis, und er hoffte, daß dies so bleiben würde. Er stieg aus dem Auto, schob den Jackenschoß zurück und hakte das Walkie-talkie am Gürtel fest, als plötzlich ein lauter, greller Ton aus dem Inneren des Gebäudes drang. Fast ließ er das Walkie-talkie fallen. Er sah blitzschnell hoch. Flammen! Dort, in der Lobby! Und die vier Teenager kamen aus dem Gebäude gerannt, einer von ihnen hielt noch immer etwas in der rechten Hand, das aussah wie ein Molotow-Cocktail. Instinktiv brüllte Genero: »Stop! Polizei!«, und riß seinen Dienstrevolver aus dem Halfter.

Die Kids zögerten nur einen Moment.

»Polizei!« schrie er wieder.

Der mit der Brandbombe hielt ein Feuerzeug an den Docht und schleuderte die Flasche auf Genero.

Die Flasche zerplatzte vor seinen Füßen. Flammen loderten vom Bürgersteig auf. Er riß beide Hände hoch, um sein Gesicht zu schützen, trat sofort einen Schritt zurück und nahm dann die rechte Hand wieder auf Waffenhöhe herunter, schoß in die Feuerwand, durch die Feuerwand, zwei kurze Schüsse hintereinander.

Jemand schrie.

Und plötzlich waren sie über ihm. Sie sprangen durch die Flammen wie Zirkusartisten, drei von ihnen prügelten fast gleichzeitig auf ihn ein, schlugen ihn zu Boden. Er rollte vom Feuer weg, versuchte sich von ihren Tritten wegzurollen. Er riß die Pistole erneut hoch, schoß wieder, der dritte Schuß, hörte jemanden stöhnen. Keine verschwenden, dachte er, und jemand trat ihm gegen den Kopf. Er verlor für einen Augenblick das Bewußtsein. Reflexartig drückte sein Finger auf den Abzug. Die Pistole feuerte wie wild, nahe an seinem Ohr. Er kniff die Augen zusammen. Er war kurz davor, wieder ohnmächtig zu werden. Er kämpfte wie in Trance. Jemand trat ihm gegen die Schulter, und der scharfe Schmerz schoß ihm blitzartig ins Gehirn und brachte ihn wieder zu Bewußtsein. Der vierte Schuß, dachte er. Die nächsten mußten sitzen. Er rollte wieder weg. Er visierte sie kurz an. Nur zwei von ihnen standen. Der Dritte lag am Eingang des Gebäudes flach auf dem Rücken. Der Vierte lag auf dem Bürgersteig, gefährlich nahe am Feuer. Er hatte zwei erwischt, aber zwei fehlten noch, und es waren nur noch zwei Schüsse in der Pistole.

Sein Herz klopfte.

Aber er ließ sich Zeit.

Wartete, bis der Oberschläger beinahe über ihm war, und schoß ihm in die Brust.

Der Zweite, gleich dahinter, flog fast mit um, als sein Kumpel gegen ihn geschleudert wurde. Genero schoß noch einmal. Traf den Zweiten in die linke Schulter, ließ ihn herumwirbeln und gegen die Wand des Gebäudes taumeln.

Genero konnte kaum atmen.

Er stand auf, richtete die leere Pistole auf sie.

Niemand schien davonlaufen zu wollen.

Er trat einen Schritt zurück, zog Patronen aus seinem Gürtel, steckte sie in die Trommel, zählte . . . vier, fünf, sechs, und wieder bereit.

»Eine Bewegung, und ihr seid tot«, flüsterte er und riß das Walkietalkie vom Gürtel.

Detecitve/Third Grade Richard Genero hatte seine Feuerprobe am Abend des Allerheiligentages bestanden.

Der Schulhausmeister, der auf das Klingeln der Nachtglocke öffnete, war derselbe, der am Nachmittag zuvor die Zauberrequisiten von Sebastian dem Großen in der Vorratskammer eingeschlossen hatte. Er linste durch das vergitterte obere Glasfenster an der Hintertür des Gebäudes, erkannte Hawes sofort, öffnete die Tür und ließ ihn herein.

»'n Abend, Mr. Buono«, sagte Hawes.

»Hey, wie sieht's aus?« fragte Buono.

Er war ein Mann von Ende Sechzig mit schütterem grauen Haar und feinem grauen Oberlippenbart. Blaßblaue Augen, leicht knollige Nase. Er trug einen Overall. Eine Taschenlampe in der Tasche. Er klemmte den Schlüsselbund an eine Öse an der Hosentasche.

»Das ist mein Partner, Detective Brown«, sagte Hawes.

»Angenehm«, sagte Buono. »Sie kommen wegen dem Zeug?«

»Na ja, nein«, sagte Hawes. »Nur ein paar Fragen, die wir gerne stellen würden.«

Buono nahm sofort an, sie wüßten, daß er Sachen aus den Klassenschränken stahl.

»Hey, klar«, sagte er und versuchte unschuldig auszusehen. Er verschloß die Tür hinter ihnen und sagte: »Kommen Sie mit ins Büro, dort können wir reden. Mein Freund und ich spielen grade Dame.«

Sie gingen einen gelb gekachelten Gang mit Spinden auf beiden Seiten entlang. Sie kamen an einer Wanduhr vorbei, auf der es 22 Uhr 20 war. Sie bogen nach links ab. Weitere Schülerspinde auf beiden Seiten an der Wand. Ein Schwarzes Brett. Auf einem Plakat stand:

KOMMT UND BEJUBELT DIE TIGERS!
Samstag, 1. Nov., 14.00 Uhr
RAUCHER FIELD

Rechts davon kündigte ein anderes Plakat an:

SEBASTIAN DER GROSSE!
HALLOWEEN-ZAUBER!
Auditorium. 16.00 Uhr.

Unter den Buchstaben sah man die Schwarzweißfotografie eines gutaussehenden jungen Mannes mit Zylinder und Fliege, der in die Kamera grinste.

»In Ordnung, wenn wir das Plakat mitnehmen?« fragte Brown.

»Welches?« sagte Buono.

»Den Zauberer.«

»Klar«, sagte Buono und zuckte mit den Achseln.

Brown begann die Reißzwecke herauszuziehen.

»Das haut hin, wir finden den Kopf«, sagte er zu Hawes, faltete dann das Plakat zusammen und steckte es in die Innentasche seiner Jacke.

Buono geleitete sie weiter, öffnete eine Tür am Ende des Flurs. Ein spärlich möbliertes Zimmer. Ein hoher Spind, grün im Kontrast zu den roten, gelben und orangefarbenen Spinden in der Halle. Langer Eichentisch, wahrscheinlich aus einem der Verwaltungsbüros herausgeschafft. Rund herum vier einfache Stühle, an einem Ende ein Damebrett. Kaffeekanne auf einer Warmhalteplatte an der einen Wand des Zimmers, darüber eine Uhr. Gegenüber ein gerahmtes Bild von Ronald Reagan.

»Das hier ist mein Freund Sal Pasquali«, sagte Buono.

Pasquali war Ende Sechzig, Anfang Siebzig, trug eine braune Hose, braune Schuhe und Socken, ein blaßgelbes, sportliches Hemd und einen braunen Pullover mit Knöpfen. Er sah aus wie ein Bonbonverkäufer.

»Diese Männer hier sind Detectives«, sagte Buono und sah Pasquali in der Hoffnung an, dieser möge den Blick verstehen: Paß auf, was du über die Kreide, den Klebstoff, die Bleistifte, die Radiergummis und die Berge von Papier sagst.

Pasquali nickte weise wie ein Mafiaboss.

»Angenehm«, sagte er.

»Also«, sagte Buono, »setzen Sie sich. Woll'n Sie Kaffee?«

»Danke, nein«, sagte Hawes.

Die Detectives nahmen sich Stühle und setzten sich.

Buono konnte Browns Pistole im Schulterhalfter unter dessen Jacke sehen.

»Wir spielen hier nur Dame«, sagte Pasquali.

»Wer gewinnt?« fragte Brown.

»Na ja, wir spielen nicht um Geld oder so was«, sagte Pasquali.

Was bedeutete, daß sie es doch taten.

Brown fragte sich plötzlich, was die beiden alten Fürze zu verbergen hatten.

»Ich wollte fragen, ob Sie heute nachmittag irgendwas draußen gesehen haben«, sagte Hawes.

»Warum?« sagte Buono sofort. »Wird was vermißt?«

»Nein, nein. Vermißt? Was meinen Sie?«

»Na ja, was meinen *Sie*?« fragte Buono und warf Pasquali einen kurzen Blick zu.

»Ich meine, als die Autos beladen wurden.«

»Oh.«

»Als Mr. Sebastiani draußen war und seine Sachen in den Citation lud.«

»Ich hab' ihn nicht dabei gesehen«, sagte Buono.

»Sie waren nicht draußen, nachdem die Vorstellung vorbei war, hä?«

»Nein. Ich bin erst um vier gekommen.«

»Na ja, er müßte ungefähr bis halb sechs draußen gewesen sein.«

»Nein, ich hab' ihn nicht gesehen.«

»Dann haben Sie keine Ahnung, wer sein Zeug aus dem Wagen geworfen haben könnte . . .«

»Überhaupt keine Ahnung.«

»Und damit abgehauen ist.«

»Nein. Halb sechs, da war ich wahrscheinlich im nördlichen Teil des Gebäudes, hab' mit den Klassenzimmern angefangen. Normalerweise fang' ich im nördlichen Teil an, die Klassenzimmer sauberzumachen, routinemäßig, wissen Sie, Tradition.«

»Das ist in der Nähe der Einfahrt, oder nicht? Der nördliche Teil?«

»Yeah, der hintere Teil vom Gebäude. Aber ich hab' da draußen nichts gesehen. Ich meine, ich *hätte* was sehen können, wenn ich geguckt hätte – es gibt Fenster in den Klassenzimmern, wissen Sie. Aber ich hab' nicht geguckt. Ich hatte genug damit zu tun, die Klassenzimmer sauberzumachen.«

»Sie sagen, Sie waren vor vier nicht hier . . .«

»Das ist richtig. Vier bis Mitternacht.«

»Wie wir«, sagte Brown und lächelte.

»Yeah?« sagte Buono. »Is' das Ihre Schicht? Wer hätte das gedacht? Hast du das gehört, Sal? Die hab'n die gleiche Schicht wie wir.«

»Was für ein Zufall«, sagte Pasquali.

Brown fragte sich immer noch, was sie zu verbergen hatten.

»Also, Sie kamen um vier . . .« sagte Hawes.

»Yeah. Vier bis Mitternacht. Da is'n Mann, der löst mich um Mitternacht ab.« Er sah auf die Wanduhr. »Wird in 'n paar Stunden hier sein, na ja, weniger. Aber er is' so was wie 'n Wachmann, wissen Sie.«

»Wenn Sie um vier gekommen sind . . .«

»Yeah.« Ein Nicken.

»Da waren Sie noch nicht hier, als die Sebastianis ankamen, nicht wahr? Sie hätten um Viertel nach drei hier sein müssen. Dann waren Sie nicht hier, ist das richtig?«

»Nein. Sal war hier.«

Pasquali nickte.

»Sal arbeitet von acht bis vier«, sagte Buono. »Er ist der Hausmeister für den *Tag*.«

»Schichten«, sagte Pasquali. »Wie Sie.«

»Er kann einfach nicht hier wegbleiben«, sagte Buono. »Kommt jede Nacht wieder, um mit mir Dame zu spielen.«

»Ich bin Witwer«, erklärte Pasquali und zuckte mit den Achseln.

»Haben Sie die Wagen ankommen sehen?« fragte ihn Brown. »Beiger Ford Econoline, blauer Citation?«

»Hab' einen davon draußen geseh'n«, sagte Pasquali. »Aber nicht, als er ankam.«

»Welchen haben Sie gesehen?«

»'nen kleinen blauen Wagen.«

»Wann war das? Als Sie ihn sahen?«

»Ungefähr ... halb vier, was?«

»Fragen Sie mich?« sagte Buono. »Um halb vier war ich nicht hier.«

»Halb vier muß es gewesen sein«, sagte Pasquali. »Ich erinnere mich, ich bin nach vorne gegangen, wo die Schulbusse ankommen. Normalerweise geh' ich da raus, rede mit den Fahrern.«

»Bis dahin hätte die Bühne klar sein müssen«, sagte Hawes.

Brown nickte.

»Und der Lieferwagen war schon weg.«

Brown nickte wieder.

»Haben Sie da draußen jemanden gesehen?« fragte Hawes Pasquali. »Sachen reintragen? Wagen entladen?«

»Alles, was ich gesehen hab', war der eine Wagen.«

»Blondine, Ende Zwanzig? Zwei Männer, Anfang Dreißig?«

»Nee«, sagte Pasquali und schüttelte den Kopf.

»Waren die Türen offen?«

»Welche Türen?«

»Die des Wagens.«

»Für mich sahen sie zu aus.«

»Lag irgendwas in der Durchfahrt?«

»Nichts, was ich sehen konnte. Was meinen Sie? Was zum Beispiel?«

»Tricks«, sagte Hawes.

»Tricks?« sagte Pasquali und sah Buono an.

»Sie haben heute nachmittag eine Zaubervorführung gemacht«, sagte Buono. »Für die Kids.«

»Oh. Nein, ich hab' da draußen keine Tricks gesehen.«

»Sie sind später nicht zufällig die Durchfahrt langgegangen, oder? Ungefähr um 17 Uhr 30? Als die den Wagen beladen haben . . .«

»Um 17 Uhr 30 war ich zu Hause und hab' mein Essen gegessen. Ich hab' mir ein schönes TV-Dinner gemacht.«

Hawes sah Brown an.

»Noch was?« fragte er.

Brown schüttelte den Kopf.

»Na ja, vielen Dank«, sagte Hawes und schob seinen Stuhl zurück.

»Ich lass' Sie aus dem Gebäude raus«, sagte Buono.

Die Detectives folgten ihm aus dem Büro.

Sobald sie weg waren, nahm Pasquali sein Taschentuch heraus und wischte sich über die Stirn.

Um 22 Uhr 20 brodelte Larry's Bar vor Trubel. Nicht ein leerer Tisch. Nicht ein unbesetzter Hocker an der Bar.

Eileen saß nun an einem der Tische und sprach mit einer blonden Nutte namens Sheryl, die einen roten, an der Seite geschlitzten Rock und eine weiße Seidenbluse trug, deren oberste drei Knöpfe offen waren. Unter der Bluse trug sie nichts. Sheryl saß mit gespreizten Beinen, die hohen Hacken in den oberen Steg des Stuhls eingehakt. Eileen konnte Einstiche auf ihren nackten weißen Oberschenkeln sehen. Sie erzählte Eileen, wie sie von Baltimore, Maryland, in diese Stadt gekommen war. Mit schnellen Blicken suchte Eileen den Raum ab, versuchte herauszufinden, welcher dieser Typen ihre Rückendeckung war. Zwei Kellnerinnen, die selbst als Nutten hätten durchgehen können – kurze schwarze Röcke, hohe Absätze, prallgefüllte weiße Blusen –, flitzten eilig zwischen den Tischen und der Bar hin und her und entzogen sich nur mühsam den Grabschern, die ihnen an den Hintern wollten.

»Komm aus dem Bus raus«, sagte das Mädchen, »und das erste, was mir unterkommt, ist dieser nette alte Mann, der mich fragt, ob er mir mit meiner Reisetasche helfen kann. Muß so um die Vierzig gewesen sein, wenn ich richtig liege, ein netter alter Mann, freundlich. Fragt mich, ob ich 'ne Bleibe habe, bietet mir ein Taxi zur Jugendherberge an, sagt: ›Ich wette, du hast 'nen Bärenhunger‹, was ich hatte, bringt mich zu 'ner Frittenbude, stopft mich mit Burgern und Pommes voll, erzählt mir, ein nettes junges Mädchen wie ich – ich war grad siebzehn – müßte in der großen bösen Stadt vorsichtig sein, 'ne Menge Leute warten nur drauf, einen reinzulegen.«

»Jedesmal der gleiche Mist«, sagte Eileen.

Für sie kamen nur zwei Männer in Frage, die Shanahan hätten sein können. Ein Typ, der an einem der Tische saß und eine Nutte mit braunem Kraushaar anmachte. Er hatte eine Hakennase, die falsch sein konnte, schwarzes Haar und blaue Augen wie Shanahan, ungefähr seine Größe und sein Gewicht, und er trug eine Hornbrille. Er hätte Shanahan sein können.

»Na ja, klar, du kennst die Story schon«, sagte das Mädchen. »Mr. Nett entpuppt sich als Übervati, nimmt mich mit in sein Apartment, stellt mich zwei anderen Mädchen vor, die dort wohnen, nette Mädchen wie ich, sagt er, bringt mich dazu, in derselben Nacht Pot zu rauchen, und bevor die Woche zu Ende ist, bin ich auf Junk. Schickt mich zwei Tage später mit 'nem Geschäftsmann aus Ohio los. Der Typ sagt mir, ich soll ihm einen blasen. Ich hab' ums Verrecken nicht gewußt, was er meint. Mann, kommt mir vor, als wenn's ewig her wär'.«

»Wie alt bist du jetzt?« fragte Eileen.

»Zweiundzwanzig«, sagte Sheryl. »Ich bin nicht mehr bei Lou ... das war sein Name, Lou ... ich hab' mir 'nen Neuen gesucht, paßt gut auf mich auf. Bei wem bist du?«

»Torpedo Holmes«, sagte Eileen.

»Ist er schwarz, oder was?«

»Schwarz.«

»Yeah, meiner auch. Lou war weiß. Ich glaube, die Weißen sind fieser, wirklich. Lou hat mich immer tierisch vermöbelt. Das erste Mal, nach dem Typen aus Ohio, du weißt schon, als ich nicht gewußt hab', was ich machen soll, hat mich Lou so vermöbelt, daß ich nicht mehr gehen konnte. Ließ 'n Dutzend seiner Kumpel am nächsten Morgen vorbeikommen, einen nach dem andern, zwölf Mann, brachten mir kleinem Landei aus Baltimore bei, wie man einen Schwanz lutscht. Fickten mich, wo's bloß ging. Damals bin ich *wirklich* runtergekommen, glaub' mir. Der Typ aus Ohio war ein Kinderspiel. Wirklich, alles nach der Nacht mit Lous Kumpeln war ein Kinderspiel.«

»Yeah, die können ganz schön mies sein, wenn sie wollen«, sagte Eileen.

Der Typ, der dort saß und mit Annie sprach, hätte es auch sein können, obwohl sie bezweifelte, daß Shanahan so offensichtlich Kontakt aufgenommen hätte. Braune Augen, aber das hätten auch Kontaktlinsen sein können, wenn er seine Rolle wirklich gut spielte. Er trug eine Wolljacke, die ihn stämmiger als Shanahan aussehen ließ. Er saß auf einem Hocker, daher konnte Eileen nicht sagen, wie groß er war. Aber er hätte es sein können.

»Der Typ, bei dem ich jetzt bin . . . kennst du Ham Coleman?«

»Ich glaube nicht.«

»Hamilton? Hamilton Coleman?«

»Yeah, vielleicht.«

»Schwarz wie sein Name. Kohle, weißt du. Coleman. Hat 'n Ding wie 'n Hengst, stolziert am liebsten nur mit einem Handtuch um durch die Wohnung, fordert die Mädchen auf, es wegzureißen. Flink wie ein Torero. Du reißt ihm das Handtuch weg, und er verschafft dir 'n kleines Vergnügen. Mein Gift ist immer noch der Junk – na ja, weißt du, das hat mir Lou angehängt. Aber 'n paar der Mädchen – sechs von uns sind bei ihm – pudern sich die Nase mit Koks, und er besorgt ihnen, was immer sie brauchen, nur gutes Zeug. Ich glaub', er hat kolumbianische Connections. Das ist wie bei dem Spiel mit dem Handtuch, du reißt es weg, du lutschst sein großes Ding, er verehrt dir das Dope. Ich meine, es ist bloß ein Spiel, weil er uns immer sehr gut versorgt, irgendwie. Irgendwie ist es süß, wie er in dem Handtuch rumstolziert. Er ist wirklich okay, dieser Ham Coleman. Wenn du mal ans Wechseln denkst – vielleicht kommst du ja rüber. Wir haben keine Rothaarigen. Is' das deine echte Haarfarbe?«

»Yeah«, sagte Eileen.

»Meine kommt nämlich direkt aus der Flasche«, sagte Sheryl und lachte.

Sie hatte immer noch ein Kleinmädchenlachen. 22 Jahre alt, heroinabhängig, seitdem sie 17 war. Hielt Ham Coleman mit seinem Handtuch für »irgendwie süß«.

»Was ich wirklich hoffe . . . na ja, das ist bloß ein *Traum*, ich weiß«, sagte sie und verdrehte die Augen, »aber ich bitte Ham dauernd, und wer weiß, vielleicht wird es eines Tages wahr. Ich bitte ihn dauernd, uns wie richtige Callgirls arbeiten zu lassen, weißt du, 100-Dollar-Nummern, vielleicht 200, Schluß mit dem Anschaffen hier in der Zone, wo wir gewöhnliche *Huren* sind, weißt du, was ich meine? Ich meine, du und ich, wir sind bloß gewöhnliche Huren, oder nicht? Wenn man mal ganz ehrlich is'?«

»Hmm. Und was sagt er?«

»Oh, er sagt, wir hätten noch nicht genug Klasse, um Rassestuten zu sein. Ich sag' zu ihm, Klasse, Scheiße. Einen blasen is' einen blasen. Er sagt, wir müssen noch viel lernen, alle sechs. Er sagt, daß er vielleicht bald mal ein Klasseding aufziehen wird, wie ich's mir vorstelle. Also frag' ich ihn, *wann*? Wenn wir alle Nutten mit Krampfadern an den Beinen sind, 30, 40 Jahre alt? 'tschuldigung, ich nehm' an, du bist um die Dreißig, ich wollte dich nicht beleidigen, Linda.«

»Is' schon in Ordnung«, sagte Eileen.

»Na ja, jeder hat seinen Traum, oder nicht?« sagte Sheryl und seufzte. »Als ich in die Stadt kam, war es mein Traum, Schauspielerin zu werden, weißt du? Ich war bei vielen Stücken in der Highschool dabei, in Baltimore. Ich dachte, ich könnte es hier bis zur Schauspielerin bringen. Na ja, war bloß ein Traum. So wie es wahrscheinlich auch bloß ein Traum ist, ein 100-Dollar-Callgirl zu sein. Trotzdem, man muß Träume haben, hab' ich nicht recht? Sonst . . .«

»Wollt ihr Mädels die ganze Nacht hier sitzen und quatschen?«

Der Mann, der jetzt am Tisch stand, hatte sich so leise herangeschlichen, daß er beide erschreckt hatte. Blonder Typ, Eileen schätzte ihn auf einsachtzig, ungefähr 170 Pfund, wie Shanahan. Trug eine dunkle Brille, sie konnte seine Augenfarbe nicht sehen. Das blonde Haar konnte eine Perücke sein. Bewegte sich auch fast wie Shanahan, vielleicht *war* es Shanahan. Wenn ja, hatte er die Wette gewonnen. Auf jeden Fall war er nicht der Killer. Falls er nicht acht, neun Zentimeter Größe, 30 Pfund Gewicht, eine Brille und eine Tätowierung neben dem rechten Daumen verloren hatte.

Er nahm sich einen Stuhl.

»Martin Reilly«, sagte er und setzte sich. »Was macht wohl ein netter irischer Bursche an so einem Ort?«

Tiefere Stimme als Shanahan. Calm's-Point-Akzent. Turtle Bay, ungefähr. Eine Menge irischer Familien lebten noch dort.

»Hi, Morton«, sagte Sheryl.

»Martin«, korrigierte er sie sofort.

»Uups, sorry«, sagte Sheryl. »Ich bin Sheryl, ich weiß, wie's dir geht. Wenn man mich Shirley nennt, treibt man mich zur Weißglut.«

»Weißt du, was mich wirklich zur Weißglut treibt?« sagte Reilly.

»Klar. Wenn man dich Morton nennt.«

»Nein«, sagte Reilly. »Ein kleines Feuer, so hoch.«

Er streckte die Hand aus, Handfläche nach unten, um die Höhe eines Feuers zu zeigen, das ihn zur Weißglut treiben könnte.

»Der Witz bringt auch keinen mehr hoch«, sagte Eileen gelangweilt.

»Im Gegensatz zu meiner Hand«, sagte Reilly und grinste. »Wenn man so lange auf See ist, meine Damen, ist man mit seiner Hand verheiratet.«

Grinste immer noch. Weißglänzende Zahnreihen: Damit ich dich besser fressen kann, Liebling. Wenn Shanahan die Zäne so überkront hätte, wäre er ein Star in *Hill Street Blues*.

»Bist du eben angekommen?« fragte Sheryl.

»Heute abend angelegt.«

»Woher?«

»Libanon.«

»Gibt's im Libanon keine Mädchen?« sagte Sheryl und verdrehte die Augen.

»Keine wie euch«, sagte er.

»Ooooh, Mann«, sagte sie und lehnte sich über den Tisch, so daß er ihr in den Ausschnitt gucken konnte. »Also, was möchtest du?« fragte sie, ging sofort zur Sache. »Handbetrieb fünfzehn«, sagte sie, den Preis hoch ansetzend, »einen blasen fünfundzwanzig, und die gute Muschi macht vierzig.«

»Was ist mit deiner Freundin? Wie heißt du, Süße?« fragte er und legte seine Hand auf Eileens Oberschenkel.

»Linda«, sagte sie.

Sie ließ seine Hand auf ihrem Oberschenkel.

»Das heißt auf spanisch schön.«

»So sagt man.«

»Wieviel für euch beide? Gibt's einen Sonderpreis für beide?«

»Du kriegst eh schon 'nen Sonderpreis«, sagte Sheryl.

»Ich sag' euch was«, sagte Reilly und schob seine Hand unter Eileens Rock. »Ich geb' euch . . .«

»Mister«, sagte Eileen und schnappte sich sein Handgelenk. »Noch hast du uns *nichts gegeben*, also begrapsch die Ware nicht, okay?«

»Ich begutachte sie nur.«

»Du kriegst, was du siehst, du brauchst keine Muster. Wir geben keine Rabattmarken.«

Reilly lachte. Er faltete die Hände auf der Tischplatte.

»Okay, laßt uns Nägel mit Köpfen machen«, sagte er.

»Wir hören«, sagte Sheryl und sah Eileen kurz an.

»Fünfzig für euch beide«, sagte Reilly. »Das ganze Programm.«

»Du meinst fünfzig für *jede* von uns?« sagte Sheryl.

»Ich sagte, für *beide*. Jede fünfundzwanzig.«

»Nie und nimmer«, sagte Sheryl sofort.

»Okay, sagen wir *dreißig* für jede. Und ihr legt noch 'ne kleine Show drauf.«

»Was für 'ne Show?« fragte Sheryl.

»Ich will seh'n, wie du's mit der Rothaarigen machst.«

Sheryl sah Eileen prüfend an.

»Ich kenn' sie kaum«, sagte sie.

»Na und? Du wirst sie kennenlernen.«

Sheryl dachte darüber nach.

»Mach fünfzig pro Stück draus, und wir liefern dir 'ne gute Show«, sagte sie.

»Das ist zuviel«, sagte er.

»Dann verpiß dich«, sagte Sheryl. »Du vergeudest nur unsere Zeit.«

»Ich sag' euch was«, sagte Reilly. »Ich geb' vierzig pro Stück, wie is' das?«

»Was für einer bist du?« sagte Sheryl. »Ein libanesischer Teppichhändler?«

Reilly lachte wieder.

»Fünfundvierzig«, sagte er. »Für jede von euch. Und zehn Dollar als Bonus für diejenige, bei der es mir zuerst kommt.«

»Ich bin raus«, sagte Eileen.

»Was ist los?« fragte Reilly und guckte beleidigt. »Das ist ein faires und ehrliches Geschäft.«

»Ist es wirklich, du weißt's«, sagte Sheryl.

»Sheryl kann dir gut allein die Zeit vertreiben«, sagte Eileen ausweichend. »Ich mache keine Doppel.«

»Worüber haben wir dann, zum Teufel, geredet?« fragte Reilly.

»Du hast die ganze Zeit gequatscht«, sagte Eileen. »Ich hab' nur zugehört.«

Reilly ignorierte sie sofort.

»Hast du hier noch andere Freundinnen?« fragte er Sheryl.

»Wie wär's mit der kraushaarigen Brünetten da drüben?« sagte sie.

Reilly blickte dorthin, wo die Brünette sich noch immer mit einem der möglichen Shanahans unterhielt.

»Das ist Gloria«, sagte Sheryl. »Ich hab' schon früher mit ihr gearbeitet.«

»Kann man richtig mit ihr ficken?« sagte Reilly. »Oder ist sie wie deine Freundin hier?«

»Sie *steht* auf Ficken«, sagte Sheryl, sie log. »Soll ich mit ihr reden?«

»Yeah, red mit ihr.«

»Das sind fünfundvierzig pro Stück«, sagte Sheryl und untermauerte so den Deal, »und zehn Dollar Bonus.« Sie stellte sich vor, daß sie ihm eine kleine Show bieten, ihm dann abwechselnd einen blasen und die zusätzlichen zehn teilen würden, so daß jede auf fünfzig käme. Was für eine Stunde Arbeit nicht schlecht wäre. Vielleicht weniger als eine Stunde, wenn er so lange auf See gewesen war, wie er sagte. »Zusammen hundert, richtig?«

»Hundert hab' ich gesagt, oder nicht?«

»Ich mein' bloß, weil ich es Gloria sagen muß«, sagte Sheryl und stand auf, lange Beine und Schenkel leuchteten unter dem geschlitzten Rock auf. »Geh nicht weg, Honey«, sagte sie und lief zum anderen Tisch.

»Du bist im falschen Geschäft«, sagte Reilly zu Eileen.

Vielleicht, dachte Eileen.

Zwischen dem letzten Überfallort an der 20. und der östlichen Reviergrenze an der 35. gab es vier Spirituosenläden auf der Culver Avenue. Danach mußte sich das Nachbarrevier damit herumschlagen, und das war gut so. Sie fuhren die Culver entlang bis zum letzten Laden und fuhren dann zurück zu dem an der Dreiundzwanzigsten. Auf der Digitaluhr im Armaturenbrett war es 22 Uhr 32.

Der Laden war bis auf einen Mann hinter der Theke leer, der Kartons mit Jack-Daniels-Flaschen aufschlitzte. Er blickte auf, als die Glocke über der Tür klingelte, sah einen stämmigen, glatzköpfigen Kerl und einen anderen großen Kerl neben ihm und legte sofort seine Hand auf den Kolben der Schrotflinte unter der Theke.

»Was soll's sein, Jungs?« fragte er.

Die Hand noch immer auf dem Kolben der Schrotflinte, den Finger jetzt am Abzug.

Meyer hielt ihm kurz die Hundemarke hin.

»Polizei«, sagte er.

Die Hand hinter der Theke entspannte sich.

»Detective Meyer«, sagte er. »Detective Carella. 87. Revier.«

»Gibt's Probleme?« sagte der Mann.

Er war Anfang Fünfzig, nicht ganz so kahl wie Meyer, aber auf dem besten Weg. Braune Augen, schmächtig gebaut, trug eine graue Baumwollarbeitsjacke, die Worte ALAN'S WHISKIES in Rot auf die Brusttasche gestickt.

»Wie ist Ihr Name, Sir?« fragte Meyer.

»Ich bin Alan Zuckerman.«

»Ist das Ihr Laden, Sir?«

»Ist er.«

»Mr. Zuckerman«, sagte Carella, »es gab heute abend auf der Culver drei Überfälle auf Spirituosenläden. Sie haben sich von der 9. nach Uptown vorgearbeitet. Wenn es einen Plan gibt – was nicht sein muß –, ist ihr Laden als nächster an der Reihe.«

»Ich mach' in einer halben Stunde zu«, sagte Zuckerman und drehte sich um, um auf die Wanduhr hinter der Theke zu schauen.

»Sie könnten noch vorher reinkommen«, sagte Meyer.

»Sie kennen mich nicht, hä?« sagte Zuckerman.

»Sollte ich Sie kennen?« sagte Meyer.

»Alan Zuckerman. Ich war letztes Jahr um diese Zeit in allen Zeitungen.« Er sah Carella an. »*Sie* kennen mich auch nicht, oder?«

»Tut mir leid, Sir, nein.«

»Was für Cops«, sagte Zuckerman.

Meyer sah Carella kurz an.

»Im selben Revier, und kennen mich nicht.«

»Warum sollten wir Sie kennen, Sir?« fragte Carella.

»Weil ich letzten Oktober zwei Leute, die mich berauben wollten, erschossen hab'«, sagte Zuckerman.

»Oh«, sagte Carella.

»*Damit*!« sagte Zuckerman und riß die Schrotflinte unter der Theke hervor.

Beide Detectives wichen zurück.

»*Bäng*!« sagte Zuckerman, und Meyer zuckte zurück. »Einer fällt schreiend auf den Boden! *Bäng*, die andere Ladung! Und der Zweite fällt um!«

»Ich glaube mich zu erinnern«, sagte Meyer. »Mr. Zuckerman, Sie können die Schrotflinte jetzt wieder weglegen, okay?«

»Hat Schlagzeilen gemacht«, sagte Zuckerman, die Waffe noch immer in der Hand, den Finger am Abzug. »Schrotflinten-Zuckerman haben sie mich genannt, die Zeitungen. Die Story war auch im Fernsehen. Seitdem hat hier niemand mehr Tricks versucht, das kann ich Ihnen sagen. Ist schon ein Jahr her, etwas mehr als ein Jahr.«

»Na ja, diese Leute heute abend«, sagte Meyer. »Mr. Zuckerman, könnten Sie bitte die Waffe runternehmen?«

Zuckerman schob die Waffe wieder unter die Theke.

»Vielen Dank«, sagte Meyer. »Diese Leute heute abend, es sind vier. Alle bewaffnet. Und ihre Schrotflinte da, wenn alle vier anfangen zu schießen . . .«

»Schrotflinten-Zuckerman wird mit ihnen fertig, keine Sorge.«

»Wir dachten daran«, sagte Carella, »Ihnen vielleicht zur Hand zu gehen«.

»Eine Art Zusatzschrotflinte zu Ihrer Schrotflinte«, sagte Meyer nickend.

»Eine Art Rückendeckung«, sagte Carella.

»Nur für den Fall, daß Sie uns brauchen.«

»Ansonsten halten wir uns raus.«

Zuckerman sah sie an.

»Hören Sie«, sagte er schließlich, »wenn Sie Ihre Zeit verschwenden wollen, mir soll's recht sein.«

Er riß den Hörer in dem Moment von der Gabel, als es klingelte.

»Hallo?« sagte er.

»Hi«, sagte Marie.

»Wo bist du?«

»Metro West. Ich nehm' den 10 Uhr 45 nach Hause.«

»Wie lief's?«

»Harte Nacht«, sagte sie. »Gab's bei dir Ärger?«

»Nö. Haben ihn identifiziert, hä? Ich hab's im Fernsehen geseh'n.«

»Ich habe es getan. Wo hast du den Citation gelassen?«

»Hinter einem Supermarkt, beim Fluß.«

»Wer bearbeitet den Fall?«

»Ein schwarz-weißes Team. Brown und Hawes. 'n großer Rotschopf und 'n großer Schwarzer. Falls sie schnüffeln kommen.«

»Warum sollten sie?«

»Ich sagte, falls. Sie sind beide Trottel, aber du solltest vorsichtig sein. Sie haben eine Suchmeldung rausgegeben . . . haben mich um 'ne Beschreibung gebeten. Sie werden alle Flughäfen überwachen. Welchen Flug nimmst du?«

»TWA 129. Fliegt morgen mittag um 12 Uhr 05.«

»Wann kommst du in Frisco an?«

»16 Uhr 47.«

»Ich werd' versuchen, dich morgen um halb sieben im Hotel zu erreichen. Du wirst als Jack Gwynne eingetragen sein, hab' ich recht?«

»Immer die Toten«, sagte er und lachte. »Wie Sebastian der Große.«

»Gibst du mir noch mal die Nummer vom Hongkong-Flug?«

»United, acht-null-fünf. Fliegt von Frisco am Sonntag um 1 Uhr 15, kommt dort am nächsten Morgen ungefähr 8 Uhr an.«

»Wann rufst du mich an?«

»Sobald ich alles klar habe.«

»Meinst du, es klappt mit dem Paß?«

»Er kostet uns 400 Dollar, es *hat* zu klappen. Warum? Wird dir mulmig?«

»Nerven wie Drahtseile«, sagte sie. »Du hättest mich mit den Cops sehen sollen.«

»Kein Problem bei der Identifizierung, oder doch?«

»Keins.«

»Hast du den Schwanz erwähnt?«

»Oh, klar.«

»Kleines Muttermal und so?«

»Komm, wir sind das schon hundertmal durchgegangen.«

»*Du* bist es hundertmal durchgegangen.«

»Und ich habe jede Minute gehaßt.«

»Klar.«

»Das *weißt* du, verdammt noch mal.«

»Klar.«

»Fängst du schon wieder an?«

»Tut mir leid.«

»Sollte es auch. Nach allem, was wir durchgemacht haben.«

»Ich sagte, daß es mir leid tut.«

»Okay.«

Langes Schweigen in der Leitung.

»Also, was wirst du bis morgen mittag machen?«

»Hab' gedacht, ich geh' runter auf 'nen Drink, komm' dann zurück und leg' mich schlafen.«

»Sei vorsichtig.«

»Oh, yeah.«

»Sie wissen, wie du aussiehst.«

»Mach dir keine Sorgen.«

Wieder Schweigen.

»Vielleicht solltest du mich heute nacht noch anrufen, okay?«

»Klar.«

»Sei vorsichtig«, sagte sie noch einmal und hängte ein.

»Torpedo wird das nicht gefallen«, sagte Larry.

»Wer hat dich gefragt?« sagte Eileen.

»Für ein Mädchen, das anschaffen geht, hast du bis jetzt nichts gemacht, außer rumzusitzen und zu trinken.«

»Scheint nicht meine Glücksnacht zu sein«, sagte Eileen.

»Was redest du? Ich hab' geseh'n, daß du bis jetzt ein Dutzend Typen hast abfahr'n lassen.«

»Ich bin eben wählerisch.«

»Dann solltest du nicht in diesem Loch sein«, sagte Larry. »Wählerische sind nichts für die Canal-Zone.«

Eileen wußte, daß er nur aussprach, was offensichtlich war: Bei diesem Spiel ging es um Geld, und eine Nutte, die in einer Bar anschaffen ging, war kein Mädchen beim Maitanz. Man sagte einem möglichen Freier nicht, man sei schon belegt, selbst wenn er wie Godzilla aussah. Larry war bereits mißtrauisch, und das war gefährlich. Wenn sie noch mehr Typen dazu brachte, sie zu beäugen, konnte sie die Tour vermasseln, wegen der sie *eigentlich* hier war.

Sheryl und die kraushaarige Brünette waren immer noch mit dem blonden Matrosen draußen, aber Eileen hätte ihre Marke darauf verwettet, daß sie, sobald sie zurückkehrten, wieder im Geschäft waren. Ein unternehmungslustiges Mädchen kam gar nicht umhin, Kohle zu machen. In der Bar herrschte ein ständiges Hin und Her, ein Freudenhaus mit Schanklizenz und stets wechselnder Meute. Jeder Mann, der allein hereinkam, ging keine fünf Minuten später mit einem Mädchen am Arm hinaus. Shanahan zufolge benutzten die Mädchen – selbst einige aus der Canalside-Fleischbeschau – entweder eine Absteige weiter oben an der Straße oder eines der 50, 60 Zimmer, die man in der Zone mieten konnte. Gewöhnlich zahlten sie fünf Dollar für das Zimmer, bekamen vom Besitzer unter der Hand einen Abschlag und ihren Anteil von den drei Dollar, die der Freier für Seife und Handtücher bezahlte. So konnten, wenn alles gesagt und getan war, für ein Mädchen bei einer Zwanzig-Dollar-Nummer netto auch exakt zwanzig Dollar herausspringen. Plus einem Trinkgeld, das ein großzügiger Freier vielleicht für eine außergewöhnliche Show hinlegte.

Sie sah kurz zum anderen Ende der Bar, wo Annie saß und sich angeregt mit einem kleinen Latino unterhielt, der Jeans, Stiefel und eine schwarze Lederjacke mit Nieten trug. Sah aus, als hätte Annie das gleiche Problem. Der einzige Unterschied war, daß sie hin und wieder rausspringen und es so aussehen lassen konnte, als würde sie ein Geschäft auf der Straße anleiern. Eileen saß an der Bar fest. An der Bar hatte der Killer seine drei vorigen Opfer aufgelesen. Sie versuchte Blickkontakt mit Annie aufzunehmen. Falls sie miteinander reden wollten, konnten sie dies, so hatten sie vorher vereinbart, auf der Damentoilette tun und nicht in aller Öffentlichkeit. Eileen wollte einen Streich aushecken, der Larrys Wut abkühlen würde.

»Torpedo wird dir in den Arsch treten«, sagte er.

»Willst du 'ne kleine Wette abschließen?« sagte Eileen. »Willst du wetten, daß ich mit sechs Scheinen nach Hause gehe, bevor die Nacht vorbei ist?«

Endlich sah Annie zu ihr her.

Blickkontakt.

Kurzes Nicken mit dem Kopf.

Eileen rutschte vom Barhocker und ging in Richtung Damentoilette. Sofort rutschte auch der Latino, der neben Annie saß, vom Hokker herunter. Gut, dachte Eileen, sie läßt ihn sausen. Doch der Latino ging direkt auf sie zu, holte sie auf halbem Wege ein.

»Hey, Mutter, wohin geh's?« sagte er. Lautes Organ für einen Zwerg, spanischer Akzent, scharf wie eine Machete. Kleine braune Augen, Schnauzer, sah in seiner Lederjacke wie ein unterernährter Motorradfahrer aus.

»Geh' meine Großmutter besuchen«, sagte Eileen.

»Dein Großmutter kann warten«, sagte er.

Hinter ihm, am Ende der Bar, beobachtete Annie sie.

Noch ein kurzes Nicken.

Soweit alles klar, dachte Eileen. Sobald ich diesen Typen *abgeschüttelt* habe.

Der Typ ließ sich nicht abschütteln. Er packte mit der rechten Hand Eileen' Ellbogen, dirigierte sie zu dem Hocker, den sie gerade verlassen hatte – »Los, Mutter, wir red'n über Geschäf'«, sagte er, die Finger fest um ihren Ellbogen, mit derselben lauten Stimme, so daß man ihn noch auf der anderen Seite des Flusses klar verstehen konnte, ließ sie auf den Hocker plumpsen – »Ich heiß' Arturo, hab' dich zugeseh'n, Mutter« – und gab Larry ein Zeichen.

»Soll ich mir in die Hose machen?« fragte Eileen.

»Nein, nein, das soll' du bestimm' nicht'«, sagte er.

Larry schlenderte hin.

»Frach, was mein' Freundin trink'n will«, sagte Arturo.

Die Damentoilette konnte sie jetzt, da Larry danebenstand und sowieso glaubte, sie ließe jeden Freier abfahren, vergessen. Wenn sie jetzt Annie mit reinzog, waren sie *beide* aus dem Geschäft.

»Larry weiß, was ich trinke«, sagte sie.

»Rum-Coke für die Dame«, sagte Larry, »die Nacht ist noch lang. Was ist mit dir, Amigo?«

»Scotch on de Rox«, sagte Arturo. »Strohhalm.«

Larry goß ein.

»Also, wieviel kriegs' du, Mama?« fragte Arturo.

»Was willst du denn?«

»Das süß' Ding hier«, sagte er und legte ihr den Zeigefinger auf die Lippen.

»Das kostet dich zwanzig«, sagte sie.

Üblicher Preis, für den Fall, daß Larry zuhörte. Was er natürlich tat.

»Könn' wir wo hingeh'n Mama?«

»Rundum gibt's 'ne Menge Zimmer zu mieten.«

Soweit alles koscher. Aber Larry war immer noch da.

»Wieviel zahl' ich für Zimmer?« fragte Arturo.

»Fünf.«

Larry zog die Augenbrauen hoch. Er wußte, daß die Mädchen sonst für das Zimmer selbst zahlten, aber er vermutete, Linda würde den kleinen Mex ausnehmen. Vielleicht *würde* sie heute nacht mit sechs Scheinen nach Hause gehen, wer, zum Teufel, wußte das schon?

»*Muy bien, Muchacha*«, sagte Arturo.

»Rum-Coke, Scotch-Rocks mit Strohhalm«, sagte Larry und schob ihnen die Drinks rüber. »Sechs Dollar, ein Sonderpreis.«

Arturo legte einen Zehn-Dollar-Schein auf die Theke. Larry bewegte sich zur Kasse am hinteren Ende. Sobald er außer Hörweite war, flüsterte Arturo in perfektem Englisch: »Ich mach' den Job, spiel weiter.«

Eileen machte große Augen.

Vom anderen Ende der Bar nickte ihr Annie erneut kurz zu. Larry öffnete die Kasse, legte den Zehner in die Lade, nahm vier Scheine heraus, knallte die Lade wieder zu und kam dann dahin zurück, wo sie saßen und an ihren Drinks nippten. Arturo hatte die Hand auf Eileens Knie gelegt und schielte in ihren Ausschnitt. Sie sagte: »Du weißt doch, Artie, daß ich ein Mädchen bin, das anschaffen muß, also würd' ich gern loslegen, wenn das für dich in Ordnung ist.«

»Hey, kein Problem, Mutter«, sagte er. »Wir könn' die Schnaps mitnehm'.«

»Nicht in *meinen* guten Gläsern«, sagte Larry und kippte die Drinks sofort in Plastikbecher um.

Eileen war schon vom Hocker gerutscht. Sie drehte sich zu Larry um und sagte: »Froh, daß du die Wette nicht angenommen hast?«

Larry zuckte mit den Achseln.

Er sah ihnen zu, als sie die Becher nahmen und sich von der Bar entfernten. Er dachte sich, daß es nicht übel wäre, dabei zu sein. Als sie zur Tür hinausgingen, stießen sie fast mit einem Mann zusammen, der im selben Moment hereinkam.

»Oh, ich bitte um Entschuldigung«, sagte er und trat beiseite, um sie durchzulassen.

Larry war sicher, den Kerl schon mal gesehen zu haben. Er war mindestens einsneunzig groß, hatte breite Schultern und einen großen Brustkasten, kräftige Handgelenke, große Hände. Er trug Jeans, Turnschuhe, eine beige Schirmmütze und einen gelben Rollkragenpullover, der zu seiner Haarfarbe paßte. Er sah wie ein durchtrainierter Schwergewichtsboxer aus.

»Du *gehst* doch nicht *weg*, oder?« fragte er Eileen.

Sie rauschte einfach an ihm vorbei, ignorierte ihn.

Doch ihr Herz klopfte plötzlich.

Annie saß an der Bar, angetan mit einem engen schwarzen Minirock, einem knappen lila Top um die napfkuchenförmigen Brüste und hochhackigen schwarzen Lacklederschuhen. Mit dem stark geschminkten Gesicht – blutroter Lippenstift, mit Kajal umrandete Augen, Lidschatten passend zur Bluse – wirkte sie eher wie eine Nutte als die echten im Laden.

Sie dachte: Wunderbar, da ist er.

Dieser Streich des Schicksals hat uns noch gefehlt.

Eileen spaziert raus, während er reinspaziert.

Eileen ist bis an die Zähne bewaffnet, und ich habe nur den Achtunddreißiger in meiner Handtasche, wunderbar.

Eileen der Lockvogel, ich die Rückendeckung, und er spaziert rein. Wunderbar.

Wenn er es ist.

Verdammt noch mal, er sah genauso aus wie der blonde Typ, den Alvarez und Shanahan beschrieben hatten. Keine Brille, aber Größe und Gewicht stimmten, derselbe Körperbau.

Er stand jetzt im Türrahmen, überprüfte den Laden, cool, selbstsicher durch seine Größe, bereit, es mit jedem im Laden aufzunehmen, ihn als Fußabstreifer zu benutzen, dieser Kerl hatte nichts zu befürchten, o nein, ein gutaussehender Teufel, oh, wie cool. Er ließ den Blick durch den Raum schweifen, checkte die Girls ab, ging dann zur Bar, lief an der Kasse vorbei, wo sie saß ...

»Hi«, sagte sie. »Suchst du Gesellschaft?«

»Danny Ortiz«, sagte Arturo draußen auf der Straße. »Detecitve/ Second Grade, zivile Rauschgiftfahndung. Lou hat mich angerufen ...«

Lou, dachte Eileen. Nicht der freundliche weiße Lou, der Sheryl aufgemischt hatte, wenn das ihr richtiger Name war. In Romanen hatte jeder einen anderen Namen, so daß man sie unterscheiden konnte. Im wahren Leben konnte Lou gleichzeitig ein Zuhälter und Detective sein. Lou Alvarez vom 72.

»... hat gesagt, ich soll Larry's Bar auschecken, sehen, ob sein Lockvogel Hilfe braucht. Beschrieb dich und Rawles, hab' mit ihr zusammengesessen und geredet, sie hat mir erzählt, daß die Freier dich wie Heuschrecken bestürmt haben. Hab' ich was vermasselt?«

Lou Alvarez hatte seinen Kumpel Danny Ortiz beim Rauschgiftdezernat angerufen, bat ihn rüberzufahren, den Lockvogel aufzureißen, ihn aus dem Laden zu holen, damit er nicht die Glaubwürdigkeit verlor.

»Du hast mir das Leben gerettet«, sagte Eileen.

Kleine Übertreibung, aber letztendlich hatte er ihre Tarnung gerettet.

»Also, willst du nun knutschen, oder was?« fragte Ortiz. »Zeit totschlagen?«

»Das ist bisher das beste Angebot des Abends«, sagte sie. »Aber ich muß wieder rein.«

Ortiz sah sie an.

»Unser Mann ist grade reingegangen«, sagte sie.

Seine Größe wirkte einschüchternd. Er nahm den Barhocker ein, nahm die Bar ein, schien den gesamten Raum einzunehmen. Direkt neben ihm zu sitzen machte Annie angst. Wenn das der Typ war ...

»Also, wie heißt du?« fragte sie.

»Und du?«

»Jenny«, sagte sie.

»Hätt' ich mir denken können.«

Eine tiefe, aus der Brust kommende Stimme.

»Na ja«, sagte sie, »die korrekte Anrede für mich ist Antoinette Le Fevrier, aber wer würde das schon einer Nutte glauben?«

»Oh, so eine bist du?« fragte er.

Fast ausdruckslose Stimme. Gelangweiltes Verhalten. Er sah in den Spiegel, checkte die anderen Girls im Laden ab, obwohl er mit ihr sprach.

»Nein, ich bin ein berühmter Gehirnchirurg«, sagte Annie und lächelte.

Er lächelte nicht zurück. Drehte sich um und sah sie an. Stahlblaue Augen. Ihr lief ein Schauder über den Rücken. Wo, zum Teufel, war Shanahan?

»Du hast mir immer noch nicht gesagt, wie du heißt«, sagte sie.

»Howie«, sagte er.

Hörte sich so ehrlich an, daß es wahr sein konnte.

»Howie wie?«

»Howie genügt«, sagte er und faltete die Hände auf der Tischplatte. Weder auf der einen noch auf der anderen eine Tätowierung. War er's oder war er's nicht? »Du machst es also lieber mit Fremden, hä?« sagte er. »Für Geld.«

Sie wollte nicht mit dem Kerl rausgehen. Nicht solange sie nur den 38er in ihrer Handtasche hatte und Shanahan nicht in Sicht war.

»Ist mein Job. Bist du interessiert?«

»Du bist nicht mein Typ«, sagte er.

»Oh? Und wer ist dein Typ?« fragte sie. Das Gespräch nicht abreißen lassen. Ihn bei Laune halten, bis Eileen wiederkam. Und wenn Eileen *nicht* bald wiederkam, mußte sie ihn dazu bringen, mit *ihr* rauszugehen und in Aktion zu treten. Wenn Shanahan irgendwo in der Nähe war, würde er sie beide aufspüren.

»Ich mag's jünger«, sagte er. »Und frischer.«

»Na ja, du kriegst, was du siehst«, sagte sie.

»Du bist schon zu verwelkt.«

»Soso«, sagte sie, »quasi uralt.« Eines der toten Mädchen war sechzehn. Die anderen waren um die zwanzig. Halt ihn hier, dachte sie. Laß ihn bloß nicht zu einem der jüngeren Mädchen abwandern, sonst hauen sie zusammen ab, und er macht heute nacht noch eine kalt.

»Ich meine, was soll ich dir erzählen?« sagte sie. »Ich bin kein Teenager, aber für 'ne alte Frau bin ich ziemlich gut.«

Er drehte sich um und sah sie wieder an.

Kein Lächeln.

Himmel, ließ der einen frösteln.

»Wirklich?« sagte er.

»Wirklich.«

Aufreizender Blick. Sie leckte sich die Lippen.

Aber sie hatte nur den 38. in der Handtasche. Keine Artillerie zur Rückendeckung. Und Shanahan, Gott weiß wo. Ortiz auf dem Weg nach Hause, sobald er mit Eileen alles klargemacht hatte.

Zack, bumm, fertig, so mußte es für Larry aussehen.

»Zehn für Handbetrieb«, sagte sie, »wie wär's? Zwanzig für Französisch, dreißig, wenn du durch's himmlische Tor willst.«

»Mann o Mann«, sagte er. »Du bist wirklich ein ausgebuffter Profi, nicht wahr?«

»Genau das bin ich«, sagte sie. »Wie wär's?«

»Nein, du bist mir zu fertig«, sagte er.

Die Augen wieder auf dem Spiegel. Die Blonde, die vorher mit Eileen gesprochen hatte, war jetzt zurück, zusammen mit ihrer kraushaarigen brünetten Freundin. Beide jünger und auf mehr Action aus. Seine Augen tasteten sie ab. Bleib bei mir, Freundchen, dachte sie. Hier gibt's die Action.

»Bist du ein Cop?« fragte er, ohne sie überhaupt anzusehen.

Gedankenleser, dachte sie.

»Klar«, sagte sie. »Du auch?«

»Ich war mal einer«, sagte er.

Oh, Mist, dachte sie. Ein Abrünniger. Oder ein Unzufriedener.

»Ich erkenne einen Cop sofort«, sagte er.

»Willst du meine Plakette sehen?« fragte sie.

Wohlüberlegt benutzte sie das Wort Plakette. Ein Cop nannte sie Marke.

»Bist du von der Sitte?« fragte er.

»Oh, Mann, das *bin* ich«, sagte sie. »Bis ins Mark.«

»Ich war bei der Sitte«, sagte er.

»Also bin *ich* diejenige, die sich einen Cop angelacht hat, hä?« sagte sie und lächelte. »Na ja, Howie, das ist mir egal, vorbei ist vorbei, Schnee von gestern. Was meinst du, gehen wir ein bißchen auf die Straße, ich will dir 'nen richtig guten ...«

»Verschwinde«, sagte er.

»Laß uns zusammen verschwinden, Howie«, sagte sie und legte die Hand auf seinen Oberschenkel.

»Verstehst du Englisch?« sagte er.

»Auch Französisch«, sagte sie. »Los, Howie, gib einem anschaffenden Mädchen eine ...«

»*Verschwinde*!« sagte er.

Diesmal ein Befehl.
Weitaufgerissene Augen, sich verkrampfende Hände auf der Bar.
»Klar«, sagte sie. »Beruhige dich.«
Sie rutschte vom Hocker.
»Beruhige dich, okay?« sagte sie und ging zum anderen Ende der Bar.
Unerklärlicherweise waren ihre Handflächen feucht.

Der Typ neben ihm an der Bar wollte gerade seine Rechnung bezahlen und hatte einen 20-Dollar-Schein unter ein Schälchen mit Erdnüssen gelegt. Ein großer, aufdringlicher Texaner, der mit einem Diamantring am kleinen Finger protzte. Er trug ein Hemd, das so aufdringlich war wie er selbst, und einen schwarzen Schnürbinder mit einer indianischen Brosche aus Türkis und Silber. Er trank Martinis und redete über Sojabohnen. Sagte, Sojabohnen seien die Zukunft der Nation. Kein Cholesterin in Sojabohnen.
»Und was machen *Sie*?« fragte er.
»Ich bin in der Versicherungsbranche.«
Was nicht allzu weit von der Wahrheit entfernt war. Sobald Marie den Anspruch bei der Versicherung geltend machte . . .
»'ne Menge Geld mit Versicherungen zu machen«, sagte der Texaner.
»Aber sicher.«
Bei doppelter Versicherungssumme brachte die Police 200 Riesen. Mehr Geld, als er in acht Jahren machen konnte.
»Übrigens, mein Name ist Abner Phipps«, sagte der Texaner und streckte eine fleischige Hand aus.
Er nahm die Hand. »Theo Hardeen«, sagte er.
»Freut mich, Sie kennenzulernen, Theo. Bleiben Sie lange in der Stadt?«
»Fahre morgen weg.«
»Ich häng' hier die ganze nächste Woche fest«, sagte Phipps. »Ich hasse diese Stadt, wirklich. Es gibt Leute, die sagen, daß es ein netter Ort für einen Besuch ist, aber selbst das kann ich nicht verstehen. Man muß Angst um sein Leben haben, wenn man hier bloß durch die Straßen geht. Haben Sie heute abend die Sache im Fernsehen gesehen?«
»Was für 'ne Sache?«
Der schwarze Barkeeper, etwa zwei Meter entfernt von ihnen, hörte still zu und polierte Gläser. Auf der Wanduhr war es zehn vor

elf. Die Shows würden bald beginnen, und er wollte auf den Ansturm vorbereitet sein.

»Jemand hat 'ne Leiche zerhackt und die Teile über die ganze Stadt verstreut«, sagte Phipps kopfschüttelnd. »Schon schlimm genug, wenn einer jemanden *umbringt*, aber muß er ihn danach auch noch in Stücke hacken? Warum, denken Sie, hat er das getan, Theo?«

»Tja, ich sag's Ihnen, Abner, es gibt alle möglichen Irren auf der Welt.«

»Ich meine, in dieser Stadt gibt es zwei Flüsse, Theo. Warum hat er nicht einfach die ganze verdammte *Leiche* in einen reingeworfen?«

Genau da ist der Kopf, dachte er. Und die Hände.

»Ich schätze«, sagte Phipps, »wenn man eine Leiche hat, die man loswerden will, ist es einfacher, sie stückweise verschwinden zu lassen. Ich meine, wenn jemand sieht, wie man eine Leiche rumschleppt, könnte das Verdacht erwecken, selbst in *dieser* Stadt. Einen Arm, einen Kopf oder was auch immer kann man einfach in die Mülltonne oder einen Abwasserkanal werfen. Niemand würde einen beachten, hab' ich nicht recht, Theo?«

»Vielleicht hat er es deswegen getan.«

»Na ja, wer kann schon ins Gehirn eines Kriminellen sehen?« sagte Phipps.

»Ich nicht, soviel ist sicher. Ich hab's schwer genug, Versicherungen zu verkaufen.«

»Oh, das glaube ich«, sagte Phipps. »Wissen Sie, warum? Niemand will dran denken, daß er eines Tages den Löffel abgeben muß. Sie sitzen da und erzählen jemandem, wie seine Frau eines Tages dasitzen wird und es sich gutgehen läßt, wenn er tot ist. Davon will er nichts hören. Er denkt lieber, daß er ewig lebt. Egal, *wie* verwantwortungsbewußt ein Mann ist, er fühlt sich nicht wohl, wenn er über Lebensversicherungen redet.«

»Sie haben den Nagel auf den Kopf getroffen, Abner. Ich rede mir den Mund fusselig, und die Hälfte der Zeit hören die Leute nicht mal zu. Erklären, erklären, erklären, die verstehen, verdammt noch mal, nicht, worüber ich rede.«

»Die Leute hören einfach nicht mehr zu«, sagte Phipps.

»Oder sie hören nicht aufmerksam genug zu. Sie hör'n nur, was sie hören wollen.«

»Soviel ist mal sicher, Theo.«

»Ich gebe Ihnen ein Beispiel«, sagte er und dachte dann sofort, komm, der ist zu dämlich. Andererseits konnte man ihm eine wertvolle Lektion erteilen. Einen Fremden in einer Bar vollquatschen, der nicht die leiseste Ahnung hatte, wie viele Trickbetrüger sich in dieser Stadt rumtreiben. Ihm etwas beibringen, das er mit heim nach Kuhfladenhausen nehmen konnte.

Er griff in seine Tasche und entnahm ihr ein Zehn- und ein Fünf-Cent-Stück.

»Was habe ich hier?« fragte er.

»Fünfzehn Cent«, sagte Phipps.

»Okay, öffnen Sie die Hand.«

Phipps öffnete die Hand.

»Ich lege Ihnen jetzt dieses Zehn- und dieses Fünf-Cent-Stück auf die Hand.«

»Jawohl, das seh' ich, Theo.«

»Und ich rühre sie jetzt nicht mehr an, sie sind in Ihrer Hand, richtig?«

»Genau, in meiner Hand, Theo.«

»Schließen Sie jetzt die Hand.«

Phipps schloß die Hand. Der Barkeeper sah nun zu.

»Sie haben jetzt diese 15 Cent in Ihrer Faust, richtig?«

»Sind noch da«, sagte Phipps.

»Ein Zehn- und ein Fünf-Cent-Stück.«

»Ein Zehn- und ein Fünf-Cent-Stück, richtig.«

»Und ich habe sie nicht mehr berührt, seit Sie die Hand geschlossen haben, richtig?«

»Sie haben sie nicht berührt, richtig.«

»Okay, ich wette mit Ihnen, daß eins davon kein Zehn-Cent-Stück ist, wenn Sie die Hand öffnen.«

»Hör'n Sie auf, Theo, Sie legen's drauf an, Geld zu verlieren.«

»Der Mann legt's wirklich drauf an, Geld zu verlieren«, sagte der Barkeeper.

»Ich wette mit Ihnen um die 20 Dollar unter dem Erdnußschälchen, okay?«

»Die Wette gilt«, sagte Phipps.

Phipps öffnete die Hand. Immer noch 15 Cent auf der Handfläche. Dasselbe Zehn-, dasselbe Fünf-Cent-Stück. Der Barkeeper schüttelte den Kopf.

»Sie haben verloren«, sagte Phipps.

»Nein, ich habe gewonnen. Was ich sagte . . .«

»Die Wette lautete, daß eine dieser Münzen kein Zehn-Cent-Stück mehr sein würde.«

»Nein, Sie haben nicht zugehört. Die Wette lautete, daß eines kein Zehn-Cent-Stück ist.«

»Das ist genau das . . .«

»Und eins ist keines. Eins ist ein Fünf-Cent-Stück.«

Er zog den 20-Dollar-Schein unter dem Ernußschälchen hervor und steckte ihn in die Jackentasche. »Sie können die 15 Cent behalten«, sagte er, lächelte und ging aus der Bar.

Der Barkeeper sagte: »Das ist ein guter Trick, Mann.«

Phipps sah immer noch auf die 15 Cent in seiner Hand.

Genero war eine Berühmtheit.

Und er lernte gerade, daß von einer Berühmtheit Antworten auf eine Menge Fragen erwartet wurden. Besonders, wer diese vier Teenager niedergeschossen hatte. Zur Zeit warteten zwei Leute darauf, ihm Fragen zu stellen. Einer war ein penetrant nachhakender Reporter von Kanal sechs. Der andere war ein Duty Captain namens Vince Annunziato, der für Captain Frick vom Siebenundachtzigsten Revier einsprang. Der Reporter war nur an einem Sensationsbericht interessiert. Annunziato war nur daran interessiert, die Polizei zu schützen. Er stand ruhig und feierlich daneben, als der Reporter sein Interview machte. So zu tun, als habe man etwas zu verbergen, war ein sicherer Weg, die Medien auf die Polizei zu hetzen.

»Hier spricht Mick Stapleton«, sagte der Reporter, »ich bin am Schauplatz einer Schießerei auf der Nördlichen Elften hier in Isola und ich unterhalte mich gerade mit Detective Richard Genero. Er hat vor nicht ganz 45 Minuten vier Teenager niedergeschossen, die angeblich einen Brand im Wohnhaus hinter mir gelegt haben.«

Annunziato schnappte das Wort »angeblich« auf. Er wollte seine Haut retten, falls die Geschichte genauso aufgebauscht werden sollte wie die Goetz-Schießerei in New York. Ein Kerl richtete eine Handkamera auf Stapleton, ein anderer bediente eine Art Bandaufnahmegerät, ein dritter hantierte mit dem Licht herum. Man hätte meinen können, sie drehten einen Spielberg-Film statt eines zweiminütigen Fernsehspots. Eine Menschenmenge hinter der Polizeiabsperrung. Die Krankenwagen waren bereits dagewesen und hatten die vier Teenager weggekarrt. Annunziato war froh, daß sie keine Schwarzen waren.

»Detecitve Genero, können Sie uns sagen, was hier passiert ist?« fragte Stapleton.

Genero blinzelte ins Licht, blickte auf das rote Lämpchen vorn an der Kamera.

»Ich war auf Streife im Bezirk«, sagte er. »Wir haben Halloween, und der Lieutenant hat einen Mann zusätzlich eingesetzt, der sich um eventuelle Schwierigkeiten in diesem Revier kümmern soll.«

So weit, so gut, dachte Annunziato. Fürsorge und Vorsicht seitens des diensthabenden Officers, im Interesse der Bürger.

»Sie fuhren also hier am Gebäude vorbei . . .«

»Ja, und ich sah die Täter mit Gegenständen in den Händen in das Gebäude rennen.«

»Was für Gegenstände?« fragte Stapleton.

Vorsichtig, dachte Annunziato.

»Sie erwiesen sich als Brandbomben«, sagte Genero.

»Aber zu der Zeit wußten sie das noch nicht, nicht wahr?«

»Ich wußte lediglich, daß ein Haufen Streuner in das Gebäude rannte.«

»Und das kam Ihnen verdächtig vor?«

»Jawohl.«

»Für Sie verdächtig genug, um die Waffe zu ziehen und . . .?«

»Ich habe meinen Revolver erst aus dem Halfter gezogen, als im Gebäude Feuer ausbrach.«

Gut, dachte Annunziato. Unmittelbar bevorstehendes Kapitalverbrechen, Grund genug, das Ding zu ziehen.

»Aber als Sie diese Jugendlichen das erste Mal sahen, wußten Sie nicht, daß Sie Brandbomben dabei hatten, nicht wahr?«

»Ich wußte es, als drinnen Feuer ausbrach und sie herausgerannt kamen.«

»Was taten Sie dann?«

»Ich zog meinen Dienstrevolver, gab mich als Polizist zu erkennen und forderte sie auf stehenzubleiben.«

»Und blieben sie stehen?«

»Nein, Sir, sie schleuderten eine der Feuerbomben auf mich.«

»Daraufhin haben Sie auf sie geschossen?«

»Ja, Sir. Als sie meinen Anruf ignorierten und auf mich zukamen.«

Gut, dachte Annunziato. Sauberer Ablauf, alles nach Vorschrift. Schußwaffengebrauch in Notwehr, nicht zum Zwecke der Festnahme.

»Wenn Sie sagen, sie kamen auf Sie zu . . .«

»Sie griffen mich an. Haben mich zu Boden geworfen und getreten.«

»Waren sie bewaffnet?«

Vorsichtig, dachte Annunziato.

»Ich sah außer den Brandbomben keine Waffen. Aber sie hatten gerade ein Kapitalverbrechen begangen, und sie griffen mich an.«

»Und da haben Sie sie niedergeschossen.«

»Als letzten Ausweg.«

Perfekt, dachte Annunziato.

»Vielen Dank, Detective Genero. Mick Stapleton in der Elften Straße für Kanal sechs.«

Mit der Handkante gab Stapleton dem Kameramann ein Schnitt-Zeichen, rief Genero ein kurzes »Danke, das war Klasse« zu und ging dann schnell zum Bordstein, wo der mobile Sendewagen wartete.

Annunziato kam zu Genero. Er schien überrascht, daß alles so schnell vorüber war.

»Captain Annunziato«, sagte er. »Ich bin Ihr Vorgesetzter.«

»Ja, Sir«, sagte Genero.

»Gut gemacht«, sagte Annunziato.

»Danke, Sir.«

»Auch das mit den vier Rowdies haben Sie gut gemacht.«

»Vielen Dank, Sir.«

»Aber melden Sie sich jetzt lieber im Revier zurück und sagen denen, daß wir Sie von der Straße nehmen.«

»Sir?«

»Wir müssen Ihnen in der Stadt noch ein paar Fragen stellen. Sichergehen, daß wir alle Fakten haben, bevor die Tränendrüsen überlaufen.«

»Ja, Sir«, sagte Genero.

Er hatte angenommen, die verdammte Schicht wäre um Viertel vor zwölf zu Ende, aber jetzt würde er die ganze Nacht lang Fragen beantworten müssen.

Der Zug raste durch die Nacht, vorbei an Spinnereien und Fabriken auf der anderen Seite des Flusses, hinein in weites, grünes Land, wo die Lichter der Häuser blinkten, als sei es Weihnachten und nicht Halloween.

Weihnachten würden sie bereits dick und fett irgendwo in Indien herumhocken.

Man konnte in Indien von zehn Cent am Tag leben – na ja, das war übertrieben. Aber man konnte sich eine luxuriöse Villa mieten, sie mit allen Bediensteten bestücken, die man brauchte, und nur von den Zinsen, die die 200 000 bringen würden, leben wie ein König. Neue Namen, ein neues Leben für beide. Nicht darauf angewiesen zu sein, von der Kohle leben zu müssen, die Frank Jahr für Jahr verdiente.

Sie seufzte tief.

Sie mußte seine Mutter anrufen, sobald sie zu Hause war, und dann seine Schwester, und dann vermutlich noch einige Geschäftsfreunde. Sie mußte sich wieder mit dem Detective in Verbindung setzen, herausfinden, wann sie Anspruch auf die Leiche hatte, die Beerdigung arrangieren, natürlich zusehen, daß der Sarg geschlossen bliebe. Sie fragte sich, wie rasch das geschehen würde. Heute war Freitag, und sie wußte nicht, ob sie am Wochenende eine Autopsie durchführten. Wahrscheinlich kamen sie nicht vor Montag morgen dazu. Vielleicht konnte sie die Leiche am Dienstag bekommen, aber vielleicht sollte sie morgen früh zuallererst einen Leichenbestatter anrufen, sichergehen, daß sie es erledigten. Rechne mit einem Tag im Bestattungsinstitut – na ja, mit zwei Tagen, schätzte sie – und beerdige ihn am Donnerstag morgen. Sie mußte ein freies Plätzchen auf dem Friedhof finden, oder wie immer man das nannte, vielleicht wußte es der Leichenbestatter. Sie mußte auch einen Stein anfertigen lassen: HIER LIEGT FRANK SEBASTIANI, RUHE IN FRIEDEN – doch das konnte warten, das mit dem Stein hatte keine Eile.

Sie würde am Freitag morgen die Versicherungsgesellschaft anrufen.

Ihnen mitteilen, daß ihr Mann ermordet worden war.

Ihren Anspruch geltend machen.

Sie erwartete keine Probleme. Bei einem so sensationellen Fall? War sogar im Fersehen gewesen und in einer der Morgenzeitungen, die sie am Bahnhof gekauft hatte. ZAUBERER ERMORDET, lautete die Schlagzeile. Größere Schlagzeile, als er je in seinem Leben gehabt hatte. Mußte sich ermorden lassen, um sie zu bekommen.

200 000 Dollar, dachte sie.

Wenn sie sie zu zehn Prozent Zinsen anlegten, würde ihnen das 200 000 pro Jahr bringen, mehr als genug, um wie die Fürsten zu leben. Wie Maharadscha und Maharani. Jeden Tag am Strand, jemanden zum Saubermachen und Kochen haben, jemanden haben, der das Auto polierte und die Einkäufe erledigte, sich einen Haufen Saris kaufen, lernen, wie man sie wickelte, vielleicht einen kleinen Diamanten für die Nase. Selbst bei acht Prozent würde das Geld 16 000 Dollar pro Jahr bringen. Mehr als genug.

Und sie mußten nicht mehr dafür tun, als ihn umzubringen.

Der Zug ratterte durch die Nacht, lullte sie in den Schlaf.

Er ging beinahe im selben Moment zu Eileen, als sie sich an einen der Tische setzte.

»Hi«, sagte er. »Erinnerst du dich?«

Keine Brille, keine Tätowierung, aber ansonsten war er vom Scheitel bis zur Sohle ihr Mann. Die Brille, die er bei seinen früheren Auftritten getragen hatte, könnte Fenstergläser gehabt haben. Die Tätowierung hätte ein Abziehbild sein können. Ihr Herz klopfte wie wild. Bis zu diesem Moment war ihr nicht klar gewesen, wieviel Angst sie wirklich hatte. Du bist ein *Cop*, sagte sie sich. *Bin* ich das? fragte sie sich.

»Tut mir leid«, sagte sie, »kennen wir uns?«

»Darf ich mich setzen?«

»Bitte.«

Zugeknöpft, wie es sich für eine Nutte gehörte.

Aber sie legte die Beine trotzdem übereinander und ließ ihn Schenkel bis zum Horizont sehen.

»Ich bin Linda«, sagte sie. »Willste 'nen netten Zeitvertreib?«

»Kommt drauf an«, sagte er.

»Worauf?«

»Was du unter einem netten Zeitvertreib verstehst.«

»Liegt ganz bei dir.«

»Ich hab' dich schon beim Reingehen bemerkt«, sagte er. »Du bist mit 'nem kleinen Puertoricaner weggegangen.«

»Sehr aufmerksam«, sagte sie.

»Du bist eine schöne Frau, wie könnte ich dich übersehen?«

»Wie heißt du?« fragte sie.

»Howie.«

»Howie wie?«

»Howie läßt die Puppen tanzen.«

Er hält sie bei Laune. Shanahans Worte. Erzählt ihnen Witze. Ein Witzbold mit einem Messer.

»Also, worauf hast du Lust, Howie?«

»Zum Reden«, sagte er.

»Der Bonbonladen ist geöffnet«, sagte sie. »Willst du wissen, was die Zuckerchen kosten?«

»Nicht sofort.«

»Sag, wenn du willst, Howie.«

Er faltete die Hände auf der Tischplatte. Sah ihr in die Augen.

»Wie lange gehst du schon auf den Strich, Linda?«

»Heute nacht zum ersten Mal«, sagte sie. »Eigentlich bin ich noch Jungfrau.«

Kein Lächeln. Nicht einmal die *Spur* eines Lächelns. Ein ausgemachter Witzbold. Saß bloß da und sah ihr in die Augen, die großen Hände auf dem Tisch gefaltet.

»Wie alt bist du?«

»Frag nie eine Frau nach ihrem Alter, Howie.«

»Anfang Dreißig, lieg' ich richtig?«

»Wer weiß«, sagte sie und verdrehte die Augen.

»Wie heißt du wirklich?«

»Und du?«

»Sagte ich schon. Howie.«

»Aber du hast mir nicht alles gesagt, Howie wie?«

»Howie Cantrell«, sagte er.

»Eileen Burke«, sagte sie.

Der Name würde ihm nichts sagen. Wenn er ihr Mann war, würde er früh genug erfahren, wer Eileen Burke war. Wenn er auf Abenteuer aus war, würde ihm ihr Name nicht die Bohne bedeuten.

»Warum nennst du dich Linda?« fragte er.

»Ich hasse den Namen Eileen«, sagte sie. Was nicht stimmte. Sie war stets der Meinung, der Name Eileen passe genau zu jemandem wie ihr. »Linda hört sich glamouröser an.«

»Du bist glamourös genug«, sagte er, »du brauchst keinen falschen Namen. Darf ich dich Eileen nennen?«

»Von mir aus kannst du mich Lassie nennen.«

Noch immer kein Lächeln. Nicht den geringsten Sinn für Humor. Und wo bleibt der Witzbold? Stahlblaue, ausdruckslose Augen, die nichts preisgaben. Aber waren es die Augen eines dreifachen Mörders?

»Und woher kommst du, Howie?«

»Ich stelle die Fragen«, sagte er.

»Jetzt klingst du wie ein Cop.«

»Ich war mal einer.«

Quatsch, dachte sie.

»Oh?« sagte sie. »Wo?«

»In Philadelphia«, sagte er. »Siehst du das Mädchen dort an der Bar?«

»Welches?« fragte Eileen.

»Im schwarzen Rock. Mit den kurzen dunklen Haaren.«

Er deutete auf Annie.

»Was ist mit ihr?«

»Ich glaube, sie ist ein Cop«, sagte er.

Eileen brach in Lachen aus.
»Jenny?« sagte sie. »Du machst Witze.«
»Du kennst sie?«
»Sie geht auf den Strich, seit sie dreizehn ist. Jenny ein Cop? Warte, bis ich ihr das erzähle!«
»Ich hab's ihr schon gesagt.«
»Mister, ich erzähl' *Ihnen* was über Nutten und Cops, okay?«
»Ich weiß alles über Nutten und Cops.«
»Richtig, du bist ja selbst ein Cop.«
»Ich *war* mal einer«, sagte er. »Einen Cop erkenne ich immer.«
»Denk, was du willst«, sagte sie. »Jenny ist ein Cop, du bist ein Cop, ich bin ein Cop, wenn's nach dir ginge, wäre jeder auf der Welt ein Cop.«
»Du glaubst nicht, daß ich mal ein Cop war, oder?«
»Howie, ich glaube alles, was du mir erzählst. Sag mir, du bist Gemeindepfarrer, und ich glaub's dir. Oder Astronaut, ein Spion, ein . . .«
»Ich war in Philadelphia beim Sittendezernat.«
»Und was ist passiert? Hat dir die Arbeit nicht gefallen?«
»Die Arbeit war in Ordnung.«
»Wie kommt's dann, daß du's nicht mehr machst?«
»Sie haben mich gefeuert.«
»Warum?«
»Wer weiß?« sagte er und zuckte mit den Achseln.
»Kannst trotzdem nicht von dem Job lassen, hä?«
»Was soll das heißen?«
»Na ja, du bist jetzt doch hier, Howie.«
»Wollte einfach mal reingucken.«
»Warst du vorher schon mal hier?«
Die erste Preisfrage, die sie ihm stellte.
»Ein paarmal.«
»Scheint dir zu gefallen, hä?«
»Es geht.«
»Los, Howie, sag mir die Wahrheit.« Sie stichelte jetzt. »Du guckst dir die Mädchen hier wirklich genau an, stimmt's?«
»Sie sind in Ordnung. Einige davon.«
»Welche?«
»Einige. Weißt du, 'ne Menge Mädchen sind gegen ihren Willen da reingerutscht, mußt du wissen.«
»Oh, sicher.«
»Ich meine, sie sind dazu gezwungen worden, weißt du.«

»Bist du sicher, daß du bei der Sitte warst, Howie?«
»Ja.«
»Ich meine, du hörst dich fast *menschlich* an.«
»Na ja, es stimmt, weißt du. Viele dieser Mädchen würden aussteigen, wenn sie wüßten wie.«
»Verrat mir das Geheimnis. Wie kann ich aussteigen, Howie?«
»Es gibt Möglichkeiten.«
Ein großer, drahtiger Grauhaariger kam von der Bar herüber. Etwa Mitte Fünfzig, grimmiger Blick, Seemannsgang. Trug Jeans und weiße Turnschuhe, blaues T-Shirt, darüber hing ein goldenes Kreuz an einer Kette, eine offene Drillichjacke mit Metallknöpfen. Der rechte Arm in Gips und einer Schlinge. Buschige graue Augenbrauen, durch die rechte zog sich eine Messernarbe abwärts und verschloß teilweise das rechte Auge. Braune Augen. Die Nase breit und mehr als einmal gebrochen. Blaues Matrosenkäppi auf den Hinterkopf geschoben. Eine graue Haarsträhne hing ihm in die Stirn. Er nahm sich einen Stuhl, setzte sich und sagte: »Verpiß dich, Prediger.«
Howie sah ihn an.
»Verpiß dich, ich will mit der Dame reden.«
»Hey, Mister«, sagte Eileen, »wir sind . . .«
»Verstehst du mich, du Prediger? Beweg dich!«
Howie schob seinen Stuhl zurück. Wütend starrte er den Kerl mit dem gebrochenen Arm an und ging dann durch die Bar hinaus auf die Straße. Annie war schon aufgesprungen und hinter ihm her.
»Vielen Dank«, sagte Eileen. »Du verdirbst mir gerade . . .«
»Shanahan«, sagte er.
Sie sah ihn an.
»Leg die Hand auf mein Knie, sag mir was Nettes.

Die Liliputaner kamen eine Minute vor 23 Uhr.
Schrotflinten-Zuckerman wollte gerade den Laden schließen.
Sie kamen herein und schrien gellend »Zoff oder Zucker!«
Alice eröffnete sofort das Feuer.
(»Wir waren es, die Kopf und Kragen riskierten«, sagte sie später beim Verhör. »Egal, was Quentin uns sagte. Wenn jemand mitgekriegt hätte, daß wir nur zu kleingeratene Leute sind, wären wir geliefert gewesen. Es war besser, sie umzubringen. Und leichter.«)
Zuckerman hatte nicht einmal Gelegenheit, nach seiner Schrotflinte zu greifen. Nach der ersten Salve brach er zusammen.
Meyer und Carella stürmten im selben Moment aus dem Lager, als

sie die Glocke über der Tür läuten hörten. Als sie durch den Vorhang kamen, der den vorderen Teil des Ladens vom hinteren trennte, war Zuckerman bereits tot.

Draußen im Kombi fing die Blondine an zu hupen.

»Polizei!« schrie Meyer, und Alice antwortete mit einer zweiten Salve.

Es war nicht wie im Räuber-und-Gendarm-Film, es war Wirklichkeit.

Keiner der Detectives hatte einen Schuß abgegeben.

Meyer brach mit einer Kugel im Arm und einer zweiten in der Schulter zusammen.

Carella brach mit einer Kugel in der Brust zusammen.

Keine Tricks. Echtes Blut. Echte Schmerzen.

Drei der Liliputaner rannten aus dem Laden, ohne auch nur einen Blick in die Kasse zu werfen. Der einzige Grund, warum Alice hinter ihnen her rannte, ohne vorher die beiden Cops auf dem Boden umzubringen, war der, daß sie dachte, es könnten noch mehr Cops im Laden sein.

All das kam während des Verhörs um zehn nach zwei am Morgen des Allerheiligentages heraus.

9

Je öfter sich Parker als *falscher* Cop ausgab, desto mehr fühlte er sich wie ein *echter* Cop. Auf der Party versicherte ihm jeder, er würde überall in der Stadt als Detective durchgehen. Jeder versicherte ihm, daß seine Marke und seine Waffe, ein 38er Smith & Wesson Detective Special, überaus authentisch aussähen. Eine der Frauen – eine aufreizende Brünette, die wie ein Zigarettenmädchen aus Las Vegas angezogen war: bauschiger schwarzer Rock, hauchdünnes Top, hochhackige schwarze Schuhe und Seidenstrümpfe mit Naht – wollte den Revolver in die Hand nehmen, doch er sagte ihr, Anständigen werde nicht gestattet, mit gefährlichen Waffen herumzuhantieren. Er hatte bewußt den Polizeijargon für »rechtschaffene Bürger« benutzt. In dieser Stadt war ein Anständiger jemand, der einem Dieb zum Opfer gefallen war. In einigen Städten nannte man die Opfer »Privatpersonen«. In allen Städten war ein Dieb jemand, der kein Cop, kein Anständiger oder keine Privatperson war. Für die Cops in dieser Stadt waren die meisten Diebe »billige« Diebe.

Ein Homosexueller, mit blonder Perücke, langem rotem Kleid und dazu passenden Amethyst-Ohrringen, beschwerte sich darüber, daß mit dem Wort »Anständiger« ein rechtschaffener Bürger bezeichnet werde. Der Homosexuelle, der behauptete, wie Marilyn Monroe gekleidet zu sein, erzählte Parker, alle Schwulen, die er kenne, seien ebenfalls rechtschaffene Bürger. Parker entschuldigte sich für den Gebrauch der Polizeiterminologie. »Aber, verstehst du«, sagte er, »ich bin kein *echter* Cop.« Und schon fühlte er sich wie einer. Soweit er sich erinnern konnte, fühlte er sich zum ersten Mal wie ein aufrechter Detective in der besten Polizeitruppe der Welt.

Es war merkwürdig.

Noch merkwürdiger war die Tatsache, daß er sich so wohl fühlte.

Peaches Muldoon hatte viel damit zu tun.

Sie brachte Leben in die Party, und etwas von ihrer Überschwenglichkeit und Vitalität färbte auf Parker ab. Sie erzählte jedem Geschichten darüber, wie es war, als Opfer auf einem kleinen Erbpachthof in Tennessee aufzuwachsen. Sie erzählte ihnen, Inzest gehöre auf einem Bauernhof zum Alltag. Erzählte ihnen, ihre erste sexuelle Erfahrung habe sie mit ihrem Vater gemacht. Erzählte ihnen, ihr *Bruder* habe seine erste sexuelle Erfahrung – nicht die mit dem Schaf, das seine feste Freundin war – eines verregneten Nachmittags, als sie allein zu Hause waren, mit seiner Schwester Peaches Muldoon gemacht. Sie erzählte jedem, mit ihrem Bruder habe sie mehr Spaß gehabt als mit ihrem Vater. Jeder lachte. Alle dachten, sie hätte sich die Geschichten nur ausgedacht. Parker jedoch wußte, daß diese Geschichten stimmten; sie hatte ihm vor zehn Jahren erzählt, ihr priestermordender Sohn sei ein Bastard aus der Beziehung mit ihrem Bruder.

Die Geschichten, die Peaches erzählte, ermutigten Parker, selbst ein paar Geschichten zu erzählen. Jeder nahm an, er habe sie sich ebenfalls ausgedacht, wie Peaches ihre Geschichten über das schmutzige Leben auf einem armseligen Bauernhof erfunden hatte. Er erzählte ihnen die Geschichte von der Frau, die den Penis ihres Mannes mit einem Rasiermesser abgeschnitten hatte. Er sagte: »Ich habe das Wort Schwanz durch Penis ersetzt, weil ich die Kettenhunde von der Meese-Kommission nicht beleidigen wollte.« Jeder lachte über die Geschichte und über die Bemerkung bezüglich der Meese-Kommission, die sich die Wahrung von Sitte und Moral zum Ziel gesetzt hatte. Jemand fragte sich laut, ob es die Bundesanwaltschaft als pornographisch betrachte, daß der unerlaubte Verkauf von Waffen an den Iran den Rebellen in Nicaragua unerlaubte Gelder verschafft habe.

Das führte in intellektuelle Gefilde jenseits von Parkers Horizont. Er lachte trotzdem.

Pornographie war etwas, womit er jeden Tag zu tun hatte, und er war der Ansicht, Anständige sollten die Nase da raushalten, basta. Illegaler Waffenhandel war etwas anderes, und er dachte nie darüber nach, es sei denn, er hatte beruflich damit zu tun. Wenn man Tag und Nacht mit billigen Dieben verbrachte, wußte man, daß es sie nicht nur auf den Straßen gab, sondern auch in den höchsten Regierungsämtern. Er sagte das zu niemandem auf der Party, weil er sich amüsierte und nicht auf so ernste Dinge wie Ursache und Wirkung zu sprechen kommen wollte. Ihm war nicht mal bewußt, daß es sich dabei um Ursache und Wirkung handelte. Aber er wußte, wenn zum Beispiel ein Spitzensportler als Kokser hingestellt wurde, dachten die Kids, die auf dem Schulhof Fußball spielten: »Hey, ich muß das Zeug mal probieren.« Er wußte auch, wenn jemand ganz oben in der Regierung das Gesetz brach, rechtfertigte das Gesocks, das massenhaft mit Crack handelte, sein Treiben damit, indem es sagte: »Siehste? *Jeder* bricht das Gesetz.« Ursache und Wirkung. Es machte Parkers Arbeit nur schwieriger. Darum arbeitete er vielleicht auch nicht mehr so schwer. Obwohl er sich heute nacht, während er den Job *spielte*, so fühlte, als habe er seit Jahren nicht mehr so schwer gearbeitet.

Es war wirklich sehr merkwürdig.

Er erzählte jedem, daß er eines Tages ein Buch über seine Erfahrungen schreiben werde.

»Ah-ha!« sagte jemand, »du bist *Schriftsteller*!«

»Nein, nein, ich bin Cop«, protestierte er.

»Wie kommt es dann, daß du Schriftsteller sein willst?« sagte jemand anders.

»Weil ich nicht den Mumm dazu habe, Einbrecher zu sein«, sagte Parker, und wieder lachte jeder.

Er hatte noch nie bemerkt, daß er so geistreich war.

Kurz nach elf schlug Peaches vor, zu einer anderen Party zu gehen.

Was dazu führte, daß Parker auf den Fahrer des Fluchtwagens und einen der Liliputaner von den Schnapsladenüberfällen stieß.

Es gab vieles, das Brown an dem Sebastiani-Fall störte.

Drei Dinge störten ihn ganz besonders: der Kopf und die Hände. Er fragte sich, warum sie noch immer nicht aufgetaucht waren. Er fragte sich, wo Jimmy Brayne sie gelassen hatte.

Er fragte sich auch, wo Brayne jetzt war.

Die Blaujacken vom Dreiundzwanzigsten, ausgestattet mit der Beschreibung, die man in der ganzen Stadt verbreitet hatte, hatten den blauen Citation auf dem Parkplatz eines Supermarktes nicht weit vom Dix entfernt gefunden. Die Spezialisten waren wie die Ameisen über den Wagen gekrabbelt, hatten etwaige Fingerabdrücke genommen, Fleckenproben gesammelt, mit dem Staubsauger nach Haaren und Fasern gesucht. Alles, was sie hatten, war bereits in Tütchen verpackt und zum Labor geschickt worden, wo es mit den Spuren verglichen wurde, die sie im Econoline gefunden hatten. Brown machte sich keine Hoffnung, daß das Labor sich vor Montag bei ihnen melden würde. Währenddessen lagen die Wagen auf Eis – wodurch Brayne unmotorisiert war. Sein letzter Aufenthaltsort war das 23. gewesen, wo er den Citation gelassen hatte – ganz im Süden der Stadt. Hielt er sich irgendwo in diesem Revier versteckt? Hatte er ein Taxi zu irgendeinem Hotel im Osten, Westen oder Norden genommen? Ober saß er bereits mit unbekanntem Ziel in einem Flugzeug, Bus oder Zug?

All das störte Brown.

Er fragte sich ferner, warum Brayne seinen Mentor und Arbeitgeber umgebracht hatte.

»Glaubst du, sie haben's getan?« fragte er Hawes.

»Wer?«

»Brayne und die Frau.«

»Marie?«

An die Möglichkeit hatte Hawes noch gar nicht gedacht. Sie schien das Verschwinden und den Tod ihres Mannes so aufrichtig zu betrauern. Aber jetzt, da Brown es erwähnte –

»Ich meine, ich suche hier nach 'nem Motiv«, sagte Brown.

»Der Typ könnte einfach durchgedreht sein, weißt du. Hat die Sachen überall in der Einfahrt verstreut, ist mit dem Citation abgehauen . . .«

»Yeah, ich bin auch neugierig drauf«, sagte Brown. »Versuchen wir einen Zeitplan aufzustellen, okay? Sie kommen zusammen in die Stadt, Brayne im Lieferwagen, Marie und ihr Mann im Citation . . .«

»Kamen ungefähr um Viertel nach drei an der Schule an.«

»Entluden das Auto und den Lieferwagen . . .«

»Richtig.«

»Und dann ist Brayne Gottweißwohin abgehauen, sagte, er wäre um fünf, halb sechs zurück, um die großen Sachen mitzunehmen.«

»Hmm.«

»Okay, ungefähr um Viertel nach fünf ist die Vorstellung zu Ende.

Sebastiani zieht seine Straßenkleidung an, geht hinten raus, um den Wagen zu beladen, während Marie ihr Kostüm auszieht. Sie kommt später raus, sieht überall in der Einfahrt das Zeug rumliegen, und der Citation ist weg.«

»Richtig.«

»Also müssen wir davon ausgehen, daß Brayne den Lieferwagen irgendwann zwischen halb vier und Viertel nach fünf auf der Rachel Street gelassen, sich ein Taxi zurück zur Schule geschnappt und Sebastiani kaltgemacht hat, während er den Wagen belud.«

»So sieht's aus«, sagte Hawes.

»Dann zerhackte er die Leiche – wo hat er das gemacht, Cotton? Blutflecke im Kofferraum des Citation, das weißt du ja, aber sonst nirgendwo im Auto.«

»Hätte es überall machen können. Hat sich irgendeine einsame Straße gesucht, ein verlassenes Gebäude . . .«

»Yeah, in dieser Stadt könnte man das machen. Also zerhackt er die Leiche, verstaut die Teile im Kofferraum und lädt sie überall in der Stadt ab. Als er das letzte losgeworden ist, läßt er den Wagen hinter diesem Supermarkt stehen und haut ab.«

»Yeah.«

»Und wo liegt das Motiv?«

»Ich weiß nicht.«

»Sie ist eine attraktive Frau«, sagte Brown.

Hawes hatte das bemerkt.

»Wenn sie mit Brayne in dem Apartment über der Garage Doktor gespielt hat . . .«

»Na ja, du hast keinerlei Grund, das anzunehmen, Artie.«

»Ich versuche, die Idee weiterzuspinnen, Cotton. Nehmen wir an, sie hatten was laufen, Brayne und die Frau.«

»Okay.«

»Und nehmen wir an, der Gatte kam drauf.«

»Du meinst, wie im Kino oder im Fernsehen.«

»Ich denke auch ans wirkliche Leben. Der Gatte sagte Brayne, er soll's sein lassen, Brayne hat aber immer noch Bock auf sie. Er zerhackt den Gatten, und die Frau und er verduften auf Nimmerwiedersehen.«

»Nur daß Brayne der einzige ist, der abgehauen ist«, sagte Hawes. »Die Frau ist . . .«

»Glaubst du, sie ist schon zu Hause?« fragte Brown und sah zur Uhr hinauf.

23 Uhr 10.

»Halbe Stunde oder so bis Collinsworth«, sagte Hawes. »Sie hat den Zug um Viertel vor elf genommen.«

»Warum fahren wir nicht raus?« sagte Brown.

»Wozu?«

»Stellen das Apartment über der Garage auf den Kopf, mal sehen, ob wir nicht was finden.«

»Was zum Beispiel?«

»Zum Beispiel, wo Brayne hin ist. Oder noch besser, etwas, das ihn mit der Frau in Verbindung bringt.«

»Wir brauchen einen Durchsuchungsbefehl, um die Garage auf den Kopf zu stellen.«

»Auf der anderen Seite des Flusses sind wir nicht mal zuständig«, sagte Brown. »Lassen wir's drauf ankommen, okay? Wenn die Lady sauber ist, fragt sie nicht nach einem Durchsuchungsbefehl.«

»Willst du sie vorher anrufen?«

»Wozu?« sagte Brown. »Ich liebe Überraschungen.«

Kling winkte ihnen nach, bis sie aus dem Mannschaftsraum waren. Er sah zur Uhr hinauf. Die Friedhofsschicht müßte in etwa einer halben Stunde da sein – O'Brian, Delgado, Fujiwara und Willis. Teil ihnen mit, was der Vier-bis-Mitternacht-Schicht widerfahren ist, greif dir eine der Limousinen und fahr in Richtung Calm's Point. Mach dich in der Zone unsichtbar, benimm dich wie ein Freier, der ein bißchen Vergnügen zum Wochenende sucht. Aber halte die Augen nach Eileen offen.

Seiner Ansicht nach lag sie diesmal völlig daneben.

Seine Anwesenheit in der Zone konnte bei einer verdeckten Ermittlung, die hastig geplant und fahrlässig unterbesetzt war, nur hilfreich sein.

Diesmal war *er* derjenige, der völlig daneben lag.

Sie saßen und unterhielten sich flüsternd am Tisch – nichts als eine Nutte und ihr potentieller Freier. Handelten den Preis aus, vermutete Larry. Er hatte den Kerl mit dem gebrochenen Arm nie zuvor hier gesehen und fragte sich, wer oben liegen würde. Könnte etwas ungemütlich werden, mit dem Arm in der Schlinge. Er fragte sich das und sonst nichts. Im Laden war immer noch viel los, es gab noch 'ne Menge zu saufen.

»Howie Cantrell ist sein richtiger Name«, flüsterte Shanahan.

»War bei der Sitte in Philly, das ist die volle Wahrheit. Hat den Job vor sechs Jahren an den Nagel gehängt, hat zuerst Nutten auf der Straße verprügelt und ihnen dann Predigten gehalten. Das Verprügeln hat die Polizei in Philly nicht so sehr gestört. Es gibt Schlimmeres als Verprügeln. Aber mit der Vorstellung, einen Detective im Priesterornat in ihren Truppen zu haben, konnten sie sich nicht anfreunden. Sie schickten ihn zur Psychoanalyse, und die Seelenklempner entschieden, daß er unter beträchlichem Streß stand, eine Folge zu engen Kontakts mit den Damen. Schickten ihn mit voller Pension in Rente. Zuerst trieb es ihn nach Boston, dann hierher, fing wieder mit seiner Missionsarbeit in der Zone an. Jeder nennt ihn den Priester. Es zieht ihn zu den Jüngeren, er hält ihnen große Reden über Jesus, versucht sie aus diesem Leben rauszuholen. Nimmt ab und zu mal eine mit ins Bett, der alten Zeiten wegen. Aber er ist harmlos. Hat gegen niemanden die Hand erhoben, seit sie ihn entlassen haben.«

»Ich dachte, er wäre unser Mann«, sagte Eileen.

»Dachten wir zuerst auch. Haben ihn gleich nach dem ersten Mord aufgegriffen, haben ihn in die Mangel genommen, aber er hatte eine reine Weste. Haben nach dem zweiten Mal wieder mit ihm gesprochen, und nach dem dritten noch mal. Alibis am laufenden Meter. Wir hätten dich vor ihm warnen sollen. Der Fehler, den du gemacht hast, konnte leicht passieren. Wie läuft's sonst?«

»Ich hätte fast meine Jungfräulichkeit verloren, aber Alvarez hat mich rausgehauen.«

»Wen hat er geschickt?«

»'nen Kerl namens Ortiz. Rauschgiftdezernat.«

»Guter Mann. Sieht aus wie achtzehn, oder? Er ist fast dreißig.«

»Ihr hättet mir sagen können, daß ich Hilfe bekomme.«

»Wir haben viele Tricks auf Lager«, sagte Shanahan und lachte.

»Hast du vor, hier drin zu bleiben?« fragte Eileen.

»Nee. Ich halte mich draußen auf. Beobachten, beobachten.«

»Wer hat dir die Haare grau gefärbt?« fragte sie.

»Das Chamäleon«, sagte er und grinste.

»Ich hoffe, du kannst mit dem Auge *sehen.*«

»Ich kann gut sehen.«

»Und ich hoffe, unser Man steht nicht auf Armdrücken«, sagte sie und sah kurz auf den Gips.

In diesem Augenblick betrat Annie wieder die Bar. Sie ging zu Larry, legte vier Dollar auf die Theke und sagte: »Dein Teil, Freundchen.«

»Warum? Danke, Süße«, sagte er, »zutiefst verpflichtet«, und steckte die Scheine in der Annahme in die Brusttasche, es handle sich um zwanzig Prozent von dem, was sie für ihren letzten Job bekommen hatte. Ich liebe ehrliche Nutten, dachte er und fragte sich sofort, ob sie ihn nicht übervorteilt habe.

Annie ging zu dem Tisch, an dem Eileen und Shanahan saßen.

»Dein blonder Freund ist nach Hause gefahren«, sagte sie. »Hat an der Ecke einen Bus genommen.«

»Das ist okay«, sagte Eileen. »Ich warte immer noch auf den richtigen.«

Annie nickte und ging dann zu einem Tisch auf der anderen Seite des Raumes. Sie war kaum eine Minute allein, als sich ein großer Schwarzer neben sie setzte.

»Sie braucht Hilfe«, flüsterte Eileen.

»Ich schaff' sie raus«, sagte Shanahan, erhob sich augenblicklich und sagte mit lauter, für jedermann in der Bar hörbarer Stimme: »Ich seh' dich an der Ecke, Süße.«

Eileen ging zu Annie und dem Schwarzen.

»Ich hab' 'nen einarmigen Banditen, der in einem Auto um die Ecke wartet«, sagte sie. »Er will 'nen flotten Dreier, ich am Steuer, er in der Mitte, und wir beide bringen ihn mal richtig auf Touren. Bist du an 'nem Hunni für zehn Minuten Arbeit interessiert?«

»Kleinvieh macht auch Mist«, sagte Annie und stand sofort auf.

»Komm schnell zurück, hörst du?« sagte der Schwarze.

»Diese Schießerei gefiel mir überhaupt nicht«, sagte Quentin Forbes mit verdrossenem Blick. Er trug immer noch das Kleid, die Strumpfhose und die flachen Straßenschuhe, die er beim Fahren angehabt hatte, doch die lange blonde Perücke hing über der Rückenlehne eines Holzstuhls. »Soviel Gewalt war nicht notwendig, Alice. Ich habe dich wiederholt gewarnt . . .«

»Es war nur zur Sicherheit«, sagte sie achselzuckend.

»Die Kostüme haben uns genug Sicherheit . . .«

»Die Kostüme waren Käse«, sagte Alice.

Sie war eine wunderschöne kleine Blondine, Ende Dreißig, mit blauen Augen und wohlgeformten Lippen, perfekten Beinen und Brüsten. Sie war einsdreißig groß und wog wohlproportionierte 71 Pfund. Im Zirkus wurde sie als Tiny Alice angekündigt. Das kam bei Homosexuellen gut an. Sie hatte das Clownkostüm, das sie bei den letzten beiden Überfällen getragen hatte, gegen ein dunkelgrünes Kleid und hochhackige Pumps eingetauscht. Auf Forbes wirkte sie extrem sinnlich.

»Wolltest du, daß die Cops glauben, drei *verschiedene* Kinderbanden hätten die Läden überfallen?« fragte sie.

»Ich wollte die Cops verwirren, sonst nichts«, sagte Forbes. »Willst du wissen, was *ich* glaube, Alice? Ich glaube, daß dein Rumgeballere sie uns auf den Hals gehetzt hat, genau das glaube ich.«

»Wir hätten sie alle umlegen sollen«, sagte sie. »Wenn du nicht angefangen hättest zu hupen . . .«

»Ich habe gehupt, um dich zu warnen. In dem Moment, als ich sie aus dem Hinterzimmer kommen sah . . .«

»Wir hätten sie alle umlegen sollen«, sagte sie wieder, nahm einen Lippenstift aus ihrer Handtasche und ging zum Wandspiegel.

»Der Knackpunkt mit den Kostümen«, begann Forbes wieder, »war doch . . .«

»Der Knackpunkt war, daß du ein Kleid anziehen wolltest«, sagte Alice. »Ich nehme an, du genießt es, in Fummel rumzulaufen.«

»In der Tat«, sagte Forbes. »Es war seit über einem Monat das erste Mal, daß ich in einem Damenhöschen steckte.«

»Angeber«, sagte Corky.

Sie war etwas größer als Alice, ein entscheidender Nachteil für einen Liliputaner, aber sie war hübscher, wirkte zierlicher, feingliedrig, beinahe orientalisch. Auch sie hatte Straßenkleidung angezogen: einen schwarzen Rock und eine weiße Seidenbluse, eine pinkfarbene Strickjacke, hochhackige Lacklederpumps. Sie sah wie eine winzige, junge Debbie Reynolds aus.

Die beiden Männer, die an den Überfällen teilgenommen hatten, saßen am Tisch, trugen noch immer ihre Clownkostüme und zählten das Geld.

»Das hier sind 5000«, sagte der eine.

Hohe Fistelstimme, Brille, dahinter wache braune Augen. Er hieß Willie. Im Zirkus nannte er sich Wee Willie Winkie. Nächsten Monat wollte er unten in Venice, Florida, sein und für die Spielzeit proben. Heute abend half er das Geld aus den vier Überfällen stapeln und zählen – na ja, eigentlich aus den *dreien*, da sie beim letzten nichts anderes als Cops vorgefunden hatten. Die Überfälle waren Forbes' Idee gewesen, aber Corky war diejenige, die Willie überredet hatte, mitzumachen, sie hatte gemeint, es sei eine gute Gelegenheit, sich ein kleines Zubrot zu verdienen. Corky war seine Frau, und Alice ihre beste Freundin. Das machte Willie nervös. Alice war die einzige, die heute abend jemanden erschossen hatte. Die anderen hatten gezielt über die Köpfe der Ladenbesitzer gefeuert, wie Forbes es ihnen befohlen hatte.

»Was wir tun sollten«, sagte Willie zu dem anderen Mann am Tisch, »wir sollten beide jeden Stapel durchzählen.«

Seine Hände schwitzten. Er war nach wie vor wegen der ganzen Sache sehr nervös. Er war sicher, daß die Polizei jeden Moment reinstürmen würde. Alles wegen Alice. Er hatte noch nie von einem Liliputaner gehört, der im Knast saß. Oder auf den elektrischen Stuhl mußte. Er wollte nicht als erster in die Geschichte eingehen.

»Kann ich mich drauf verlassen, daß ihr kleinen Gauner richtig zählt?« fragte Forbes.

»Du kannst beim Zählen helfen, wenn du willst«, sagte der andere Mann am Tisch.

Er war älter als die anderen Liliputaner, kleiner und sogar zarter als die Frauen. Er hieß Oliver. Im Zirkus wurde er als Oliver Twist angekündigt. Er verstand nie, warum. Er hatte rotes Haar und blaue Augen, und er war ein Single, was genau das war, was er wollte. Oliver war der Liebling der Frauen. Frauen von normaler Größe liebten es, ihn aufzulesen und ins Bett zu schleppen. Frauen von normaler Größe fanden ihn unbeschreiblich süß, und sie fühlten sich niemals durch seinen winzigen, aufgerichteten Penis bedroht. Frauen von normaler Größe waren immer erstaunt, daß sie ihn völlig verschlucken konnten, ohne würgen zu müssen. Irgendwie hatte es seine Vorteile, Liliputaner zu sein.

»Hier sind weitere fünf«, sagte Willie und schob Oliver den Stapel zu, der die Scheine wie ein Casinoleiter durchblätterte.

»Grob geschätzt«, sagte Forbes, »haben wir so um die 40 000 eingenommen.«

»Ich glaube, das ist zuviel«, sagte Alice.

Sie stand vor dem Spiegel und legte Lippenstift auf. Sie spitzte die Lippen, um die glänzendrote Farbe zu verteilen, so hübsch wie eine kleine Puppe. Forbes hatte letztes Jahr, als sie im Garden in New York auftraten, versucht sie anzumachen. Sie gab ihm eiskalt einen Korb, sagte, er würde sie in zwei Hälften brechen, obwohl er wußte, daß sie mit der Hälfte der Flying Dutchmen schlief. Corky beobachtete sie aufmerksam, als ob sie ihr vielleicht einen Make-up-Trick abgucken könnte.

»12-, 13 000 pro Laden«, sagte Forbes, »damit rechne ich. 35-, 40 000 Dollar.«

»In dem Laden mit der Besitzerin waren keine 13 000«, sagte Oliver.

Er war derjenige, der die Kasse ausgeräumt hatte, nachdem Alice die Lady im dritten Laden erschossen hatte. Sie sollten in den Läden nicht reden, aber er hatte gellend »Halt sie *auf*, Alice!« geschrien, weil Alices Hände zitterten, und die Tasche hin- und herschaukelte, als wäre eine Schlange darin, die rauszukommen versuchte.

»Merk dir meine Worte, 40«, sagte Forbes.

»Hier sind weitere Fünf«, sagte Willie.

»15 bis jetzt«, sagte Forbes. »Merk dir meine Worte.«

Nachdem alles gesagt und getan war, stellte sich heraus, daß es nur 32 000 waren.

»Was hab' ich dir gesagt?« sagte Alice.

»Jemand muß abgesahnt haben«, sagte Forbes und deutete auf sie.

»Was macht das?« fragte Corky. »32 durch 5?«

»Ungefähr 60 Riesen für jeden«, sagte Oliver.

»*Hättest* du *gern*«, sagte Alice.

»Sechs, meine ich.«

Willie war schon dabei, die komplizierte Rechnung auf einem Fetzen Papier zu machen.

»Sechs-vier«, sagte er.

»Was nicht schlecht ist für einen Abend Arbeit«, sagte Forbes.

»Wir hätten diese Cops umlegen sollen«, sagte Alice träge und tupfte den Lippenstift mit einem Stück Kleenex ab. Willie überlief ein Schauder. Er sah seine Frau an. Corky starrte auf Alices Mund, auf ihrem Gesicht lag ein Ausdruck abgöttischer Verehrung. Willie überlief wieder ein Schaudern.

»Was ich jetzt gleich machen werde«, sagte Forbes, »ich werde das Kleid ausziehen und meine eigenen Sachen anziehen, und dann auf eine Party gehen. Alice? Willst du mitkommen?«

Sie blickte ihn von oben bis unten an, als würde sie ihn zum ersten Mal sehen.

Dann zuckte sie mit den Achseln und sagte: »Klar. Warum nicht?«

Sie rief ihre Schwiegermutter sofort an, kaum daß sie das Haus betreten hatte.

Ohne ihn kam ihr der Ort verlassen vor.

»Mom«, sagte sie. »Hier ist Marie.«

Ein Knacken in der Leitung nach Atlanta.

»Honey«, sagte ihre Schwiegermutter, »die Verbindung ist *schrecklich*, kannst du nicht die Vermittlung anrufen?«

Wunderbar, dachte sie. Ich ruf' sie an, um ihr zu sagen, daß Frank tot ist, und sie kann mich nicht hören.

»Ich werd's noch mal versuchen«, sagte sie, hängte ein und wählte dann die Nummer der Vermittlung und bat, verbunden zu werden. Ihre Schwiegermutter nahm beim zweiten Klingeln ab.

»Ist es besser?« fragte Marie sie.

»Oh, viel besser. Ich wollte *euch* gerade anrufen, das muß Gedankenübertragung sein.« Susan Sebastiani glaubte an psychische Phänomene. Wann immer sie eine Seance in ihrem Haus abhielt, behauptete sie, mit Franks Vater zu sprechen, der seit zwanzig Jahren tot und verschwunden war. Franks Vater war Zauberer gewesen, wie sein Sohn. »Was passiert ist«, sagte sie, »ich hatte diese schreckliche Vorahnung, daß etwas nicht stimmt. Ich sagte mir, Susan, du rufst besser die Kinder an. Geht's euch gut? Ist alles in Ordnung?«

»Na ja . . . nein«, sagte Marie.

»Was ist los?« sagte Susan.

»Mom . . .«

Wie soll ich's ihr beibringen?

»Mom . . . sehr schlechte Nachrichten.«

»Was ist los?«

»Mom . . . Frank . . .«

»Oh, mein Gott, es ist ihm etwas passiert«, sagte Susan sofort. »Ich wußte es.«

Stille in der Leitung.

»Marie?«

»Ja, Mom.«

»Was ist passiert? Erzähl's mir.«

»Mom . . . er ist . . . Mom, er ist tot.«

»Was? Oh, mein Gott, mein Gott, oh, lieber Gott«, sagte sie und begann zu weinen.

Marie wartete.

»Mom?«

»Ja, ich bin noch dran.«

»Es tut mir leid, Mom. Ich wünschte, ich wäre nicht diejenige gewesen, die dir das sagen mußte.«

»Wo bist du?«

»Zu Hause.«

»Ich werde kommen, sobald ich kann. Ich werd' die Fluggesellschaften anrufen, herausfinden, wann es . . . was ist passiert? War es ein Autounfall?«

»Nein, Mom. Er wurde ermordet.«

»Was?«

»Jemand . . .«

»Was? *Wer?* Wovon redest du? Ermordet?«

»Wir wissen es noch nicht, Mom. Jemand . . .«

Sie konnte sich nicht überwinden, seiner Mutter zu erzählen, daß jemand seine Leiche zerhackt hatte. Das konnte warten.

»Jemand hat ihn umgebracht«, sagte sie. »Nach einer Show, die wir heute nachmittag gezeigt haben. Hier, in einer Highschool.«

»Wer?«

»Wir wissen es noch nicht. Die Polizei glaubt, daß es Jimmy gewesen sein könnte.«

»Jimmy? Jimmy Brayne? Den Frank anlernte?«

»Ja, Mom.«

»Ich kann's nicht glauben. Jimmy?«

»Das glauben sie.«

»Na ja, wo ist er? Haben sie ihn verhört?«

»Sie suchen ihn immer noch, Mom.«

»Oh Gott, das ist schrecklich«, sagte Susan und begann wieder zu weinen. »Warum sollte er so was machen? Frank hat ihn wie einen Bruder behandelt.«

»Wir beide«, sagte Marie.

»Hast du schon Dolores angerufen?«

»Nein, du bist die erste, die ich . . .«

»Sie wird einen Herzanfall bekommen«, sagte Susan. »Du läßt es mich ihr besser sagen.«

»Ich kann dich nicht darum bitten, Mom.«

»Sie ist meine Tochter, ich werde es tun«, sagte Susan.

Sie weinte noch immer.

»Ich werd' ihr sagen, sie soll direkt zu dir kommen, du wirst Hilfe brauchen.«

»Danke, Mom.«

»Wie lange braucht sie von zu Hause? Eine Stunde?«

»Höchstens.«

»Ich werd' ihr sagen, sie soll direkt herkommen. Bist du okay?«

»Nein, Mom«, sagte sie und ihre Stimme brach ab. »Ich fühle mich schrecklich.«

»Ich weiß, ich weiß, Sweetie, aber sei tapfer. Ich komme, sobald ich kann. Währenddessen wird Dolores da sein. Oh, mein Gott, ich muß viele Leute anrufen, Verwandte, Freunde . . . Wann wird die Beerdigung sein? Sie werden's wissen wollen.«

»Na ja . . . sie werden erst eine Autopsie vornehmen.«

»Was meinst du damit? Ihn aufschneiden?«

Stille in der Leitung.

»Du hast ihnen nicht die Erlaubnis dazu gegeben, oder?«

Gute Gelegenheit, ihr jetzt zu sagen, daß er *bereits* aufgeschnitten *war.* Sie ließ die Gelegenheit verstreichen.

»Sie müssen bei einem Mordfall eine Autopsie machen«, sagte sie.

»Warum?«

»Ich weiß nicht warum, so ist das Gesetz.«

»Was für ein Gesetz«, sagts Susan.

Beide Frauen schwiegen.

Susan seufzte tief.

»In Ordnung«, sagte sie, »ich werd' Dolores anrufen, ich werd' mich an die Arbeit machen. Sie wird in kurzer Zeit da sein, wirst du bis dahin aushalten?«

»Ich werd's aushalten.«

Wieder Stille.

»Ich weiß, wie sehr du ihn geliebt hast«, sagte Susan.

»Hab' ich, Mom.«

»Ich weiß, ich weiß.«

Noch ein Seufzer.

»In Ordnung, Honey, ich werd' später mit dir sprechen. Ich werd' versuchen, heute nacht ein Flugzeug zu kriegen, wenn's geht. Du bist nicht allein, Marie. Dolores wird bald da sein, und ich werd', sobald ich kann, da sein.«

»Danke, Mom.«

»Soweit in Ordnung«, sagte Susan, »ich muß jetzt los. Ruf mich an, wenn du mich brauchst.«

»Ja, Mom.«

»Gute Nacht, Honey.«

»Gute Nacht, Mom.«

Es gab ein kurzes Klicken in der Leitung. Marie legte den Hörer wieder auf die Gabel. Sie sah zur Uhr an der Küchenwand hinauf. Es fehlten nur 40 Minuten an dem Tag, der der längste ihres Lebens war.

Die Uhr tickte laut in die Stille des leeren Hauses hinein.

Auf der Wanduhr im Krankenhaus war es 25 Minuten nach elf. Lieutenant Peter Byrnes hatte die Ehefrauen noch nicht angerufen. Er würde die Frauen anrufen müssen. Mit Teddy und Sarah reden, ihnen erzählen, was passiert war. Er stand auf dem Flur mit Deputy Police Commissioner Howard Brill, der gekommen war, als er erfahren hatte, daß zwei Detectives bei der polizeilichen Überwachung eines Spirituosenladens angeschossen worden waren. Brill war Schwarzer, Anfang Fünfzig; Byrnes hatte ihn kennengelernt, als sie beide in Riverhead Streife liefen. War fast so groß wie Byrnes, hatte denselben massiven Kopf und intelligente Augen; die Männer hätten aus demselben Wurf stammen können, mal abgesehen davon, daß der eine schwarz und der andere weiß war. Brill war wütend; Byrnes konnte verstehen, warum.

»Das wird ein gefundenes Fressen für die Medien«, sagte Brill. »Hast du das gesehen?«

Er zeigte Byrnes die Titelseite der Morgenausgabe eines Boulevardblattes. Die Schlagzeile sah aus, als würde sie ein sensationelles Angebot in einem der umliegenden Supermärkte anpreisen. Aber statt

MARSMENSCH SCHWÄNGERT KAMEL oder HITLERS REINKARNATION ALS HAUSFRAU IN IOWA hieß es hier:

LILIPUTANER 2 – COPS 0
POLIZEI LIEGT HINTEN

»Sehr lustig«, sagte Byrnes. »Ich habe einen Cop auf der Intensivstation und einen anderen unter dem Messer, und die machen Witze.«

»Wie geht's ihnen?« fragte Brill.

»Meyer ist okay. Carella . . .« Er schüttelte den Kopf. »Die Kugel steckt immer noch drin. Sie graben danach.«

»Welches Kaliber?«

»22. Das stimmt mit den Kugeln überein, die wir im Laden entdeckt haben. Meyer hat zwei Kugeln abgekriegt, aber sie gingen glatt durch.«

»Er hatte Glück«, sagte Brill. »Sie sind schlimmer als eine verfluchte Fünfundvierziger, diese kleinkalibrigen Waffen. Wenn sie einen Mann treffen, wo nur Fleisch sitzt, kommen sie nicht raus. Graben sich durch den Körper, als ob sie von einem Möbelstück abprallen.«

»Yeah«, sagte Byrnes und nickte finster.

»Gab 'ne Menge Schießereien heut' nacht«, sagte Brill. »Man könnte meinen, es wäre der vierte Juli und nicht Halloween. War die Sache mit diesem anderen Mann sauber?«

»Ich hoffe es«, sagte Byrnes.

»Vier Teenager, Pete, die Medien *lieben* es, wenn Kids angeschossen werden. Wie sieht die Sache von ihrer Warte aus?«

»Ich hab's nicht überprüft. Ich bin sofort hierher gefahren ...«

»Klar, ich verstehe.«

Byrnes überlegte, daß er die Sache mit den Kids hätte überprüfen sollen, bevor er hierher gekommen war – nicht daß ihn wirklich interessierte, *wie* es war, außer, wie sich ihre Darstellung auf seine Mannschaft auswirkte. Wenn man Ärger mit einem Cop suchte, sollte man, wenn's nach ihm ging, froh sein, wenn man ihn bekam. Aber wenn Genero seine Waffe ohne die nötige Vorsicht und ohne ausreichenden Grund gezogen hatte, und wenn einer dieser Rowdies starb, oder schlimmer noch, vor sich hin vegetierte ...

»Wie gerissen ist er?« fragte Brill.

»Nicht sehr.«

»Weil sie sich auf ihn stürzen werden, weißt du.«

»Das ist mir klar.«

»Wo ist er jetzt?«

»Noch immer in der Innenstadt. Glaube ich. Ich weiß es wirklich nicht, Howie. Tut mir leid, aber als ich von Meyer und Carella hörte ...«

»Klar, ich verstehe«, sagte Brill wieder.

Er fragte sich, welcher der Vorfälle dem Department mehr Kopfzerbrechen bereiten würde. Ein blöder Cop, der vier Kids anschießt, oder zwei blöde Cops, die von Liliputanern angeschossen werden.

»Liliputaner«, sagte er laut.

»Yeah«, sagte Byrnes.

Trickreich, dachte er.

Ich weiß das.

Zum vierten Mal in die Bar zurückzukommen.

Aber das gehörte zum Spaß.

Genauso aussehen, genauso reagieren, so wurde es spannender. Sie suchen einen großen blonden Kerl, und hiiiiiier ist *Johnny*, Leute! Bisher keine Beschreibung in den Zeitungen, aber auch die Cops spielten trickreich.

Überall Tricks, dachte er.

Soll mir recht sein.

Mittlerweile gingen sie es psychologisch an.

Ein Kerl, der einmal ein traumatisches Erlebnis mit einer Nutte hatte. Haßt alle Nutten, eliminiert sie systematisch. Sie sollten ihren Computer benützen, in Kansas City nachchecken. In Kansas City gab es nur zwei. Na ja, wenn man gerade anfängt, fängt man klein an, richtig? In Chicago waren es drei. Gute Nacht, Leute!

Singe mein kleines Lied und tanze in jeder Stadt, höre mir den Applaus in den Zeitungen und im Fernsehen an, packe meine Siebensachen und ziehe weiter nach Buffalo. Schneide ihnen die Kehle durch, säble sie auf, das *müssen* Cops psychologisch angehen. Ich mache hier vier, dachte er, und ziehe dann weiter. Zwei, drei, vier, eine nette Steigerung.

Die Cops sollten es ruhig psychologisch angehen.

Ein Geisteskranker handelt zwanghaft, hört Stimmen im Kopf, glaubt, jemand würde ihm befehlen, was er tut. Ich, ich höre nie Stimmen, außer wenn ich meinen Walkman aufhabe. Komiker. Laufe mit den Ohrhörern rum, höre mir ihre Witze an. Woody Allen, Bob Newhart, Bill Cosby, Henny Youngman ...

Nimm meine Frau. Bitte.

An unserem Hochzeitstag sagte meine Frau, sie möchte irgendwo hin, wo sie noch nie war: Ich sagte, wie wär's mit der Küche.

Meine Frau wollte einen Nerzmantel, und ich wollte ein neues Auto. Wir schlossen einen Kompromiß. Ich kaufte ihr einen Nerzmantel, und wir ließen ihn in der Garage.

Laufe rum, höre den Komikern zu, lache laut auf. Die Leute denken wahrscheinlich, ich wäre verrückt. Was soll's? Es gibt niemand, der mir *befiehlt*, diese Mädchen umzubringen –

Oooops, entschuldigen Sie, ich bitte vielmals um Entzweiung. Will die Feministinnen nicht am Hals haben, die sind schwieriger zu handhaben als die Cops. In der nächsten Stadt mache ich vielleicht fünf. Fünf schaffen und dann weiterziehen. Zwei, drei, vier, fünf, nette arithmetische Steigerung. In Bewegung bleiben, Spaß haben, genau wie Mutter es wollte. Was ist der Sinn des Lebens, wenn man es nicht genießen kann? Ein bißchen Leben, ein bißchen Lachen, das ist's. Diese Frauen – verstehen Sie mich richtig, Miss Steinem – machen *Spaß.*

Versucht *denjenigen* zu finden, Männer.

Sucht weiter nach einem Geisteskranken, macht weiter.

Denn ihr habt's mit jemandem zu tun, der durch und durch gesund ist.

Larry's Bar.

Willkommen daheim, dachte er und öffnete die Tür.

»Was darf's sein?« fragte ihn Larry.

»Kommt ein Typ in eine Bar, hat 'nen kleinen Affen auf der Schulter.«

»Hä?« sagte Larry.

»Das ist ein Witz«, sagte er. »Fragt ihn der Barkeeper: ›Was darf's sein?‹ Sagt der Typ: ›Scotch auf Eis‹, und der Affe sagt: ›Für mich dasselbe‹. Der Barkeeper sieht die beiden an und sagt: ›Was sind Sie denn für einer, ein Bauchredner?‹ Sagt der Affe: ›Hab ich etwa meine Lippen bewegt?‹«

»Das ist ein Witz, häh?« sagte Larry.

»Gin Tonic«, sagte er und zuckte die Achseln.

»Was kriegt Ihr Affe?«

»Mein Affe muß noch fahren«, sagte er.

Larry zwinkerte.

»Das ist noch ein Witz.«

»Oh«, sagte Larry und sah ihn an. »Waren Sie schon mal hier?«

»Nee. Ist das erste Mal.«

»Weil Sie mir bekannt vorkommen.«

»Die Leute sagen, ich sehe aus wie Robert Redford.«

»Das *ist* jetzt aber ein Witz«, sagte Larry und stellte ihm den Drink hin. »Gin Tonic, drei Dollar, ein Sonderpreis.«

Er bezahlte den Drink, nippte daran, den Blick auf den Spiegel geheftet.

»Netter Haufen heut' nacht, hä?« sagte Larry.

»Kann sein.«

»Was suchen Sie? Wir hatten vor zehn Minuten 'ne Chinesin hier. Stehen Sie auf Orientalinnen?«

»Kommt ein Samurai aus dem Krieg nach Hause«, sagte er.

»Ist das noch ein Witz?«

»Sein Diener empfängt ihn am Tor, sagt ihm, seine Frau treibt's mit 'nem Neger. Der Samurai rennt nach oben, bricht die Schlafzimmertür auf, reißt sein Schwert raus, schreit, ›Was muß ich hören, du treibst es mit einem Neger?‹ Sagt seine Frau: ›Wo hast'n so'n oll'n Kack aufgeschnappt?‹«

»Versteh' ich nicht«, sagte Larry.

»Schätze, Sie hätten dabei sein müssen.«

»Wobei?«

»Vergessen Sie's.«

»Wir haben hier heute abend 'n paar nette schwarze Girls, wenn es das ist, was sie suchen.«

Larry dachte an seine zwanzig Prozent Provision. Einen kleinen Handel ankurbeln.

»Geht ein alter Mann ins Bordell . . .«

»Das ist kein Bordell«, sagte Larry abwehrend.

»Das ist noch ein Witz. Alter Kerl, 95 Jahre alt. Sagt der Puffmutter, er will einen geblasen kriegen. Der Kerl ist so klapprig, daß er kaum stehen kann. Sagt die Puffmutter: ›Kommen Sie, Mister, das ist vorbei.‹ Sagt er: ›Das war's? Wieviel schulde ich Ihnen?‹«

»*Der* ist lustig«, sagte Larry.

»Ich kenne Hunderte von Witzen über alte Leute.«

»*So* lustig war er auch wieder nicht.«

»Sitzt ein alter Mann auf einer Parkbank und heult wie ein Schloßhund. Sagt ein anderer Mann, der neben ihm sitzt . . .«

»Hallo.«

Er drehte sich um.

Neben ihm auf dem Barhocker saß eine gutaussehende Blondine.

»Ich heiße Sheryl«, sagte sie. »Wie wär's mit 'nem bißchen Spaß?

10

Im gleichen Augenblick, als er sie sah, wußte er, daß er mit ihr mehr Spaß haben würde als mit jeder anderen. Irgend etwas in ihren Augen. Irgend etwas in ihrem Lächeln. Irgend etwas, als sie ihr kleines, süßes Hinterteil auf den Barhocker plumpsen ließ, die Beine übereinanderschlug, einen Ellbogen auf die Bar und das Kinn auf die Hand stützte und ihm herausfordernd in die Augen sah – ein Mädchen fürs Vergnügen, das sah er sofort.

»Tja, tja, tja, hallo, Sheryl«, sagte er.

»Tja, tja, tja, hallo, du«, sagte sie.

»Barkepper«, sagte er, »frag die Dame, was sie haben will.«

»Barkeeper, das gefällt mir«, sagte Sheryl.

Ein Mädchen fürs Vergnügen. Er wußte es.

»Also, was darf's sein?« fragte er.

»Was trinkst *du*?«

»Gin Tonic.«

»Ich nehm' auch einen«, sagte sie.

»Einen Gin Tonic für die Dame«, sagte er zu Larry, und gleich danach: »Kommt ein Kerl in eine Bar...«

»Den haben Sie schon erzählt«, sagte Larry.

»Das ist ein anderer. 'n Kerl kommt in eine Bar, sagt: ›Seht ihr die Katze dort drüben?‹ Jeder schaut auf die Katze. Ein großer Kater mit einem enormen Schwanz. Sagt der Kerl: ›Ich wette mit jedem hier drin, daß mein Penis länger ist als der Schwanz der Katze.‹ Jeder will mit ihm wetten. Hundert-Dollar-Scheine überall. Sagt der Typ zum Barkeeper...«

»Gin Tonic«, sagte Larry. »drei Dollar, ein Sonderpreis.«

»Du solltest lernen, daß man eine Geschichte nicht unterbricht«, sagte er.

»Gib's ihm«, sagte Sheryl.

»Sagt der Kerl zum Barkeeper: ›Okay, nimm Maß.‹ Also nimmt der Barkeeper ein Maßband raus, geht rüber zur Katze, mißt den Schwanz der Katze und sagt: ›36 Zentimeter.‹ Der Typ nickt und sagt: ›Okay, miß meinen Penis.‹ Der Barkeeper mißt den Penis. ›21 Zentimeter‹, sagt er. ›Du hast verloren.‹ Der Typ sieht ihn an. ›Entschuldige‹, sagt er, ›aber *wie* hast du den Schwanz der Katze gemessen?‹ Der Barkeeper sagt: ›Ich hab' ein Ende vom Maßband an das Arschloch gehalten und das andere...‹, und der Typ sagt: ›Würde es dir was ausmachen, mir die gleichen Bedingungen zu gewähren?‹«

Sheryl brach in Gelächter aus.

Larry sagte: »Versteh ich nicht. Sie schulden mir drei Dollar.«

Er bezahlte den Drink. Sheryl lachte noch immer.

Ein Mädchen fürs Vergnügen.

»Wie heißt du?« fragte sie.

»Robert Redford«, sagte er, was nicht allzu weit von der Wahrheit entfernt war, da sein Vorname wirklich Robert lautete.

»Ich glaube dir«, sagte sie und zwinkerte Larry zu. »Wie nennen die Leute dich? Rob? Bob? Bobby?«

»Bobby«, sagte er, was die volle Wahrheit war.

»Und wie sieht's mit *deinem* Schwanz aus, verglichen mit dem der Katze, Bobby?«

»Willst du's rausfinden?« sagte er.

»Oooh, ja«, sagte Sheryl und verdrehte die Augen.

»Glaubst, es könnte Spaß machen, hä?« sagte er.

»Ich glaube, es würde *massenhaft* Spaß machen«, sagte sie. »Ich sag' dir, was ich kriege, Bobby. Einen runter . . .«

»Nicht jetzt«, sagte er.

»Na ja, verstehst du, Bobby, ich bin ein Mädchen, das anschafft. Auch wenn es für mich nichts Schöneres gibt, als hier die ganze Nacht mit dir zu sitzen . . .«

Er legte einen Zwanzig-Dollar-Schein auf die Theke.

»Sagen wir, wir haben 'ne offene Rechnung«, meinte er.

»Du meinst, du und ich? Oder du und Larry?«

»Du und ich. Die 20 gehören dir. Für 20 Minuten, ein Dollar pro Minute. Über ein weiteres Angebot reden wir, wenn die Uhr abgelaufen ist. Wie klingt das, Sheryl?«

»Kein Problem«, sagte sie und sackte den Schein ein.

»Vier Dollar gehören mir«, sagte Larry und streckte die Hand aus. Sheryl verzog das Gesicht, doch sie gab ihm den Zwanziger und sah ihm nach, als er zur Kasse ging, um zu wechseln.

»Und woher kommst du, Bobby?« fragte sie.

»Unlängst? Chicago. Davor Kansas City.«

Er trieb es auf die Spitze. Das waren genau die beiden Städte. Aber das machte es so spannend. Das Spiel bis zum äußersten Risiko zu treiben.

Larry war mit dem Wechselgeld zurück. »Hier sind deine 16«, sagte er und gab ihr drei Fünfer und einen Ein-Dollar-Schein.

»Wenn du hier drin einen 36 Zentimeter langen Pimmel rausholst«, sagte sie, »will Larry 20 Prozent davon haben.«

»Ich hab' bis jetzt noch niemanden mit 'nem Sechsunddreißiger gesehen«, sagte Larry.

»Hast du dich umgesehen?« fragte sie, zwinkerte Bobby zu und steckte die Scheine in ihre Handtasche. »Larry macht nichts anderes, als die Herrentoilette nach Sechsunddreißigern abzuklappern.«

»Ist ein Soldat in der Herrentoilette und duscht«, sagte Bobby. »Alle anderen Kerle aus seinem Trupp . . .«

»Ist das noch einer?« sagte Larry.

»Hab' ich dir nicht gesagt, du sollst meine Geschichten nicht unterbrechen?« sagte Bobby.

»Geschichten wie Ihre . . .«

»Sei ruhig«, sagte er.

Er sprach die Worte sehr sanft.

Larry sah ihn an.

»Verstehst du«, sagte er. »Sei ruhig, wenn ich eine Geschichte erzähle.«

Larry sah ihm in die Augen.

Dann zuckte er mit den Achseln und ging zum anderen Ende der Bar.

»Dem hast du's richtig gegeben«, sagte Sheryl. »Erzähl mir die Geschichte, Bobby.«

»Der Soldat nimmt eine Dusche. All die andern Kerle aus dem Trupp drängen sich rund um die Kabine, schau'n rein, recken die Köpfe nach ihm. Alles, weil der Typ 'nen Penis hat, der bloß zweieinhalb Zentimeter lang ist. Am Ende hält's der Typ nicht mehr aus. Er dreht sich zu ihnen um und schreit: ›Was ist los? Habt ihr noch nie jemanden mit 'nem Ständer gesehen?‹«

Sheryl brach wieder in Gelächter aus.

Am anderen Ende der Bar verzog Larry mürrisch sein Gesicht und sagte: »Sehr lustig.«

»Und welcher von beiden bist du, Bobby? fragte Sheryl. »Das Sechsunddreißiger- oder das Zweiundeinenhalben-Wunder?«

»Ich dachte, wir wollten nichts überstürzen«, sagte er.

»Hör mal, es ist dein Geld«, sagte Sheryl. »Lass' dir so viel Zeit, wie du braucht.«

»Ich dachte, wir hätten hier unseren Spaß«, sagte er.

»Haben wir«, sagte sie.

»Ich meine, ist das kein Spaß?«

»Ich liebe deine Geschichten, Bobby«, sagte sie.

»Du bist ein Mädchen fürs Vergnügen«, sagte er. »Ich sehe so was.«

»Das hat man mir schon öfter gesagt, Bobby.«

»Ich meine, ich könnte wetten, daß es dir gefällt, neue und aufregende Sachen zu machen, oder?«

»Oh, klar«, sagte sie. »ich hab's sogar mal mit 'nem Polizeihund gemacht.«

»Das meine ich nicht. Ich meine, *neue* Sachen. Aufregende Sachen.«

»Na ja, für mich war das neu. Wenn sechs Typen mir zuschauen, während ich's mit 'nem Polizeihund mache? Das war neu.«

»Es war vielleicht neu, aber ich wette, es war nicht aufregend«, sagte Bobby.

»Na ja, ich muß zugeben, das war schon irgendwie aufregend.«

»Sheryl«, sagte er, »ich glaube, du bist wunderbar, ehrlich. Wir werden 'ne Menge Spaß zusammen haben, du wirst sehen.«

»Oh, ich bin sicher.«

»Wir werden einige neue und sehr aufregende Sachen machen.«

»Ich kann's kaum erwarten«, sagte sie.

»Jede Menge Lacher«, sagte er.

»Ich finde dich jetzt schon sehr lustig«, sagte sie.

»Geht ein Liliputaner aufs Herrenklo«, sagte er. »Und da steht ein Kerl an einem . . .«

Die zweite Party war sogar noch besser als die erste.

Parker fühlte sich einzigartig.

Nach der ersten Party war er betrunken genug zu glauben, daß er wirklich ein Schriftsteller war, der sich als ein Cop ausgab, der nur Schriftsteller sein wollte. Auf dieser Party erzählte er niemandem, daß er ein Cop war, weil sich hier niemand kostümiert hatte; so eine Party war das nicht. Aber sogar ohne die Maskerade amüsierte er sich großartig. Vielleicht, weil es hier so viele interessante Leute gab, meistens Frauen. Oder vielleicht, weil diese interessanten Frauen *ihn* interessant fanden.

Das versetzte ihn in höchstes Erstaunen.

Er dachte, er würde einen genauso miesen Eindruck wie immer machen.

Es stellte sich heraus, daß die Frau, in deren Apartment sie waren, heute nacht ihren 63. Geburtstag feierte, daher handelte es sich in erster Linie um ein Fest und nicht um Halloween. Sie hieß Sandra und war diejenige, deren Anruf Peaches am frühen Abend erwartet hatte, und nur aus dem Grund war sie nach dem Stöhner-Anruf noch ans Telefon gegangen. Sandra war ihre zweitbeste Freundin; ihre beste Freundin war die Frau, die die Kostümparty geschmissen hatte. Nach wie vor mochte Peaches Sandra sehr, besonders, weil sie nie ein Geburtstagsgeschenk erwartete. Sie war daher etwas überrascht und irgendwie verärgert, als Parker platt und ungehobelt die Meinung vertrat, niemand über 60 sollte aufgefordert werden, die Kerzen auf dem Geburtstagskuchen auf einen Schlag auszublasen. Und sie war sogar noch überraschter, als Sandra in Gelächter ausbrach und sagte: »Oh, Baby, wie wahr! Wer, zum Teufel, kann sich noch den Streß leisten?«

Alle lachten. Sogar Peaches.

Dann blies Sandra alle Kerzen auf einen Schlag aus, kniff Parker ins Hinterteil und fragte ihn, ob er die Kerze auf *seinem* Kuchen geblasen haben wollte. »Aus«, fügte sie hinzu.

Alle lachten. Außer Peaches.

Etwas später plauderte Parker, ermutigt durch die Aufmerksamkeit, die viele dieser sehr interessanten Frauen seinen selbst ihm unbekannten Ideen zollten, aus dem Nähkästchen und vertrat gegenüber einer Untersuchungsrichterin die Meinung, daß *jeder*, der einen Mord beginge, zumindest ein klein wenig verrückt sei, und daß daher das Argument der »Unzurechnungsfähigkeit« sinnlos sei. Die Richterin sagte: »Das ist sehr interessant, Andy. Ich hatte letzte Woche einen Fall, wo . . .«

Es war erstaunlich.

Parker sagte zu einer Frau, die eine Hornbrille und keinen BH trug, daß er pornographische Filme aufrichtiger fände als irgendeine der Abendserien im Fernsehen, und die Frau entpuppte sich als Filmkritikerin, die ihn ermutigte, an dieser Idee weiterzuarbeiten.

Parker erzählte einer Schriftstellerin – einer *echten* Schriftstellerin –, er höre nach fünf Seiten auf, ein Buch zu lesen, wenn er bis dahin nicht davon gefesselt sei, und die Frau erklärte ihm die Bedeutung von Einleitung und Schluß eines Buches, worauf Parker sagte: »Klar, es ist wie Vor- und Nachspiel«, und die Schriftstellerin legte die Hand auf seinen Arm und lachte derb, was Peaches überhaupt nicht amüsant fand.

Tatsächlich ärgerte sich Peaches mehr und mehr über die Tatsache, daß Sandra sie zu einer Party eingeladen hatte, auf der mehr Frauen als Männer waren, ungefähr im Verhältnis zwei zu eins, und auf der Parker plötzlich im Mittelpunkt allen weiblichen Interesses stand. Ihr hatte es besser gefallen, als sie ein Pärchen waren, das vorgab, Cop und Opfer zu sein. Da hatten sie etwas *geteilt*. Jetzt schien Parker eigene Wege zu gehen, wie ein zweitklassiger Flamenco-Tänzer, dem man unter der Voraussetzung, daß er seiner fetten Partnerin den Laufpaß gäbe, einen Filmvertrag angeboten hatte. Das stank Peaches, weil sie, verdammt noch mal, diejenige war, die ihn überhaupt erst mit Leuten aus dem Showbusiness zusammengebracht hatte!

Als die Liliputanerin um 23 Uhr 35 hereinkam, konzentrierte sich Peaches sofort auf den Mann neben ihr. Ein stämmiger Kerl, der allmählich eine Glatze bekam, aber ein angenehm markantes Gesicht und scheinbar gutes Benehmen hatte. Einsfünfundsiebzig, einsachtzig, schätzte sie, himmelblaue Augen, angenehme Stimme, mit der er Sandra »Happy Birthday« wünschte. Sandra nahm ihre Mäntel, ging weg und murmelte etwas davon, sie sollten sich unter die Leute mischen. Peaches gesellte sich zu ihnen, bevor die anderen Haie Blut rochen. Sie stellte sich dem Mann und der Liliputanerin vor –

»Hallo, ich bin Peaches Muldoon.«

»Quentin Forbes. Alice . . .«

– und nahm dann den Arm des Mannes, bevor er den Namen der Liliputanerin zu Ende bringen konnte, sagte: »Los, ich besorge einen Drink«, und zog mit ihm ab. Die Liliputanerin, die sich verlassen und verschüchert im Raum umblickte, ließ sie an der Tür stehen.

Parker hatte nie zuvor eine schönere Frau gesehen.

Er ging sofort zu ihr hin.

»Die Welt ist klein«, sagte er.

Und zu seiner größten Überraschung – die Nacht war voller Überraschungen – brach sie in Gelächter aus und sagte: »Ich fühle mich wie bestellt und nicht abgeholt. Wo ist die Bar?«

Hal Willis kam 20 Minuten vor Mitternacht in den Mannschaftsraum. Die Schichten lösten sich normalerweise eine Viertelstunde vorher ab, und daher war er überraschend früh dran. Zur Zeit – besonders seit er mit Marilyn Hollis zusammen war – kam er dauernd zu spät. Und sah zerknittert aus. Er sah auch jetzt zerknittert aus, machte ein Eindruck, als sei er vor höchstens fünf Minuten aus dem Bett in die Hose gesprungen.

»Ziemlich frisch draußen«, sagte er.

Er trug einen kurzen Trenchcoat über einer weiten Hose und eine sportliche Jacke, keine Krawatte, den obersten Hemdknopf offen. Mit einer Größe von einsfünfundsiebzig war er der Kleinste im Team – sogar kleiner als Fujiwara, der japanische Vorfahren hatte –, aber Willis konnte Judo und Karate, und er hatte so manchen billigen Dieb, der angenommen hatte, er könnte ihn leicht umhauen, aufs Kreuz gelegt. Er zog den Mantel aus und hängte ihn an die Garderobe, warf einen kurzen, gelangweilten Blick auf das Schwarze Brett und sah dann auf den Dienstplan, um herauszufinden, wer die Schicht mit ihm teilte. Er bewegte sich derzeit wie jemand unter Wasser. Kling führte seine ewige Müdigkeit auf Marilyn Hollis zurück. Eileen sagte, Marilyn Hollis sei Gift. Vielleicht hatte sie recht. Kling sah zur Uhr hinauf.

»Ich werde dir mal erzählen, was los war«, sagte er.

Er erzählte Willis von den vier Teenagern, auf die Genero geschossen hatte.

»Genero?« sagte Willis erstaunt.

Er erzählte Willis von den vier Liliputanern, die eine Reihe Spirituosenläden überfallen hatten.

»Liliputaner?« sagte Willis erstaunt.

Er erzählte Willis, daß Carella und Meyer drei Kugeln abgekommen hatten und im Buenavista-Hospital waren.

»Fährst du rüber?« fragte Willis.

»Vielleicht später. Ich muß schnell nach Calm's Point raus.«

Er sah wieder zur Uhr hinauf.

»Brown und Hawes haben einen Mordfall«, sagte er, »der ganze Papierkram ist auf Browns Schreibtisch. Es gibt auch ein Foto vom Opfer, einem Zauberer. Sie haben ihn in vier einzelnen Teilen gefunden.«

»Vier Teile?« sagte Willis erstaunt.

»Es gibt eine Nummer, unter der du sie in Collinsworth erreichen kannst, falls was sein sollte. Sie haben die genaue Beschreibung eines Kerls namens Jimmy Brayne.«

»Guten Abend, meine Herren«, sagte O'Brien von der Tür des Geländers aus, stieß sie auf und kam in den Mannschaftsraum. »Der Winter ist im Anmarsch.« Er war tatsächlich winterlich angezogen, trug einen dicken Mantel und einen Schal, die er jetzt ablegte und zur Garderobe brachte. Willis war nicht erfreut, O'Brien als Partner zu haben. O'Brien war ein Unglücks-Cop. Wenn man mit O'Brien zu einem Einsatz fuhr, wurde garantiert jemand erschossen. Das war nicht O'Briens Schuld. Einige Cops zogen bewaffnete Verrückte einfach an. Am ersten Weihnachtstag vor nicht allzu langer Zeit – na ja vor nicht allzu langer Zeit nach der Zeitrechnung des *Reviers*, wo einem manchmal eine Stunde wie eine Ewigkeit vorkam – hatten O'Brien und Meyer haltgemacht, um einen Mann zu kontrollieren, der den platten Reifen eines Möbelwagens wechselte. Ein Möbelwagen? Jemand, der Weihnachten arbeitete? Es stellte sich heraus, daß der Mann ein Einbrecher namens Michael Addison war, der gerade ein halbes Dutzend Häuser in Smoke Rise ausgeräumt hatte. Addison hatte Meyer zweimal ins Bein geschossen. Willis – und jeder andere im Team – war überzeugt, daß Meyer nur angeschossen worden war, weil O'Brien sein Partner war. Trotzdem er heute nacht wieder angeschossen worden war, oder nicht? Und er hatte mit Carella zusammengearbeitet. Bei dieser Art von Arbeit warteten draußen vielleicht schon die für ihn bestimmten Kugeln. Auf jeden Fall wünschte sich Willis, daß O'Brien zu Hause läge, statt hier mit ihm im Mannschaftsraum zu sein.

»Steve und Meyer haben was abgekriegt, schon gehört?« sagte er.

»Wovon sprichst du?«

»Ein paar Liliputaner haben auf sie geschossen«, sagte Kling.

»Ach, komm, Liliputaner«, sagte O'Brien.

Kling sah wieder zur Uhr hinauf.

»Ich werde mir ein Auto suchen«, sagte er zu sich selbst.

»Willst du eine Tasse Kaffee?« fragte O'Brien Willis.

Es fehlten nur noch 15 Minuten bis zum Allerheiligentag.

Für die römisch-katholische und die anglikanische Kirche ist der erste Tag im November ein Feiertag, an dem die Kirche Gott für seine Heiligen dankt, ob bekannt oder unbekannt. Das Wort »hallow« leitet sich vom mittelenglischen *halowen* ab, dieses wiederum vom altenglischen *halgian*, und es bedeutet, »etwas als heilig erklären oder heiligsprechen, etwas weihen, etwas einsegnen«. *All Halows' Day* und *Hallowmass* sind heute archaische Bezeichnungen für dieses Fest; heutzutage sagt man – außer in Romanen – in Amerika *All Saints' Day* zu Allerheiligen. Aber er wurde immer am ersten Tag im November gefeiert, der nach keltischer Zeitrechnung zufällig der erste Wintertag war, die Zeit der heidnischen Hexen und Geister, von Mummenschanz und Maskerade. Die Nachtwache und das Fasten am Tag davor sind jedoch rein christlichen Ursprungs.

Am Abend des Allerheiligentages hielten eine Christin und eine Jüdin Nachtwache auf dem Flur des Ernest-Atlas-Pavillons im dritten Stock des Buenavista-Hospitals.

Die Christin war Teddy Carella.

Die Jüdin war Sarah Meyer.

Auf der Wanduhr des Flurs war es 23 Uhr 47.

Sarah Meyer hatte braunes Haar, blaue Augen und Lippen, die ihr Mann immer als sinnlich bezeichnet hatte.

Teddy Carella hatte schwarzes Haar, braune Augen und Lippen, die nicht sprechen konnten, weil sie taubstumm geboren war.

Sarah hatte schon länger keine Synagoge mehr von innen gesehen, als sie sich erinnern mochte.

Teddy wußte nur mit Mühe, wo sich in ihrer Nachbarschaft eine Kirche befand.

Aber beide Frauen beteten still vor sich hin, und beide beteten für denselben Mann.

Sarah wußte, daß ihr Mann außer Gefahr war.

Es war Steve Carella, der noch immer unter dem Messer lag.

Aus einem plötzlichen Impuls heraus nahm sie Teddys Hand und drückte sie.

Keine der Frauen sagte zur anderen ein Wort.

Keine der Frauen sagte zur anderen ein Wort.

Sie entdeckten ihn in dem Augenblick, als sie in die Bar zurückkamen. Annie wußte, daß er ihr Mann war. Eileen auch.

Sie gingen sofort zur Damentoilette.

Eine schwarze Nutte mit blonder Perücke stand vor dem Waschbecken, sah in den darüberhängenden Spiegel und erneuerte ihren Lippenstift. Sie war Anfang Vierzig, schätzte Eileen, trug ein schwarzes Kleid, eine kurze, unechte Pelzjacke und wurde um die Hüften und die Knöchel füllig. Eileen war sicher, daß sie gerade von der Fleischbeschau draußen hereingekommen war.

»Wird ungemütlich da draußen, nicht wahr?« sagte die Frau.

»Yeah«, sagte Annie.

»Ich würd' ja gern 'ne Weile hier absteigen, aber Larry kriegt 20 Prozent.«

»Ich weiß.«

»Mein Alter macht mich fertig, wenn ich 20 Prozent an den Laden abdrücke.«

Eine Messernarbe zog sich über ihren Nasenrücken.

Sie muß mal hübsch gewesen sein, dachte Eileen.

»Noch mal Pipi machen«, sagte sie und ging in eine der Kabinen.

Annie zündete sich eine Zigarette an. Sie quatschten gelangweilt darüber, wie kalt es war. Die schwarze Nutte, die hinter der geschlossenen Kabinentür saß, unterbrach sie und berichtete über das wirklich kalte Wetter in Buffalo, New York, wo sie vor Jahren gearbeitet hatte. Sie warteten darauf, daß sie die Spülung betätigte. Sie warteten, als sie sich die Hände über dem Waschbecken wusch.

»Schöne Nacht noch«, sagte sie und war weg.

»Er ist unser Mann, nicht wahr?« sagte Eileen sofort.

»Sieht so aus.«

»Macht sich an die falsche Nutte ran.«

»Du solltest lieber reingehen«, sagte Annie.

»Das wird Sheryl nicht passen.«

»'ne durchschnittene Kehle paßt ihr noch weniger.«

»Wird Shanahan wissen, daß er hier ist?« fragte Eileen.

»Er wird's wissen, mach dir keine Sorgen.«

Eileen nickte.

»Für alles bereit?« fragte Annie.

»Ich bin bereit.«

»Bist du sicher?«

»Ich bin sicher.«

Annie suchte ihren Blick.

»Weil, wenn du . . .«

»Ich bin bereit«, sagte Eileen.

Annie suchte immer noch ihren Blick. Dann sagte sie: »Geh'n wir«, und warf ihre Zigarette in eine Kloschüssel.

Die Zigarette erlosch mit einem kurzen, müden Zischen.

Er erzählte einen weiteren Witz, als Eileen sich auf den Hocker rechts von ihm setzte.

Blond. Einsneunzig, einsfünfundneunzig. Locker 210 Pfund. Brille. Eine Tätowierung am rechten Daumen, ein rotumrandetes blaues Herz, nichts darin.

». . . also sagt er zu dem alten Mann: ›Was ist los? Warum heulst du?‹ Der alte Mann bleibt einfach auf der Parkbank sitzen, heult sich die Augen aus. Schließlich sagt er: ›Vor 'nem Jahre hab' ich dieses schöne, sechsundzwanzigjährige Mädchen geheiratet. Ich bin nie in meinem Leben so glücklich gewesen. Jeden Morgen vor dem Frühstück weckt sie mich und bläst mir einen, und dann serviert sie mir Speck und Eier und getoastete englische Brötchen und dampfend heißen Kaffee, und ich geh' wieder ins Bett und ruhe mich bis mittags aus. Vor dem Mittagessen bläst sie mir wieder einen und dann serviert sie mir ein köstliches heißes Mittagessen, und ich geh' wieder ins Bett und ruhe mich bis abends aus. Und vor dem Abendessen bläst sie mir wieder einen und serviert mir noch ein großartiges Mahl, und ich schlafe bis zum Morgen, bis sie mich wieder weckt und mir einen bläst. Sie ist die wunderbarste Frau, die ich je in meinem Leben kennengelernt habe.‹ Der Typ sieht ihn an. ›Warum heulst du dann?‹ fragt er. Und der alte Mann sagt: ›Ich hab' vergessen, wo ich *wohne*!‹«

Sheryl brach in Gelächter aus.

Eileen dachte an die toten Nutten, die er bei Laune gehalten hatte.

»Dieser Typ ist umwerfend«, sagte Sheryl noch immer lachend und lehnte sich vor, um mit ihr sprechen zu können. »Linda, sag hallo zu Bobby, er ist umwerfend.«

»Hallo, Bobby«, sagte Eileen.

Prima Name für einen Schlächter, dachte sie.

»Tja, tja, tja, hallo, Linda«, sagte er und drehte sich zu ihr um.

»Ich und Bobby haben 'ne offene Rechnung«, sagte Sheryl. »Ach, übrigens, die Zeit ist fast vorbei.«

»Stimmt das?« sagte Eileen.

»Wir amüsieren uns bloß ein bißchen«, sagte Bobby.

»Der wirkliche Spaß kommt später, Süßer«, sagte Sheryl. »Das da ist bloß zum Aufwärmen.«

»Ich hab' gehört, Rothaarige machen 'ne Menge Spaß«, sagte Bobby. »Ist das wahr?«

»Bisher hat sich niemand beschwert«, sagte Eileen.

Sie fragte sich, wie sie Sheryl loswerden konnte. Wenn sie eine offene Rechnung an der Bar hatten . . .

»Aber sie kriegen leicht 'nen Sonnenbrand«, sagte Bobby.

»Yeah, da muß ich aufpassen.«

»Geh einfach nicht raus, bloß nachts, das ist alles«, sagte Sheryl. »Hör zu, Bobby, ich drängle ungern, aber deine Zeit läuft ab. Du hast gesagt, 20 Dollar für 20 Minuten, erinnert du dich?«

»Hmm.«

»Schau mal auf die Uhr. Dir bleibt noch ungefähr 'ne Minute.«

»Das seh' ich.«

»Und was sagst du? Wir amüsieren uns doch, hab' ich recht?«

»Riesig.«

»Wie sieht's also mit nochmal 20 aus, für den Samstag?«

»Klingt gut«, sagte er, machte aber keine Anstalten, seine Brieftasche zu zücken. Sheryl fürchtete, ihn zu verlieren.

»Übrigens«, sagte sie, »warum nimmst du Linda nicht auch mit auf die Rechnung?«

»Danke, nein, ich hab' heut' nacht schon zuviel getrunken«, sagte Eileen.

»Das ist keine Schnapsrechnung«, sagte Sheryl. »Das ist 'ne Barzahlung. Was sagst du, Bobby? Leg zwei Zwanziger auf die Theke, dafür kaufst du uns beide bis Viertel nach. Verdopple dein Vergnügen, verdopple deinen Spaß. Und später, wenn du dann noch Interesse hast, machen wir 'ne Triade.«

»Was ist 'ne Traide?« fragte er.

»Hab' ich in einem Buch gelesen. Es ist zwei mit einem. Ein Dreier.«

»Ich bin mir nicht sicher, ob ich's mit zwei von euch aufnehmen könnte«, sagte er.

Aber Eileen konnte die Begierde in seinen Augen auflodern sehen.

Ein Blau, das mit dem Blau des tätowierten Herzens an seinem Daumen übereinstimmte. Zog die Möglichkeit jetzt ernstlich in Erwägung. *Beide* mit rausnehmen, beide abschlachten, vielleicht später eine Dritte suchen, heute nacht noch den Hattrick machen.

Sie wollte nicht, daß ihr eine Privatperson in die Quere kam. Sie mußte Sheryl loswerden.

»Ich arbeite nicht im Duo«, sagte sie.

Ein Risiko.

»Wie das?« fragte Bobby.

»Warum sollte ich teilen?« sagte sie und legte die linke Hand auf seinen Oberschenkel. Er dachte, sie ginge aufs Ganze. Sie tastete ihn nach dem Messer ab. Fand es auch. Fühlte den Umriß in seiner rechten Hosentasche; es war mindestens 15 Zentimeter lang. Vielleicht 20.

Ein Schauder lief ihr über den Rücken.

Sheryl wurde nervös. Ihre Augen huschten wieder zur Uhr. Die 20 Minuten waren um, und sie sah keine weiteren 20 Dollar aus seiner Brieftasche kommen. Sie befürchtete, sie habe ihn bereits verloren. Also versuchte sie es wieder, wandte sich jetzt nicht an *ihn*, sondern an die rothaarige Nutte, die rechts neben ihm saß, eine verbündete Schwester, wenn man es so ausdrücken wollte, jemand, der wußte, wie hart es war, auf dieser Welt sein Geld zu verdienen, wo sich jeder selbst der Nächste war.

»Überleg's dir, Linda«, sagte sie.

In ihrer Stimme lag fast eine Art Klage.

»Los, komm, okay? Es wird lustig.«

»Ich glaube, Linda allein bringt mehr Spaß«, sagte Bobby.

Eileens Hand war noch immer auf seinem Oberschenkel. Jetzt weg vom Messer, als sei es ein Zufall gewesen, daß sie es gefunden hatte. Finger in Richtung seines Schrittes gespreizt.

Sheryl sah wieder zur Uhr hinauf.

»Ich sag' dir was«, schlug sie vor, »Ich mach's die nächsten 20 Minuten für zehn Dollar, wie klingt das? Wir bleiben hier sitzen, ich lass' dich ein paar Witze erzählen, wird sehr lustig, was meinst du?«

Ein letzter, verzweifelter Versuch.

»Ich würde sagen, das liegt an Linda. Was sagst du, Linda?«

»Ich hab's schon gesagt. Ich mache kein Duo.«

Kalt abfahren lassen. Sie loswerden.

»Du hast's gehört«, sagte er.

»Hey, los komm, was soll . . .?«

»Mach's gut, Sheryl«, sagte er.

Sie stieg sofort vom Barhocker.

»Du bist vielleicht 'ne Fotze, weißt du das?« sagte sie zu Eileen, drehte sich wütend um und ging auf einen Tisch zu, an dem drei Männer saßen und Bier tranken. »Wer will mich?« sagte sie wütend, nahm sich einen Stuhl und setzte sich.

»Ich hasse es, wenn kein Spaß mehr dabei ist«, sagte Bobby.

»Wir werden 'ne Menge Spaß haben, mach dir keine Sorgen«, flüsterte Eileen und legte die Hand fester um seinen Schenkel. »Willst du sofort hier raus? Ich nehme zehn Dollar für Handbetrieb . . .«

»Nein, nein, reden wir ein bißchen, okay?« Er griff in seine rechte Gesäßtasche, zog seine Brieftasche heraus. Doller Killer, dachte sie, hat seine Brieftasche wie Vattern in der Gesäßtasche. »Denselben Deal wie mit Sheryl, okay? Einen Dollar pro Minute, hier sind 20« – griff in die Brieftasche, zog einen Schein heraus, sah zur Uhr hinauf – »Wir werden sehen, wie's läuft, okay?«

»Was ist das?« fragte Eileen. »Eine Anhörung?«

»Na ja, ich möchte dich gern näher kennenlernen, bevor ich . . .«

Er unterbrach sich.

»Bevor du was?« sagte sie.

»Du weißt schon«, sagte er, lächelte und dämpfte seine Stimme. »Bevor ich es mit dir mache.«

»Was möchtest du denn gern mit mir machen, Bobby?«

»Neue und aufregende Sachen«, sagte er.

Sie sah ihm in die Augen.

Wieder lief ihr ein Schauder über den Rücken.

»Ist dir kalt?« fragte er.

»Ein bißchen. Das Wetter ist plötzlich umgeschlagen.«

»Hier«, sagte er. »Nimm meine Jacke.«

Er schlüpfte aus seiner Jacke. Tweed. Darunter trug er ein blaues Flanellhemd, am Hals offen. Blau, passend zu seinen Augen und zu dem tätowierten Herz am Daumen. Er legte ihr die Jacke über die Schultern. Von der Jacke ging ein Todesgeruch aus, so deutlich wie der Geruch des Rauches, der in der Luft hing. Wieder erschauderte sie.

»Also, was hältst du davon?« fragte er sie. »Ein Dollar pro Minute, klingt das gut?«

»Klar«, sagte sie.

»Na gut«, sagte er und gab ihr einen 20-Dollar-Schein.

»Danke«, sagte sie und sah zur Uhr hinauf. »Das bezahlt mich bis 20 nach«, sagte sie und steckte sich den Schein in den BH. Sie wollte ihre Handtasche nicht öffnen. Sie wollte nicht riskieren, daß er den 44er unter dem Seidenschal in ihrer Tasche entdeckte. Sie würde ihn mit dieser Waffe umlegen.

»Nichts für unseren freundlichen Barkeeper?« fragte er.

»Hä?«

»Ich dachte, er kriegt 20 Prozent.«

»Oh. Nein, wir haben eine Abmachung.«

»Na, gut. Mir würde es nicht gefallen, wenn du ihn übers Ohr haust. Du haust die Leute nicht übers Ohr, nicht wahr, Linda?«

»Ich versuche einen guten Gegenwert zu bieten«, sagte sie.

»Gut. Weil du mir 'ne Menge Spaß versprochen hast, oder?«

»Ich werd' dir was ganz besonders Gutes bieten«, sagte sie und nickte.

Auf der anderen Seite des Raumes unterhielt sich Annie mit der kraushaarigen Brünetten, die vorher mit Sheryl gearbeitet hatte. Der Laden leerte sich allmählich. Bald würde eine neue Schicht hereinkommen, vermutete Eileen, die Nachtschwärmer, die verlorenen Seelen der einsamen Stunden. Er hatte 20 Minuten ihrer Zeit bezahlt, hatte aber Sheryl abserviert, ohne mit der Wimper zu zucken, und sie konnte es nicht riskieren, ihn an ein anderes Mädchen zu verlieren. 20 Minuten, falls er nicht noch einen Schein auf die Theke legte. 20 Minuten, um ihn auf die Straße zu kriegen, wo er sich über die anderen drei Frauen hergemacht hatte. Ihm was ganz besonders Gutes bieten, in Ordnung. Ihn für das bestrafen, was er getan hatte. Ihn bezahlen lassen für die drei Frauen, die er umgebracht hatte. Ihn auch dafür bezahlen lassen, was ein Mann namens Arthur Haines ihrem Gesicht . . . und ihrem Körper . . . und ihrer Seele angetan hatte.

»Und wo bleiben die Witze?« fragte sie.

»Witze?«

»Sheryl sagte, du erzählst lauter Witze.«

»Nein, Sheryl hat das nicht gesagt.«

»Ich dachte, sie hätte . . .«

»Hat sie sicher nicht.«

Ein Fehler? Nein. Sich auf jeden Fall etwas zurückhalten.

»Sie hat gesagt, sie wäre für zehn Dollar hiergeblieben, mit dir hier sitzengeblieben, damit du ihr noch 'n paar Witze erzählen kannst . . .«

»Oh. Yeah.«

»Also, laß mich einen hören.«

»Ich würde jetzt lieber über dich reden.«

»Klar«, sagte Eileen.

»Weil es Spaß macht, weißt du. Etwas über die Leute zu erfahren, herauszufinden, was in ihnen vorgeht.«

»Du klingst wie ein Seelenklempner«, sagte sie.

»Na ja, mein Vater ist Seelenklempner.«

»Wirklich?«

»Yeah. Praktiziert in L. A. Hat da 'ne Menge Klienten. Weißt du, für was L. A. steht?«

»Für was?«

»Lalla-Asyl.«

»Ich bin noch nie dagewesen, also kann ich nicht . . .«

»Kannste mir aufs Wort glauben. Alle möglichen doofen Nüsse in der – kennst du den von dem Typ, der an einen Nußstand geht?«

»Nein.«

»Er stottert fürchterlich und sagt zum Verkäufer: ›Ich würde g-g-gern ein Pf-Pf-Pfund N-N-Nüsse k-k-kaufen.‹ Der Verkäufer sagt: ›Ja, mein Herr, wir haben sehr schöne brasilianische Nüsse zu drei Dollar das Pfund.‹. Sagt der Typ: ›N-N-Nein, der Preis ist z-z-zu t-t-teuer.‹ Also sagt der Verkäufer: ›Ich habe auch noch sehr schöne Mandeln zu zwei Dollar das Pfund.‹ Sagt der Typ: ›N-N-Nein, das i-i-ist a-a-auch zu t-t-teuer.‹ Also sagt er Verkäufer: ›Ich habe auch noch Erdnüsse zu einem Dollar das Pfund‹, und der Typ sagt: ›G-G-Gut.‹ Der Verkäufer wiegt die Erdnüsse ab, tut sie in eine Tüte, und der Typ bezahlt sie. Sagt der Typ: ›D-D-Danke, und ich m-m-möchte Ihnen auch d-d-danken, daß Sie m-m-meinen Sprachf-f-fehler n-n-nicht er-er-erwähnt haben.‹ Der Verkäufer sagt: ›Das ist schon in Ordnung, mein Herr, und ich möchte Ihnen danken, daß Sie meine Deformation nicht erwähnt haben.‹ Sagt der Typ: ›W-W-Welche D-D-Deformation?‹ Der Verkäufer sagt: ›Na ja, ich habe eine sehr lange Nase.‹ Sagt der Typ: ›Oh, das ist Ihre N-N-Nase. Ihre N-N-Nüsse sind so teuer, daß ich d-d-dachte, das wär' Ihr P-P-Pimmel.‹«

Eileen brach in Gelächter aus.

Das Lachen war echt.

Für den Bruchteil einer Sekunde vergaß sie, daß sie hier mit einem Mann an der Bar saß, der, wie sie ziemlich sicher wußte, drei Frauen umgebracht hatte und alles tun würde, um auch sie umzubringen, sobald sie ihm die geringste Gelegenheit dazu gab.

Ihr Lachen überraschte sie.

Sie hatte seit langem nicht mehr so herzlich gelacht. Sie hatte seit der Nacht, in der Arthur Haines ihre Wange zerschlitzt und sich an ihr vergangen hatte, nicht mehr gelacht.

Sie konnte nicht aufhören zu lachen.

Sie fragte sich plötzlich, ob ihr Lachen nur durch ihre nervöse Anspannung ausgelöst wurde.

Aber sie lachte weiter.

Tränen rollten ihr über die Wangen.

Sie griff in die Handtasche nach einem Taschentuch, berührte den Griff des 44ers unter dem Seidenschal, und plötzlich hörte das Lachen auf.

Sie wischte sich die Augen und sagte: »Das war sehr lustig.«

»Ich will dich genießen«, sagte er lächelnd und sah ihr in die Augen. »Du wirst sehr gut sein.«

11

Alice erzählte ihm, daß viele Männer auf Liliputanerinnen ständen, ob ihm das bewußt sei?

Parker war dies bewußt. Sie war wie eine perfekte kleine Puppe, blondes Haar und blaue Augen, herrliche gewölbte Brüste und wohlgeformte Beine. Sie trug ein grünes Kleid, das die weiblichen Kurven ihres Körpers unterstrich, hatte die Beine übereinandergeschlagen und wippte mit einem der in hochhackigen Pumps steckenden Füße auf und ab.

Er sagte: »Ich lese 'ne Menge Männermagazine, wissen Sie . . .«

»Aha«, sagte sie und nickte ermutigend. Einen Drink in der rechten Hand, eine Zigarette in der linken.

»Die drucken alle möglichen Briefe von Männern ab, die auf alle möglichen Frauen stehen.«

»Aha.«

»Zum Beispiel gibt es viele Männer, die sich von Frauen mit Rükkenproblemen angezogen fühlen.«

»Rückenproblemen?« sagte Alive.

»Ja. Frauen, die ein Stützkorsett tragen.«

»Ich verstehe«, sagte sie.

»Und es gibt Männer, die einarmige Frauen großartig finden.«

»Aha.«

»Oder sogar zweifach Amputierte.«

»Aha.«

»Oder Frauen, die farbenblind sind.«

»Farbenblind, stimmt.«

»Aber ich hab' noch nie Briefe von Männer gesehen, die *Liliputanerinnen* sexuell reizvoll finden. Ich frage mich, warum. Ich meine, ich finde *Sie* sehr reizvoll, Alice.«

»Na ja, vielen Dank«, sagte sie. »Aber genau das meine ich. *Viele* Männer stehen auf Liliputanerinnen.«

»Das kann ich verstehen.«

»Man nennt es das Schneewittchen-Syndrom.«

»Nennt man das so?«

»Ja, denn sie lebte bei diesen sieben Zwergen, wissen Sie.«

»Stimmt, hab' ich noch nie drüber nachgedacht. Ich meine, wenn man es von der Seite betrachtet, könnte es eine schmutzige Geschichte sein, oder?«

»Na ja, sicher. Abgesehen davon, daß Zwerge keine Liliputaner sind.«

»Nein, nein. Sind sie das *nicht*?«

»Nein. Liliputaner sind wohlproportionierte kleine Menschen.«

»Sie sind auf jeden Fall wohlproportioniert, Alice.«

»Na ja, danke. Aber der springende Punkt ist, wenn sich so viele Männer von weiblichen Liliputanern angezogen fühlen . . .«

»Hmm.«

»Sollte man doch meinen, daß man Liliputaner in Anzeigen und so sehen müßte.«

»Daran hab' ich noch nie gedacht.«

»Ich meine, würde es Ihnen nicht gefallen, mich zum Beispiel als Modell für Damenunterwäsche zu sehen?«

»Oh, es würde mir gefallen.«

»Aber statt dessen muß man zum Zirkus gehen, wenn man Liliputaner ist.«

»Daran hab' ich noch nie gedacht«, sagte er wieder.

»Haben Sie je einen Liliputaner als Verkäufer in einem Warenhaus arbeiten sehen?«

»Nie«, sagte er.

»Wissen Sie, warum?«

»Weil er nicht über den Ladentisch gucken kann?«

»Na ja, das ist natürlich ein Grund. Aber der Hauptgrund ist der, daß es nach wie vor Vorurteile gegen kleine Menschen gibt.«

»Darauf würd' ich wetten.«

»Klein ist ein schmutziges Wort geworden«, sagte Alice. »Haben Sie je einen kleinen Filmstar gesehen?«

»Na ja, Al Pacino ist klein.«

»Aus meiner Sicht ist Al Pacino ein *Riese*«, sagte sie und kicherte.

Parker mochte ihr Kichern.

»Haben Sie je einen Film gesehen, in dem sich Liliputaner *lieben*?« fragte sie.

»Nie.«

»Auch wir *machen* es, wissen Sie.«

»Oh, darauf wette ich.«

»Haben Sie je einen Liliputaner als Feuerwehrmann gesehen? Oder einen Liliputaner als Polizisten?«

Er hatte ihr noch nicht erzählt, daß er ein Cop war. Er fragte sich, ob er ihr sagen sollte, daß er ein Cop war.

»Na ja, sie haben die Bestimmungen geändert, wissen Sie«, sagte er.

»Welche Bestimmungen?«

»Die Mindestgröße. Sie war einsachtzig.«

»Und wie ist sie jetzt?«

»Man kann jede Größe haben. Ich kenne Cops, die man in die Westentasche stecken kann.«

»Sie meinen, ein Liliputaner kann Cop werden?«

»Na ja, ich weiß nichts über *Liliputaner*. Aber ich nehme an . . .«

»Denn ich kann genausogut mit einer Waffe umgehen wie jeder andere, wissen Sie. Ich bin früher im Zirkus als Kunstschützin aufgetreten. Sie nannten mich Little Annie Oaklay. Das war, bevor ich Tiny Alice wurde.«

»*Diese* Winzigkeit«, sagte er. »Das ist eine Sache, die ich sexuell sehr reizvoll an Ihnen finde.«

»Na ja, danke. Aber, was ich wissen will: Wenn ich mich bei der Polizei bewerbe . . . um Polizistin zu werden, wissen Sie . . . würden die mich nehmen? Oder würden sie denken, *klein*? Verstehen Sie, was ich meine?«

»Für mich ist das nicht klein«, sagte Parker.

»Oh, ich bin klein, das stimmt.«

»Ich halte Sie für zierlich.«

»Na ja, danke. Es gibt da diesen Mann, Hans, er ist einer der Flying Dutchmen, in einer Trapeznummer, wissen Sie?«

»Aha.«

»Er hat mir einen heißen Liebesbrief geschrieben, den ich auswendig gelernt habe. Dadurch, wie Sie das Wort zierlich benutzt haben, ist er mir wieder eingefallen.«

»Na ja, Sie sind zierlich.«

»Danke. Möchten Sie wissen, was in dem Brief stand?«

»Na ja . . . sicher«, sagte Parker und warf einen kurzen Blick über die Schulter, um zu sehen, wo Peaches war. Sie war nirgendwo in Sicht. »Schießen Sie los«, sagte er.

»Er schrieb, er wolle mich entblättern.«

»Die Kleider ausziehen, meinen Sie.«

»Ja. Er sagte, er wolle mir meine feine, zierliche Unterwäsche abstreifen ... daher ist es mir wieder eingefallen, zierlich.«

»Ja, ich verstehe.«

»Und meine mädchenhaften Brustwarzen streicheln ... das ist sein Originalton in dem Brief.«

»Ja.«

»Und meine pochende Muschi prüfen, und meinen Mini-Venushügel und meine Liliput-Schamlippen fühlen ...«

»Ah-ha.«

»Und meine feste Klitoris und meine gekräuselten Schamhaare liebkosen. So ein Brief war das.«

»Von einem der Flying Dutchmen, hä?«

»Ja.«

»Er kann gut schreiben.«

»Oh, ja.«

»Das ist aber nicht der Kerl, mit dem Sie heute abend hier sind, oder? Der Typ, mit dem Sie reingekommen sind?«

»Nein, nein. Das ist Quentin.«

»Er ist keiner von den Flying Dutchmen, hä?«

»Nein, er ist ein Clown.«

»Oh.«

»Ein sehr guter noch dazu.«

»Seit wann sind Sie in der Stadt? Ich wußte nicht mal, daß der Zirkus hier war, um die Wahrheit zu sagen.«

»Na ja, wir sind auch eigentlich nicht hier. Wir werden auch bis irgendwann im Frühling nicht hier sein. Wir fahren nächsten Monat nach Florida, um mit den Proben für die neue Spielzeit anzufangen.«

»Oh, also sind Sie nur zu Besuch, ist es so?«

»Jawohl, irgendwie.«

»Sie sind nicht verheiratet, oder so?«

»Nein, nein. Nein, nein, nein, nein, nein.«

Sie schüttelte den Kopf wie eine kleine Puppe.

»Wie lange sind Sie in der Stadt?«

»Oh, ich weiß nicht. Warum?«

»Ich dachte, wir könnten uns vielleicht mal treffen«, sagte Parker achselzuckend.

»Was ist mit der großen Rothaarigen, mit der Sie hier sind?«

»Peaches? Die ist bloß 'ne gute Freundin.«

»Aha.«

»Wirklich. Ich kenne sie kaum. Alice, ich muß Ihnen sagen, daß ich noch nie eine Frau getroffen habe, die so zierlich und attraktiv war wie Sie, ehrlich. Ich würde mich wirklich gerne mit Ihnen treffen.«

»Na ja, warum rufen Sie mich nicht an?«

»Das tu' ich gern«, sagte er und nahm seinen Notizblock aus der Tasche.

»Das ist vielleicht ein Notizblock«, sagte sie. »Er ist größer als ich.«

»Na ja, wissen Sie«, sagte er und fragte sich dabei wieder, ob er ihr sagen sollte, daß er ein Cop war. Eine Menge Frauen ließen sich abschrecken, wenn man ihnen sagte, man sei bei der Polizei. Sie dachten, alle Cops seien nur auf Schmiergeld aus, alle Cops seien Gauner. Bloß weil man hin und wieder ein kleines Geschenk von jemandem annahm. »Wo kann ich Sie also erreichen?« fragte er.

»Wir wohnen in Quentins Apartment. Wir vier.«

»Wer sind wir vier? Ich hoffe, nicht die Flying Dutchmen.«

»Nein, nein, die sind nach Deutschland zurückgefahren, sie werden in Florida zu uns stoßen.«

»Wer sind also die vier?«

»Willie und Corky ... sie sind verheiratet ... und Oliver und ich. Und natürlich Quentin, dem das Apartment gehört. Quentin Forbes.«

»Wie ist die Adresse?« fragte Parker.

»Vier-null-drei Thompson Street.«

»In der City, im Quartier«, sagte er nickend. »Das Zwölfte.»

»Hä?«

Er fragte sich, ob er ihr erklären sollte, daß man in dieser Stadt das Zwölfte nicht als »Eins-Zwei« bezeichnete. Jedes Revier, vom Ersten bis zum Zwölften, wurde bei seinem vollständigen und genauen Namen genannt. Danach wurde es das Zwei-Eins, das Drei-Vier, das Acht-Sieben, und so weiter. Aber damit hätte er ihr sagen müssen, daß er ein Cop war, und er wollte nicht riskieren, sie zu verlieren.

»Welche Telefonnummer?« fragte er.

»Drei-vier-acht ...«

»Entschuldigung.«

Eine Stimme, so kalt wie der zweite Tag im Februar, Hände in den Hüften, funkelnde grüne Augen.

»Ich möchte jetzt nach Hause«, sagte Peaches. »Hast du vor, mich zu begleiten? Oder willst du die ganze Nacht rumturteln?«

»Äh . . . klar«, sagte Parker und stand auf. »War nett, Sie kennenzulernen«, sagte er zu Alice.

»Sie steht im Buch«, sagte Alice und lächelte süß zu Peaches hoch.

Peaches versuchte, eine verletzende Bemerkung über Liliputaner zu machen, aber ihr fiel nichts ein.

Sie drehte sich um und ging zur Tür.

»Ich rufe Sie an«, flüsterte Parker und rannte ihr nach.

Das Haus war mit weißen Schindeln verkleidet und von einem weißen Lattenzaun umgeben. Etwa sechs Meter vom Hauptgebäude entfernt stand die entsprechende weißverschindelte Garage. Beide Gebäude lagen an einer Straße mit nur drei anderen Häusern, nicht weit von der Autobahn entfernt. Es war zwei Minuten nach Mitternacht, als sie am Haus ankamen. Der erste Tag im November. Der Beginn des keltischen Winters. Wie in Übereinstimmung damit war es sehr kalt geworden. Wenn jetzt noch Schnee fiele, meinte Brown, als sie in die Einfahrt einbogen, wäre die Autobahn im Handumdrehen bis ans Ende der Welt verstopft.

Im Erdgeschoß des Hauses brannte kein Licht. Im ersten Stock sah man zwei erleuchtete Fenster. Die Männer waren für die plötzliche Kälte unpassend angezogen. Ihr Atem bildete wattige Wolken, während sie zur Eingangstür gingen. Hawes betätigte die Klingel.

»Wahrscheinlich macht sie sich grade fürs Bett fertig«, sagte er.

»Hättest du wohl gern«, sagte Brown.

Sie warteten.

»Klingel noch mal«, sagte Brown.

Hawes drückte erneut auf den Klingelknopf.

Im Erdgeschoß ging Licht an.

»Wer ist da?«

Maries Stimme, direkt hinter der Tür. Ein wenig beunruhigt. Nun, sicher, es war schon Mitternacht.

»Hier ist Detective Hawes«, sagte er.

»Oh.«

»Entschuldigen Sie, daß wir so spät stören.«

»Nein, das ist in Ord . . . kleinen Moment, bitte.«

Sie fummelte am Schloß herum und öffnete dann die Tür. Sie *hatte* sich schon fürs Bett fertiggemacht. Sie trug einen langen blauben Morgenmantel. Unter dem V-Ausschnitt sah man den spitzenbesetzten Kragen eines Nachthemdes. Keine Hausschuhe.

»Haben Sie ihn gefunden?« fragte sie sofort.

Was sie natürlich auf Jimmy Brayne bezog.

»Nein, Madam, noch nicht«, sagte Brown. »Können wir reinkommen?«

»Ja, bitte«, sagte sie, »entschuldigen Sie«, und trat beiseite, um sie einzulassen.

Schmaler Flur, beinahe etwas schäbig. Abgetretener Teppichboden, verschrammte und wacklige Möbel, ein blinder Spiegel.

»Ich dachte ... als Sie mir sagten, wer Sie sind ... dachte ich, Sie hätten Jimmy gefunden«, sagte sie.

»Noch nicht, Mrs. Sebastiani«, sagte Hawes. »Der eigentliche Grund, warum wir hier rausgefahren sind ...«

»Kommen Sie rein«, sagte sie, »wir müssen nicht im Flur rumstehen.«

Sie trat einige Schritte zurück und griff über dem Türrahmen nach einem Lichtschalter. Eine Stehlampe ging im Wohnzimmer an. Muffige Vorhänge, zerschlissene Decke, ein Sofa vom Trödler und zwei aufgepolsterte Sessel, ein altes Klavier an der hinteren Wand. Beinahe ebenso heruntergekommen.

»Möchten Sie einen Kaffe oder was anderes?« fragte sie.

»Ich könnte 'ne Tasse vertragen«, sagte Brown.

»Ich werde welchen aufsetzen«, sagte sie und lief über den Flur und einen Durchgang zur Küche.

Die Detectives sahen sich im Wohnzimmer um.

Auf dem Klavier gerahmte Fotografien: überall Sebastian der Große. Fleckige Schonbezüge auf den Polstermöbeln. Brown fuhr mit dem Finger über die Platte eines Beistelltischchens. Staub. Hawes steckte den Zeigefinger in die Erde einer Topfpflanze. Trocken. Dieses Haus erweckte nachhaltig den Eindruck, als sei es zu verwahrlost, als daß sich noch jemand darum kümmerte – oder man habe es verkommen lassen, weil man es sowieso bald verlassen würde.

Sie kam zurück.

»Hat ein paar Minuten gedauert«, sagte sie.

»Wer spielt hier Klavier?« fragte Hawes.

»Frank konnte es. Ein bißchen.«

Sie hatte sich an die Vergangenheitsform gewöhnt.

»Mrs. Sebastiani«, sagte Brown, »wir haben uns gefragt, ob wir vielleicht einen Blick in Braynes Zimmer werfen könnten.«

»In Jimmys Zimmer?« sagte sie. Ihre Gegenwart schien sie etwas durcheinanderzubringen. Aber das hätte durchaus normal sein können, wenn um Mitternacht zwei Cops bei ihr auf der Schwelle standen.

»Mal sehen, ob wir dort vielleicht einen Hinweis kriegen«, sagte Brown, während er sie beobachtete.

»Ich muß erst den Ersatzschlüssel suchen«, sagte sie. »Jimmy hatte seinen eigenen Schlüssel, er kam und ging, wie es ihm paßte.«

Stocksteif stand sie in der Tür zum Wohnzimmer, einen nachdenklichen Ausdruck auf dem Gesicht. Hawes fragte sich, was in ihrem Kopf vorgehen mochte, daß sich ihre Miene so verzog. Fragte sie sich, ob es vernünftig sei, ihnen das Zimmer zu zeigen? Oder versuchte sie sich bloß daran zu erinnern, wo der Ersatzschlüssel war?

»Ich versuche mich daran zu erinnern, wo Frank ihn hingelegt haben könnte«, sagte sie.

Eine Standuhr an der hinteren Wand des Raumes schlug die volle Stunde, acht Minuten zu spät.

Eins . . . zwei . . .

Sie lauschten den dumpfen Schlägen.

Neun . . . zehn . . . elf . . . zwölf.

»Schon Mitternacht«, sagte sie und seufzte.

»Ihre Uhr geht nach«, sagte Brown.

»Ich sehe in der Schublade in der Küche nach«, sagte sie. »Frank hat immer jede Menge Kram in diese Schublade gelegt.«

Wieder Vergangenheitsform.

Sie folgten ihr in die Küche. Schmutzige Teller, Töpfe und Pfannen stapelten sich im Spülbecken. Die Kühlschranktür war mit Fingerabdrücken verschmiert. Daneben ein Wandtelefon. Kleiner, lackierter Tisch, zwei Stühle. Abgetretenes Linoleum. Nur ein Rollo vor dem einzigen Fenster über der Spüle. Auf dem Ofen begann der Kessel zu pfeifen.

»Bedienen Sie sich«, sagte sie. »Dort sind Tassen und ein Glas Pulverkaffee.«

Sie ging zu einer Schublade im Küchenschrank, öffnete sie.

Hawes löffelte Pulverkaffee in die Tassen, schüttete heißes Wasser darüber. Sie machte sich jetzt an der Schublade zu schaffen, suchte nach dem Ersatzschlüssel. »Im Kühlschrank müßte noch Milch sein«, sagte sie. »Und hier auf dem Küchenschrank ist der Zucker.« Hawes öffnete den Kühlschrank. Nicht viel drin. Eine Tüte fettarmer Milch, ein Rest Margarine oder Butter, ein paar Becher Joghurt. Er schloß die Tür.

»Willst du welche?« fragte er Brown und hielt ihm die Tüte hin.

Brown schüttelte den Kopf. Er beobachtete Marie, die die Schublade voller Kram durchwühlte.

»Zucker?« fragte Hawes und goß sich Milch in die Tasse.
Wieder schüttelte Brown den Kopf.
»Das könnte er sein, ich weiß es wirklich nicht«, sagte Marie.
Sie wandte der Schublade den Rücken zu und gab Brown einen Messingschlüssel, der wie ein Hausschlüssel aussah.
Das Telefon klingelte.
Das Klingeln erschreckte sie sichtlich.
Brown nahm seine Kaffeetasse und nippte daran.
Das Telefon klingelte weiter.
Sie ging zur Wand beim Kühlschrank und nahm den Hörer ab.
»Hallo?« sagte sie.
Beide Detectives beobachteten sie.
»Oh, hallo, Dolores«, sagte sie sofort. »Nein, noch nicht, ich bin unten in der Küche«, sagte sie und hörte zu. »Zwei Detectives sind bei mir«, sagte sie. »Nein, das ist in Ordnung, Dolores.« Sie hörte wieder zu. »Sie möchten sich das Zimmer über der Garage ansehen.« Hörte wieder zu. »Ich weiß es noch nicht«, sagte sie. »Na ja, sie . . . sie müssen erst eine Autopsie machen.« Hörte weiter zu. »Ja, ich sag' dir Bescheid. Danke für den Anruf, Dolores.«
Sie legte den Hörer wieder auf.
»Meine Schwägerin«, sagte sie.
»Ich wette, sie nimmt's schwer«, sagte Hawes.
»Sie standen sich sehr nahe.«
»Untersuchen wir das Zimmer«, sagte Brown zu Hawes.
»Ich komme mit Ihnen rüber«, sagte Marie.
»Das ist nicht nötig«, sagte Brown, »es ist kalt geworden.«
Sie sah ihn an. Sie schien noch etwas sagen zu wollen. Dann nickte sie nur.
»Holen wir lieber die Lampe aus dem Auto«, sagte Hawes.
Marie blickte ihnen nach, als sie zur Tür hinaus und durch die Dunkelheit zu ihrem Auto liefen. Eine Autotür wurde geöffnet, die Innenbeleuchtung ging an. Die Tür wurde wieder geschlossen. Wenig später flackerte eine Taschenlampe auf. Sie sah sie die Zufahrt zur Garage hochgehen, vor sich den Lichtkegel der Taschenlampe. Sie stiegen die Außentreppe an der Seite des Gebäudes hinauf. Jetzt strahlte die Taschenlampe die Tür an. Sie schlossen sie auf. Hätte sie ihnen die Schlüssel nicht geben sollen? Sie öffneten die Tür. Der schwarze Cop trat ins Zimmer. Einen Moment lang tastete er nach dem Wandschalter, dann ging das Licht an, und auch der zweite Mann trat ein. Die Tür schloß sich hinter ihnen.

Die Kugel war von rechts in Carellas Brust eingedrungen, hatte den Brustmuskel durchschlagen, war vom Brustkorb abgelenkt worden und hatte knapp die Lunge verfehlt; sie war glatt durch das weiche Gewebe im hinteren Teil des Brustkorbs marschiert und hatte ihre Bahn erneut geändert, um schließlich in einem der Rückenwirbel stekkenzubleiben.

Die Röntgenaufnahme zeigte, daß die Kugel gefährlich nahe am Rückenmark saß.

Wäre sie nur den Bruchteil eines Millimeters weiter links eingedrungen, hätte sie das Rückenmark in Mitleidenschaft gezogen und eine Lähmung verursacht.

Der chirurgische Eingriff war knifflig, da noch immer die Gefahr einer Nekrose des Rückenmarks bestand, sei es aufgrund eines Verletzungstraumas oder durch eine Unterbrechung der Blutzufuhr. Carella hatte stark geblutet, und so stand zu befürchten, daß er einen Kreislaufkollaps oder einen Schock erleiden könnte.

Das Operationsteam – ein Thorax-Spezialist, ein Neurochirurg, sein Assistent und zwei Praktikanten – hatte sich zu einem posterolateralen Eingriff entschieden. Vom Rücken aus vorzugehen erschien ihnen besser als durch den Brustkorb, wo die Infektionsgefahr größer war und überdies leicht ein Lungenflügel hätte verletzt werden können. Den eigentlichen Eingriff übernahm der Neurochirurg. Der Thorax-Spezialist hielt sich in Bereitschaft, falls sie dennoch den Brustkorb öffnen mußten. Mit im Raum waren ferner zwei OP-Schwestern, eine Anästhesiehelferin und der Anästhesist. Mit Ausnahme der Anästhesiehelferin und des Anästhesisten trug jedermann OP-Kleidung und Handschuhe. Monitore neben dem Operationstisch gaben Carellas Puls und Blutdruck wieder. Ein Pulmonalis-Katheder zeigte den Druck der Lungenarterie an. Grün leuchteten die Oszillographen. Pieptöne störten die sterile Stille des Raumes.

Die Kugel saß in der Wirbelsäule fest.

Sehr dicht am Rückenmark und den versorgenden Arterien.

Es war, als müßte man im Inneren einer Streichholzschachtel operieren.

Der Dix River war während der starken Regenfälle im September über das Ufer getreten, und die Stadt hatte den Auftrag zum Ausbaggern an eine Privatfirma vergeben, die am fünfzehnten Oktober mit der Arbeit angefangen hatte. Weil tagsüber starker Verkehr auf dem Fluß herrschte, begannen die Männer auf den Schwimmbaggern mit ihrem Werk, sobald es dunkel wurde, und hörten erst bei Einbruch der Morgendämmerung damit auf. Auf den Baggern montierte generatorengespeiste Scheinwerfer strahlten den schaufelweise vom Grund gehievten Schlamm an. Bis zu dieser Nacht waren die Männer, die das Ausbaggern besorgten, dankbar für die ungewöhnlich milde Witterung gewesen. In dieser Nacht jedoch war es kein Spaß, hier draußen in der Kälte zu stehen und zuzusehen, wie die Schaufel in das schwarze Wasser plumpste und triefend mit allerlei Mist wieder auftauchte.

Die Leute warfen einfach alles in diesen Fluß.

Wieder kam die Schaufel hoch.

Barney Hanks sah sie über das Wasser heranschwingen und dirigierte sie mit Handzeichen mitten über den zum Abtransport bestimmten Lastkahn.

Pete Masters, der im Führerhaus des dieselbetriebenen Baggers auf dem anderen Kahn saß, fummelte an seinen Hebeln und Schaltern herum und kippte weitere anderthalb, zwei Kubikmeter Schlick und Matsch aus. Hanks hob den Daumen und zeigte Masters dadurch an, daß die Schaufel leer war und er sie wieder über den Fluß bugsieren konnte. In der Kabine zog Masters an ein paar anderen Hebeln und Schaltern, und die Schaufel schwang wieder über die Bordwand des Schleppkahns hinaus.

Etwas Metallisches glänzte oben auf dem Schlamm in dem Kahn.

Hanks winkte Masters, er solle den Motor abstellen.

»Was ist denn los?« rief Masters.

»Wir haben 'ne Schatzkiste entdeckt«, brüllte Hanks.

Masters stellte den Motor ab, kletterte aus dem Führerhaus und lief über das Deck in Richtung des anderen Kahns.

»Ist sowieso Zeit für 'ne Kaffeepause«, sagte er. »Was meinst du mit Schatzkiste?«

»Schmeiß mal den Enterhaken rüber«, sagte Hanks.

Masters warf ihm den Enterhaken samt Leine zu.

Hanks stieß mit dem Haken nach etwas, das wie einer dieser Aluminiumkoffer aussah, in den man seine Rollschuhe aufbewahrt, nur, daß es alles in allem größer war. Der Kasten war halb im Schlick versunken, so daß Hanks fünfmal werfen mußte, bevor er den Griff traf. Er holte die Leine ein, löste den Haken und setzte die Kiste an Deck ab.

Masters sah ihm vom anderen Kahn aus zu.

Hanks machte sich an den Verschlüssen der Kiste zu schaffen.

»Kein Schloß dran«, sagte er und öffnete den Deckel.
Er blickte auf einen Kopf und ein Paar Hände.

Kling traf dreizehn Minuten nach Mitternacht in der Canal-Zone ein.

Er parkte den Wagen an der Canalside, Ecke Solomon, schloß ihn ab und setzte sich in Richtung Fairview in Marsch. Eileen hatte ihm erzählt, man werde sie in einem Laden namens Larry's Bar an der Fairview, Ecke Vierte Ost, postieren. Auf dieser Seite des Flusses war in der Stadt alles umgekehrt. Was in heimischen Gefilden die Vierte Straße Nord gewesen wäre, war hier, man stelle sich das vor, die Vierte Ost. Auf dieser Seite des Flusses war es wie in einem anderen Land. Sogar die Sprache klang hier komisch.

Larry's Bar.

Wo der Killer seine drei vorigen Opfer aufgegriffen hatte.

Kling hatte vor, den Laden von außen auszuspähen, nur um sich zu vergewissern, daß sie noch drin war. Dann wollte er verschwinden, den Ort von einer sicheren und nützlichen Stelle an der Straße aus beobachten. Eileen brauchte nicht zu wissen, daß er am Schauplatz war. Erstens könnte sie ausrasten, und zum andern könnte sie sich erschrecken und ihre Tarnung auffliegen lassen. Er wollte nichts weiter als in der Nähe sein, falls sie ihn benötigte.

Er hatte eine alte Öljacke angezogen, die er für unerwartete Witterungsumschwünge wie den in dieser Nacht in seinem Spind aufbewahrte. Er trug weder Hut noch Handschuhe. Falls er die Waffe ziehen mußte, sollten ihn keinerlei Handschuhe behindern. Marineblaue Öljacke, Bluejeans – natürlich zu fadenscheinig für die plötzliche Kälte –, blaue Socken und schwarze Slipper. Und einen 38er Detective Special im Halfter am Gürtel. Auf der linken Seite. Die beiden mittleren Knöpfe seiner Jacke offen, damit er leicht hineingreifen und mit der Rechten ziehen konnte.

Er kam die Canalside entlang.

Die Fleischbeschau GmbH war trotz der Kälte in voller Mannschaftsstärke angetreten.

Die Mädchen drängelten sich um die Laternenpfähle, als spendeten die Lichter über ihnen etwas Wärme; die Mehrzahl trug nur kurze Röcke und Pullis oder Blusen, ein armseliger Schutz vor der Kälte. Ein paar Glückliche hatten Mäntel an, die ihnen flexible Zuhälter mit einem Blick fürs Wetter besorgt hatten.

»Hey, Seemann, suchste Gesellschaft?«

Eine junge Schwarze löste sich aus einem Knäuel Mädchen um einen Laternenpfahl an der Ecke und näherte sich hüftschwingend. Konnte nicht älter als achtzehn, neunzehn sein, Hände in den Taschen einer kurzen Sportjacke, hochhackige Schuhe mit Riemchen, kurzer Rock, der sich in der frischen, vom Kanal wehenden Brise bauschte.

»Weil de so gut aussiehst, mach ich's fast umsonst«, sagte sie mit einem breiten Grinsen. »Is'n Witz, Süßer, aber der Preis stimmt, glaub' mir.«

»Jetzt nicht«, sagte Kling.

»Na ja, *wann* dann, Schätzchen? Wenn ich hier noch länger rumhänge, friert mir die Muschi ein. Wär' nich' gut für uns zwei beide.«

»Vielleicht später«, sagte Kling.

»Versprochen? Steck die Hand hier drunter, damit de mal das Paradies fühlst.«

»Ich bin grade beschäftigt«, sagte Kling.

»Zu beschäftigt *dazu*?« fragte sie, nahm seine Hand und führte sie an ihren Schenkel. »Mmmmm-mmmmm«, sagte sie, »süße Schokomuschi, mußte bloß zulangen.«

»Später«, sagte er, befreite seine Hand und setzte sich in Marsch.

»Komm später wieder, Mann, hörste?« rief sie ihm nach. »Frag nach Crystal.«

Er lief in die Dunkelheit hinein. Von den Docks her hörte er die Ratten um die Abfallhaufen rascheln. Wieder ein Laternenpfahl, wieder ein Knäuel Nutten.

»Hey, Blondie, willste 'n bißchen Spaß?«

Eine Weiße, Mitte Zwanzig. Sie trug einen langen Khakimantel und Schuhe mit hohen Absätzen. Schlug den Mantel zurück, während er vorbeiging.

»Haste Lust?« sagte sie.

Nichts unter dem Mantel außer einem Strapsgürtel und langen, schwarzen Strümpfen. Rascher Blick auf einen runden Bauch und Brüste mit rosigen Brustwarzen.

»Schwuchtel!« brüllte sie ihm hinterher und wickelte sich elegant wie eine Tänzerin wieder in den Mantel. Die anderen Mädchen lachten. Lustig war's an den Docks.

Er bog rechts in die Fairview ein, lief in Richtung Vierter weiter. Lichtkleckse auf dem Gehsteig vor ihm. Larry's Bar. Zwei Spiegelglasfenster mit Bierreklame, dazwischen die Eingangstür. Er ging zum nächsten Fenster, legte die Hände abschirmend neben die Augen, spähte durch das Glas. Momentan nicht viel los. Annie. Sie saß mit einem Schwarzen und einer krausköpfigen Brünetten an einem Tisch. Gut, wenigstens war eine Rückendeckung in der Nähe. Dort, an der Bar. Eileen. Mit einem blonden Kerl mit Brille.

Okay, dachte Kling.

Hier bin ich.

Keine Sorge.

Shanahan, der sich auf der anderen Straßenseite hinter dem Steuer des zweitürigen Chevrolett geduckt hatte, sah lediglich einen großen Blonden, der durch das Spiegelglasfenster der Bar blickte. Einsfünfundachtzig groß, schätzte er, drei Zentimeter kleiner oder größer, breite Schultern und schmale Hüften, trug eine Öljacke und Bluejeans.

Plötzlich wurde Shanahan munter.

Der Typ blickte noch immer durch das Fenster, die Hände abschirmend an den Augen, bewegungslos bis auf sein im Wind flatterndes Haar.

Shanahan behielt ihn im Blick.

Der Typ drehte sich um.

Keine Brille.

Vielleicht war er es gar nicht.

Andererseits . . .

Shanahan stieg aus dem Wagen. Mit dem rechten Arm in Gips war es schwierig, sich zu bewegen, doch man hielt ihn eher für einen Krüppel als für einen Cop. Jetzt lief der Typ die Straße entlang. Wieso ging er nicht in die Bar? Hatte er seinen Plan geändert? Shanahan fummelte nervös am Türschloß herum, beobachtete ihn aus dem Augenwinkel.

Sobald der Typ vier Autolängen entfernt war, ging Shanahan ihm nach.

In der Bar war Eileen der Köder, aber draußen auf der Straße gab es noch sehr viele andere Mädchen. *Keine* von ihnen sollte sterben, falls der Typ plötzlich nicht mehr nach dem gleichen Schema vorging.

Eileen gefiel es gar nicht, daß ihr Verstand nicht mehr mitspielte.

Sie fing an, ihn zu mögen.

Sie fing an zu glauben, er könne unmöglich ein Mörder sein.

Es war wie in den Zeitungsartikeln, in denen das Kind von nebenan auf seine Mutter, seinen Vater und seine beiden Schwestern schoß und sie tötete.

So ein nettes Kind? sagten alle Nachbarn. Konnten es nicht fassen.

Es hatte immer für jedermann ein freundliches Wort übrig. Man sah es den Rasen mähen und alten Damen über die Straße helfen. Dieses Kind ein Killer? Unmöglich.

Oder vielleicht *wollte* sie nicht, daß er ein Mörder war, denn aller Wahrscheinlichkeit nach würde dies zu einer Auseinandersetzung führen. Ihr war klar, daß sie ihm auf der Straße von Angesicht zu Angesicht gegenübertreten mußte, falls er derjenige war. Und das Messer würde aus seiner Tasche gleiten. Und . . .

Es war einfacher zu glauben, er könne unmöglich der Killer sein.

Du trickst dich selbst aus, dachte sie.

Und schon . . .

Es gab wirklich viele liebenswerte Dinge an ihm.

Nicht nur sein Sinn für Humor. Einige seiner Witze waren wirklich fürchterlich. Er erzählte sie wie unter Zwang; sobald im Gespräch das passende Stichwort fiel, schien bei ihm eine riesige Datenbank voller Geschichten aktiviert zu werden. Man erwähnte zum Beispiel seine Tätowierung neben dem Daumen – sie rief sich ins Gedächtnis, daß der Killer eine Tätowierung neben dem Daumen hatte –, und sofort erzählte er den Witz über die beiden Mädchen, die sich über den Typ mit dem tätowierten Penis unterhalten; eine von ihnen besteht darauf, daß das Wort *Schwan* eintätowiert ist, und das andere Mädchen besteht darauf, daß das Wort *Saskatchewan* lautet, es stellt sich jedoch heraus, daß beide recht haben. Eileen brauchte einen Moment, um das zu kapieren. Oder man erwähnte den plötzlichen Witterungsumschwung, und sofort spulte er den Spruch von Henry Morgans berühmter Wettervorhersage »Heute schwül, morgen Gewühl« ab. Daraufhin folgte nahtlos der Witz über den Bettler, der draußen vor Kälte zittert, während ein anderer Bettler zu ihm rüberkommt und sagt: »Kannste mir zehn Cent für 'ne Tasse Kaffee leihen?« Sagt der erste Typ: »Machste Witze? Ich steh' hier mit blankem Arsch, friere und nage am Hungertuch, wie kannste *mich* um zehn Cent bitten?« Sagt der andere Typ: »Okay, sagen wir fünf Cent.« Das war nicht besonders lustig, aber er erzählte ihn mit solch einer Dramatik, daß Eileen sich die beiden Bettler an einer zugigen Ecke der Stadt bildlich vorstellen konnte.

Draußen lockte die Stadt.

Die Nacht lockte.

Das Messer lockte.

Aber drinnen an der Bar, bei laufendem Fernseher und Stimmengewirr, schien die Welt sicher, behaglich und warm, und sie sah sich selbst, wie sie allem, was er sagte, aufmerksam lauschte. Nicht nur den Witzen. Sie waren ein Angebot. Wenn man etwas über ihn erfahren wollte, mußte man seinen Witzen zuhören. Sie erkannte, daß die Witze eine Art Verteidigungssystem waren, seine Art, einen gewissen Abstand zu wahren. Doch zwischen den nicht enden wollenden Witzen zeigten sich vereinzelt Anzeichen von Schüchternheit und Verletzlichkeit; jemand, der sich nach Kontakt sehnte – bis ein anderer Witz folgte.

Die Zeit für die ersten 20 Dollar war vor fünf Minuten abgelaufen, und jetzt waren sie bei den nächsten 20, die bis 0 Uhr 40 reichen sollten.

»Danach sehen wir weiter«, sagte er. »Vielleicht reden wir noch 'n bißchen oder gehen raus, je nachdem, wie wir uns fühlen, in Ordnung? Wir entscheiden uns ganz nach Gefühl, Linda, mir gefällt's wirklich, dir auch?«

»Ja«, sagte sie und nahm an, daß sie es genauso meinte.

Aber er ist der Killer, rief sie sich ins Gedächtnis.

Oder vielleicht nicht.

Sie hoffte, er wäre es nicht.

»Wenn man diese Zwanziger zusammenzählt«, sagte er, »bekommst du einen Dollar pro Minute, ein Drittel von dem, was mein Dad in L. A. macht; er bekommt 150 Dollar für eine 50-Minuten-Stunde, das ist nicht schlecht, hm? Dafür, daß man Leuten zuhört, die einem erzählen, daß Wanzen überall an ihnen rumkrabbeln? Halt sie mir vom Leib, richtig? Na ja, ich denke, den kennst du schon, den hab' ich schon erzählt.«

Den hatte er noch nicht erzählt. Als er sich für die vermeintliche Wiederholung entschuldigte, fühlte sie sich ihm plötzlich seltsamerweise sehr nahe. Wie eine Ehefrau den Witzen ihres Mannes zuhört, die er schon x-mal erzählt hat, und trotzdem noch darüber lacht, als würde er sie zum ersten Mal erzählen. Sie kannte den Halt-sie-mir-vom-Leib-Witz. Trotzdem hoffte sie, er möge ihn erzählen.

Sie fragte sich, ob sie nur Zeit schinden wollte.

Fragte sich, ob sie den Augenblick, in dem möglicherweise das Messer aus der Tasche kommen würde, nur hinauszögern wollte.

»Mein Vater war sehr streng«, sagte er. »Wenn du die Wahl hast, laß dich nicht von einem Psychiater großziehen. Wie war dein Vater? War er hart zu dir?«

»Ich hab' ihn nie richtig gekannt«, sagte sie.

Ihr Vater. Ein Cop. Im Revier nannten sie ihn immer Pops Burke. Erschossen, als sie noch ein kleines Mädchen war.

Im nächsten Augenblick hätte sie ihm beinahe erzählt, daß ihr *Onkel* und nicht ihr Vater derjenige war, der den größten Einfluß auf ihr Leben genommen hatte. Onkel Matt. Auch ein Cop. Sein Lieblingstrinkspruch war »Auf goldene Tage und lila Nächte«. Ein Spruch, den er immer wieder in einer Radioshow gehört hatte. Kürzlich hatte Eileen gehört, daß Hal Willis' neue Freundin denselben Spruch gebrauchte. Die Welt ist klein. Die Welt ist sogar noch kleiner, wenn dein Lieblingsonkel nach Feierabend in seiner Lieblingsbar sitzt, seinen Lieblingsspruch bringt und ein Kerl mit abgesägter Schrotflinte hereinkommt. Onkel Matt seinen Dienstrevolver zieht und der Kerl ihn erschießt. Sie hätte Bobby beinahe erzählt, daß sie wegen Onkel Matt Cop geworden war. Sie hätte in diesem Augenblick beinahe vergessen, daß sie selbst ein Cop war, der verdeckt ermittelte, um einen Killer in die Falle zu lokken. Das Wort »Fallensteller« schoß ihr durch den Kopf. Angenommen, er ist nicht der Killer? überlegte sie. Angenommen, ich leg' ihn um, und es stellt sich raus –

Sie wurde sich bewußt, daß sie sich wieder austrickste.

»Ich wuchs in einer Welt von Tu-dies-nicht, Tu-das-nicht auf«, sagte Bobby. »Man sollte meinen, ein Seelenklempner wüßte es besser, na ja, ich nehm' an, das war so ein Fall, in dem jemand, der es besser wissen müßte, es genau falsch machte. Ich rede von Unterdrückung. Es war meine Mutter, die mir schließlich geholfen hat, da rauszukommen. Ich stelle es wie ein Gefängnis dar, nicht wahr? Nun, es war eins. Kennst du den von der Dame, die in Miami am Strand entlanggeht?«

Sie schüttelte den Kopf.

Sie wurde sich bewußt, daß sie bereits lächelte.

»Na ja, sie sieht einen Kerl im Sand liegen, geht zu ihm und sagt: ›Entschuldigen Sie, ich will mich nicht aufdrängen, aber Sie sind ziemlich bleich.‹ Der Kerl schaut sie an und sagt: ›So?‹ Sagt die Dame: ›Ich will nur sagen, daß die meisten Leute, die nach Miami kommen, in der Sonne liegen und schön braun werden. Aber Sie sind ziemlich bleich.‹ Sagt der Kerl: ›So?‹ Sagt die Dame: ›Und wie kommt es, daß Sie so bleich sind?‹ Sagt der Kerl: ›Das ist Gefängnisblässe, ich bin erst gestern aus dem Gefängnis gekommen.‹ Die Dame schüttelt den Kopf und sagt: ›Wie lange waren Sie im Gefängnis?‹ Sagt der Kerl: ›30 Jahre.‹ Sagt die Dame: ›Mann, o Mann, was haben Sie getan, daß man Sie dafür 30 Jahre ins Gefängnis gesteckt hat?‹ Sagt der Kerl: ›Ich hab' meine Frau mit einem Beil erschlagen und sie in kleine Stücke gehackt.‹ Die Frau sieht ihn an und sagt: ›Mmmm, dann sind Sie also Single?‹«

Eileen brach in Gelächter aus.

Doch dann wurde sie sich bewußt, daß es ein Witz über Mord war.

Und dann überlegte sie, ob ein Mörder einen Witz über Mord erzählen würde.

»Auf jeden Fall war es meine Mutter, die mich aus dem Gefängnis rausholte«, sagte Bobby, »und sie mußte dafür sterben.«

»Was meinst du damit?«

»Sie hat mir viel Geld hinterlassen. Weißt du, was in ihrem Testament stand? ›Das ist für Roberts Freiheit, damit er riskiert, das Leben zu genießen‹. Der genaue Wortlaut. Sie nannte mich immer Robert. ›Roberts Freiheit, damit er riskiert, das Leben zu genießen.‹ Genau das hab' ich letztes Jahr gemacht. Habe meinem Vater die Meinung gegeigt, ihm gesagt, er könnte mich mal, und ihm gesagt, ich wäre froh, wenn ich ihn nie wiedersehen würde, und dann hab' ich L. A. für immer verlassen.«

Sie fragte sich, ob man ihn in L. A. steckbrieflich suchte.

Aber warum sollte man ihn steckbrieflich suchen?

»Ich bin nach Kansas City, hatte dort 'ne Menge Spaß . . . hab' dort wirklich das gemacht, was ich, verdammt noch mal, schon immer machen wollte. Dann weiter nach Chicago, da habe ich mich auch ausgelebt; hatte genug Geld, um was zu riskieren, Linda. Das schulde ich meiner Mutter.« Er nickte nachdenklich und sagte dann: »Er hat sie getötet, weißt du.«

Sie sah ihn an.

»Oh, nicht wirklich. Ich meine, er hat kein Messer in sie gerammt oder so was. Aber er hatte eine Affäre mit unserer Haushälterin. Sie bekam es heraus, es brach ihr das Herz, und sie war nie wieder wie früher. Sie sagten, es war Krebs. Aber Streß kann zu ernsten Krankheiten führen, weißt du, und ich bin sicher, daß sein Spielchen mit Elga der Grund war. Das Geld, das meine Mutter mir schließlich hinterlassen hat, hatte sie durch die Scheidung bekommen; ich denke, das war ausgleichende Gerechtigkeit, was meinst du? Ich meine, er hat mich so streng erzogen – während er mit dieser Nazi-Nutte sein Spielchen trieb, entschuldige –, meine Mutter gab mir *sein* Geld, damit ich ein besseres Leben führen und riskieren konnte, das Leben zu genießen. Ich denke, das war das Stichwort, was meinst du? Im Testament? Riskieren. Ich glaube, sie wollte, daß ich mit dem Geld Risiken eingehe, was ich auch getan habe.«

»Wie?« fragte Eileen.

»Oh, nicht, daß ich in Schweinebäuche oder so investiert hätte«, sagte er und lächelte. »Ich habe gut gelebt. Gut zu leben ist die beste Rache, nicht wahr? Wer hat das noch gesagt? Ich weiß, daß es *jemand* gesagt hat.«

»*Ich* nicht«, sagte Eileen spöttisch und lehnte sich zurück.

»Halt sie mir vom Leib, stimmt's?« sagte er, und beide lachten.

Er sah auf die Uhr.

»Noch fünf Minuten«, sagte er. »Vielleicht gehen wir dann raus. Würdest du dann gern rausgehen? Wenn die fünf Minuten um sind?«

»Was immer du willst«, sagte sie.

»Vielleicht machen wir das«, sagte er. »Etwas Spaß haben. Etwas Neues und Aufregendes machen, hm? Etwas riskieren«, sagte er und lächelte wieder.

Er hatte ein sehr angenehmes Lächeln.

Es veränderte sein ganzes Gesicht. Ließ ihn wie einen schüchternen kleinen Jungen aussehen. Hinter der Brille sanfte blaue Augen, ein fast verträumter Blick. Ein schüchternes kleines Kind, das in der letzten Reihe sitzt, sich nicht traut, die Hand zu heben und etwas zu fragen.

»Weißt du«, sagte er, »es *war* so etwas wie Rache. Das, was ich mit dem Geld gemacht habe. Bin rumgereist, habe Spaß gehabt, etwas riskiert. Wollte irgendwie mit ihm abrechnen, wegen Elga. Unserer Haushälterin, weißt du? Die Frau, mit der er meine Mutter ausgetrickst hat. Mit der er sie all die Jahre betrogen hat. Ein Seelenklempner, kannst du dir das vorstellen? Heiliger als der Papst, und legt die verdammte Haushälterin flach. Ich meine, meine Mutter war diejenige, die ihn durchs Medizinstudium gebracht hat. Sie war Lehrerin, weißt du, hat all die Jahre gearbeitet, um ihn durchs Studium zu bringen. Weißt du, wie lange Psychiater studieren müssen? Es ist kaum zu glauben, wie herzlos Frauen miteinander umgehen können. Ich kann das kaum glauben, Linda. Ich meine, daß Elga sich wie eine gewöhnliche Nutte benahm . . . entschuldige, ich wollte dich nicht kränken. Entschuldige, ehrlich«, sagte er und nahm ihre Hand. »Aber weißt du, wenn man all dieses Gerede über weibliche Solidarität hört, hätte man davon ausgehen können, daß sie meiner Mutter gegenüber rücksichtsvoller gewesen wäre. Ich meine, die Frau war 40 *Jahre* mit ihm verheiratet!« Er grinste plötzlich. »Kennst du den von dem Mann, der zu seiner Frau, mit der er 40 Jahre verheiratet ist, sagt: ›Ida, laß es uns wie die Hunde machen.‹ Sagt sie: ›Es wie die Hunde zu machen ist widerlich, Sam.‹ Sagt er: ›Ida, wenn du es nicht wie die Hunde machen willst, laß' ich mich scheiden.‹ Sagt sie: ›Okay, Sam, wir werden's wie die Hunde machen. Aber nicht in unserem Viertel.‹«

Eileen nickte.

»Hat dir nicht gefallen, hm?«

»Mezz' a mezza«, sagte sie und bewegte die Hand in der Luft hin und her.

»Ich verspreche, wir machen's nicht wie Hunde, okay?« sagte er lächelnd. »Wie würdest du's gerne machen, Linda?«

»Du bist der Boss«, sagte sie.

»Hast du schon mal einen dieser Filme gesehen, in denen sie tatsächlich jemanden umbringen?« fragte er.

»Nie«, sagte sie.

Jetzt geht's los, dachte sie.

»Macht dir das angst?« fragte er. »Meine Frage nach diesen Filmen?«

»Ja«, sagte sie.

»Mir auch«, sagte er und lächelte. »Ich hab' auch noch nie einen gesehen.«

Nachhaken, dachte sie.

Aber sie hatte Angst davor.

»Meinst du, dir könnte das gefallen?« fragte sie.

Ihr Herz klopfte plötzlich wieder.

»Jemanden umbringen, während man mit ihm vögelt?«

Er sah ihr tief in die Augen, als suche er dort etwas.

»Nicht, wenn diejenige weiß, daß es passiert«, sagte er.

Und plötzlich wußte sie mit Bestimmtheit, daß er ihr Mann war. Und daß es keinen Aufschub mehr gab für das, was in dieser Nacht passieren würde.

Er blickte zur Uhr hinauf.

»Die Zeit ist um«, sagte er. »Laß uns rausgehen.«

12

Der Anruf erreichte den Mannschaftsraum um 0 Uhr 40. Der Anruf kam von Monoghan, der in einer Telefonzelle am Ufer des Dix stand. Er wollte mit Brown oder Genero sprechen. Willis sagte ihm, die beiden seien unterwegs.

»Und wer ist dran?« fragte Monoghan.

»Willis.«

»Worum es geht«, sagte Monoghan, »ist ein Kopf und ein Paar Hände. Die Typen, die den Fluß ausbaggern, haben 'ne Aluminiumkiste hochgeholt, die groß genug für den Kopf eines Mannes ist. Und für seine Hände. Genau darum geht's. Um 'nen Kopf, den man am Hals, und ein Paar Hände, die man an den Handgelenken abgetrennt hat.«

»Aha«, sagte Willis.

»Also, am frühen Abend war ich mit Brown und Genero hinter diesem Restaurant, dem Burgundy. Da ging's um den oberen Teil eines Torsos in 'ner Mülltonne, genau darum ging's. Und jetzt hab' ich 'nen Kopf und ein Paar Hände, und es scheint mir, daß sie vom selben Körper stammen, der Kopf und die Hände.«

»Aha«, sagte Willis.

»Und was ich wissen will, haben Brown und Genero eindeutig rausgekriegt, wer die Leiche ist? Ansonsten hätten wir jetzt nämlich 'nen Kopf zur Identifizierung und noch ein paar Hände für Abdrücke.«

»Ich schaue mal eben auf Browns Schreibtisch nach«, sagte Willis. »Ich glaube, er hat irgendwas dagelassen.«

»Yeah, schau mal nach«, sagte Monoghan.

»Bleib dran«, sagte Willis.

»Yeah.«

»Bleib dran, ich schalte auf Warteposition.«

»Ja, gut«, sagte Monoghan.

Willis drückte den Knopf *Warten* und ging dann zu Browns Schreibtisch. Er blätterte dort die Papiere durch, drückte dann auf den beleuchteten Knopf des Nebenanschlusses und nahm den Hörer ab.

»Monoghan?«

»Yeah.«

»Soweit ich das beurteilen kann, wurde die Leiche als jemand namens Frank Sebastiani, männlich, weiß, 34 Jahre alt, identifiziert.«

»Genau so was hab' ich hier, 'nen Weißen, ungefähr in dem Alter.«

»Ich habe hier auch ein Foto«, sagte Willis.

»Warum kommst du damit nicht mal schnell rüber?« sagte Monoghan. »Mal sehen, ob es sich vielleicht um dieselbe Leiche handelt.«

»Wo bist du?«

»Ich friere mir hier den Arsch auf der Straße ab. Am Fluß.«

»An welchem Fluß?«

»Dem Dix.«

»Und wo?«

»Hampton.«

»Gib mir zehn Minuten«, sagte Willis.

»Vergiß das Foto nicht«, sagte Monoghan.

Das Apartment über der Garage war ungefähr drei Meter fünfzig mal drei Meter fünfzig groß. Im Raum standen ein ordentlich gemachtes Doppelbett, eine Frisierkommode mit einem Spiegel und ein Polstersessel, dahinter eine Lampe. Rund um den Wandspiegel hingen ausgeschnittene Fotos nackter Frauen aus Männermagazinen, wie sie unter dem Ladentisch verkauft werden. Alle Frauen waren blond. Wie Marie Sebastiani. In der unteren Schublade der Frisierkommode fanden die Detectives einen schwarzen, im Schritt offenen Slip unter einem Stapel von Braynes Hemden. Der Slip hatte Größe fünf.

»Glaubst du, er gehört Brayne?« fragte Hawes trocken.

»Was meinst du, welche Größe die Dame hat?« fragte Brown.

»Vielleicht fünf«, sagte Hawes achselzuckend.

»Ich dachte, du wärst Experte.«

»Ich bin Experte für BHs.«

In der anderen Schublade waren Männersocken, Unterwäsche, Pullover, Taschentücher. In einem kleinen Schrank waren zwei Sportjacken, ein paar weite Hosen, ein Anzug, ein Mantel und drei Paar Schuhe. In dem Schrank lag auch ein Koffer. Ohne Inhalt. Nichts im Apartment deutete darauf hin, daß Brayne gepackt hatte und in aller Eile verschwunden war. Sogar sein Rasiermesser und seine Rasiercreme lagen noch auf dem Waschbecken in dem winzigen Badezimmer.

In dem Schränkchen über dem Waschbecken war ein Lippenstift.

Brown nahm die Kappe ab.

»Sieht das nach ihrer Farbe aus?« fragte er Hawes. »Ziemlich unvorsichtig, wenn es ihrer ist, läßt ihren S.m.o.S. in der Frisierkommode und ihren . . .«

»Ihren *was*?«

»Ihren Slip mit offenem Schritt.«

»Oh.«

»Glaubst du, sie war so blöd, es direkt hier mit ihm in diesem Raum zu treiben?«

»Mal sehen, was wir sonst noch finden«, sagte Hawes.

Was sie sonst noch fanden, war ein Stapel Briefe, der von einem Gummiband zusammengehalten wurde. Sie fanden die Briefe in einem Schuhkarton oben auf dem Schrank. Die Briefe steckten in lavendelfarbenen Briefumschlägen, aber keiner der Umschläge war von der Post abgestempelt. Der Name »Jimmy« war vorn auf jeden Briefumschlag gekritzelt.

»Persönlich zugestellt«, sagte Hawes.

»Mmm«, sagte Brown, und sie begannen die Briefe zu lesen.

Die Briefe waren mit lila Tinte geschrieben.

Der erste Brief lautete.

Jimmy,
sag' bloß wann.
Marie

Er stammte vom 18. Juli.

»Wann fing er an, für sie zu arbeiten?« fragte Brown.

»Am 4. Juli.«

»Eine ganz Schnelle, diese Dame«, sagte Brown.

Der zweite Brief stammte vom 21. Juli. Er beschrieb in unerträglich leidenschaftlichen Details das, was Marie und Jimmy tags zuvor miteinander getrieben hatten.

»Das ist schmutzig«, sagte Brown aufblickend.

»Ja«, sagte Hawes. Er las über Browns Schulter hinweg.

Insgesamt gab es 27 Briefe. Die Briefe dokumentierten ein ziemlich aktives Sexualleben zwischen der Dame und dem Zauberlehrling. Marie schien unter dem Zwang gestanden zu haben, alles, was sie mit Jimmy in der letzten Zeit getrieben hatte, niederschreiben zu müssen; sie zählte alles auf, was sie noch nicht mit ihm getrieben hatte, aber in nächster Zeit mit ihm treiben wollte; was sie dann auch wirklich in die Tat umgesetzt hatte, wenn man der Dokumentation Glauben schenken konnte.

Sie machte eine Menge Dinge mit ihm.

Der letzte Brief stammte vom 27. Oktober, vier Tage vor dem Mord und der Zerstückelung ihres Ehemannes. In diesem letzten Brief schlug sie Jimmy vor, ihn in der Halloween-Nacht in seiner schwarzen Seidenunterhose ans Bett zu fesseln und sich dann mit gespreizten Beinen in ihrem schwarzen Slip ohne Schritt über ihn zu setzen und dann –

»Siehst du hier irgendwelche schwarzen Seidenunterhosen in der Kommode?« fragte Brown.

»Nein«, sagte Hawes. »Ich lese.«

»Ein Festakt, was meinst du?« fragte Brown. »Alles, was sie Halloween mit ihm vorhatte?«

»Vielleicht.«

»Den Gatten kaltmachen, ihn in kleine Stücke hacken, dann zurückkommen und einen Hexensabbat feiern.«

»Wo hat sie das so genannt?«

»Wie genannt?«

»Hexensabbat.«

»*Ich* nenne es so«, sagte Brown. »Schwarze Seidenunterhose, schwarzer S.O.S. . . .«

»Und wo ist Brayne?« fragte Hawes. »Wenn sie vorhatten, ein Fest . . .«

»Hast du unterm Bett nachgesehen?« fragte Brown und drehte sich plötzlich zum Fenster um.

Hawes drehte sich genau im gleichen Moment um.

Ein Wagen war gerade durch die Einfahrt gekommen.

Um 0 Uhr 50 – zehn Minuten nachdem Bobby vorgeschlagen hatte rauszugehen – entschuldigte sich Eileen und ging zur Damentoilette. Annie, die mit einem italienischen Matrosen am Tisch saß, dem es schwerfiel, ihr seine Bedürfnisse klarzumachen, beobachtete sie, als sie durch den Raum ging und an der Telefonkabine links abbog.

»Entschuldige«, sagte Annie.

Als sie in der Damentoilette ankam, war Eileen schon in einer der Kabinen. Annie suchte schnell nach ihren Füßen. Die anderen Kabinen waren leer.

»Ja oder nein?« fragte sie.

»Ja«, sagte Eileen.

Ihre Stimme hinter der geschlossenen Tür klang seltsam.

»Bist du sicher?«

»Ich denke schon.«

»Bist du okay?«

»Okay. Ich überprüfe die Ausrüstung.«

Die Tür öffnete sich. Eileen sah blaß aus. Sie ging zum Waschbekken, legte Lippenstift auf, verteilte ihn gleichmäßig.

»Gehst du jetzt raus?« fragte Annie.

»Ja.«

Die gleiche seltsame Stimme.

»Gib mir drei Minuten, um auf die Straße rauszukommen«, sagte Annie.

»Okay.«

Annie ging zur Tür.

»Ich bin da«, sagte sie einfach.

»Gut«, sagte Eileen.

Annie warf einen letzten Blick auf sie und ging dann raus.

»Ich rede von Anstand und Ehre«, sagte Peaches.

Es war sehr kalt, und sie gingen sehr schnell die Straße entlang.

»Ich rede von der Verantwortung, die eine Person gegenüber einer anderen hat«, sagte Peaches, die sich bei Parker, nach Wärme und nichts anderem suchend, untergehakt hatte.

Parker fühlte sich langsam, als wäre er verheiratet.

»Du bist mit *mir* zu dieser Party gegangen«, sagte Peaches, »und nicht mit Little Miss Muffet.«

»Wenn man sich noch nicht mal mit jemandem unterhalten darf . . .«

»Das war keine Unterhaltung«, sagte Peaches. »Das waren anderthalb Personen, die tiefe Seufzer und bedeutungsvolle Blicke austauschten.«

»Ich denke, es ist nicht nett von dir, Witze über Liliputaner zu machen«, sagte Parker.

»Oh, sie war Liliputanerin?« sagte Peaches. »Ich dachte, sie wäre in der Wäsche eingelaufen.«

»Genau das meine ich«, sagte Parker.

»Ich dachte, sie wäre vielleicht E. T. in Frauenkleidern.«

»Tut mir leid, wenn du sauer bist.«

»Ich bin sauer.«

»Und es tut mir leid.«

Es *tat* ihm leid. Er dachte, daß es nach diesem herrlichen Tag in den Tropen eine sehr kalte Nacht werden würde, und daß er es auf jeden Fall vorziehen würde, den Winter in Peaches' sicherlich warmem und großzügigem Bett in der Stadt zu verbringen, statt in seinem schmalen, armseligen Bett, das verdammt weit draußen in seinem schmierigen kleinen Apartment in Majesta stand. Außerdem dachte er, morgen wäre noch genug Zeit, Alice anzurufen.

»Es ärgert mich, daß ich dachte, wir hätten viel Spaß miteinander gehabt«, sagte Peaches.

»Hatten wir. Haben wir immer noch. Die Nacht ist jung«, sagte er.

»Ich dachte, du würdest mich irgendwie mögen.«

»Ich mag dich. Ich mag dich sehr.«

»Ich mag dich auch«, sagte Peaches.

»Und wo ist das Problem? Es gibt kein Problem. Ich sehe überhaupt kein Problem. Was wir machen«, sagte Parker, »wir geh'n zu dir, genehmigen uns einen Drink und seh'n vielleicht 'n bißchen fern . . .«

»Klingt gut«, sagte sie und umklammerte seinen Arm.

»Ja, nicht wahr?« sagte er. »Klingt gut.«

»Und wir vergessen einfach alles über Jenie-Wienie-Winzling.«

»Wen?« sagte Parker.

»Deine kleine Freundin«, sagte Peaches.

»Ich habe sie schon vergessen«, sagte Parker.

Sie gingen gerade an einem U-Bahn-Zeitungsstand an der Ecke vorbei. Der blinde Besitzer kniete auf dem Pflaster über einem Stapel Zeitungen und zerschnitt die Schnur. Parker stellte sich neben ihn. Der Blinde wußte, daß er dort stand, aber er nahm sich die Zeit, die Schnur in aller Seelenruhe durchzuschneiden. Parker wartete. Er war stolz darauf, daß er noch nie in seinem Leben einen Blinden zur Eile angetrieben hatte. Endlich hob der Blinde die Zeitungen auf, legte sie auf den Zeitungsstand und ging dann durch eine seitlich gelegene Tür hinter den Ladentisch.

»Und?« fragte er.

Parker las die Schlagzeile.

»Wollen Sie 'ne Zeitung?« sagte der Blinde.

Die Schlagzeile lautete:

2 COPS ANGESCHOSSEN
4 LILIPUTANER GESUCHT

Das Auto in der Einfahrt des Sebastiani-Hauses war ein 1979er Cadillac Seville, silbermetallic mit schwarzem Dach, anscheinend in ausgezeichnetem Zustand. Die Frau, die aus dem Caddy stieg, war auch in ausgezeichnetem Zustand, groß und langbeinig; sie trug einen Leinenmantel, der so schwarz war wie ihr Haar. Hawes und Brown beobachteten sie vom Fenster über der Garage, als sie direkt auf den Hauseingang zuging und klingelte.

Hawes sah auf seine Uhr.

Kurz vor ein Uhr morgens.

»Wer, zum Teufel, ist das?« sagte er.

Sie kamen Punkt eins aus Larry's Bar, 20 Minuten, nachdem Bobby vorgeschlagen hatte zu gehen. Ein scharfer Wind wehte vom Kanal herüber. Er hatte darauf bestanden, daß sie weiterhin seine Jacke tragen solle, die noch immer über ihren Schultern hing. Sie hoffte, sie würde nicht im Weg sein, wenn sie die Waffe ziehen müßte. Ihre Hand baumelte über der offenen Handtasche, schien nahe am Schultergurt zu ruhen. Aber auch nahe am Griff der Waffe.

Bobbys rechte Hand steckte in der Hosentasche.

Beim Messer, dachte sie.

Er hatte sein erstes Opfer in einem Hauseingang aufgeschlitzt, zwei Straßen von der Bar entfernt.

Das zweite in einer Durchfahrt in der Neunten Ost.

Das dritte direkt an der Canalside, wo viele Nutten unterwegs waren.

»Ziemlich kalt hier draußen«, sagte er. »Nicht gerade so, wie ich es mir vorgestellt habe.«

Annie war die erste der drei Detectives, die sie entdeckten, als sie aus der Bar kamen.

Gleich nachdem sie Eileen auf der Damentoilette verlassen hatte, ging sie auf die Straße und stellte sich im dunklen Hauseingang einer geschlossenen chinesischen Nudelfabrik in Position. Es war sehr kalt auf der Straße, und sie war nicht entsprechend gekleidet. Der Rock war verdammt kurz, die Bluse zu dünn. Eileen kam wie ein Leuchtfeuer aus der Bar, das rote Haar flatterte im Wind, die Jacke des Typen hing über ihren Schultern; sie ging nach links, rechts neben dem Typ, die rechte Hand lag auf der Tasche. Die rechte Hand des Typen steckte in der Hosentasche.

In der Fairview waren zwei Laternen zerschlagen worden, und zwischen dem Licht an der Ecke und der dritten Laterne weiter vorn lag ein Großteil der Straße im Dunkeln. Die Ampel an der nächsten Ecke sprang auf Rot, so leuchtend wie Eileens Haar. Das rote Haar war von Vorteil. So war sie leichter im Auge zu behalten. Annie gab ihnen 20 Meter Vorsprung, dann setzte sie sich hinter ihnen in Marsch, hielt sich dicht an den Gebäuden zu ihrer Linken, im toten Winkel des Typen, weil der sich beim Gehen und Sprechen nach rechts wandte. Sie verfluchte die nuttigen Absätze ihrer Schuhe, die laut auf dem Bürgersteig klapperten, doch der Typ schien ihre Anwesenheit nicht wahrzunehmen. Er plapperte einfach weiter auf Eileen ein, während sie in der Dunkelheit zwischen den intakten Laternen verschwanden.

Eileens rotes Haar war wie ein Signalfeuer.

Kling, der die Straße von einer günstigen Stelle schräg gegenüber der Bar überblickte, war der zweite Detective, der sie entdeckte.

Dort, wo er im Schatten einer verlassenen Werkstatt wartete, war die Laterne zerschlagen und die Straße dunkel, doch die Frau war zweifellos Eileen. Ob rotes Haar oder nicht, er hätte sie auch erkannt, selbst wenn sie eine blonde Perücke getragen hätte. Er kannte jede Nuance ihres Ganges, den großen Schritt, das Pendeln der Schultern, den rhythmischen Hüftschwung. Er wollte gerade sein Versteck verlassen, über die Straße gehen und sich an ihre Fersen heften, als er Annie erblickte.

Gut, dachte er, sie ist auf ihrem Posten.

Er blieb auf der gegenüberliegenden Straßenseite, drei Meter hinter Annie, die sich Mühe gab, den beiden unauffällig zu folgen. Eileen und der Typ liefen sehr schnell auf die Ampel an der Ecke zu, die gerade umsprang und die Fahrbahn in grünes Licht tauchte. Die Formation hätte eine klassische Dreiecksverfolgung sein können – ein Cop direkt hinter der Beute, ein weiterer Cop weiter vorn auf derselben Straßenseite, ein dritter Cop auf der gegenüberliegenden Straßenseite –, nur daß der dritte Cop fehlte.

Jedenfalls glaubte Kling das.

Der dritte Cop war Shanahan.

Als er festgestellt hatte, daß Kling durch das Spiegelglasfenster der Bar spähte, blieb er ihm auf den Fersen. Kling ging ungeduldig auf der Straße hin und her, kehrte immer wieder zur Bar zurück, überprüfte die Eingangstür von der gegenüberliegenden Straßenseite aus, machte sich wieder davon, kam wieder zurück und verhielt sich wie jemand, der darauf wartet, daß jemand herauskommt. Als Eileen schließlich mit einem *zweiten* blonden Typ aus der Bar kam, heftete sich Shanahans Blonder an ihre Fersen. Annie war weiter vorn, sie hatte Eileen und *ihren* Blonden im Visier. Aber der andere blonde Typ zeigte noch immer zu großes Interesse. Shanahan gab ihm einen Vorsprung und verfolgte ihn dann.

Weiter vorne bogen Eileen und ihr Blonder an der Ampel links ab und verschwanden um die Ecke.

Shanahans Blonder zögerte nur einen Moment.

Er schien unentschlossen, ob er in Aktion treten solle.

Dann zog er eine Waffe und rannte über die Straße.

Annie erkannte Kling sofort.

Er hatte eine Waffe in der Hand.

Sie wußte nicht, ob seine Anwesenheit oder die Waffe in seiner Hand sie mehr überraschten. Während der folgenden drei Sekunden schossen ihr zu viele Gedanken durch den Kopf. Er wird's vermasseln, dachte sie, und der Typ ist noch nicht mal in Aktion getreten. Sie dachte: Weiß Eileen, daß er hier ist? Sie dachte: –

Aber Eileen und der Mann waren bereits um die Ecke und außer Sicht.

»Bert!« rief sie.

In dem Moment tauchte Shanahan wie ein Blitz auf und brüllte: »Halt! Polizei!«

Kling drehte sich um und sah einen Mann, der einen Gipsarm auf ihn richtete.

Er drehte sich zur anderen Seite und sah Annie über die Straße rennen.

»Mike!« schrie Annie.

Shanahan blieb wie angewurzelt stehen. Annie ruderte mit den Armen wie ein Verkehrspolizist.

»Er ist einer von uns!« schrie sie.

Shanahan hatte Eileen erzählt, daß er und Lou Alvarez eine Menge Tricks draufhätten. Er hatte jedoch nicht mitbekommen, daß Alvarez noch einen Mann in die Zone geschickt hatte, ohne ihm etwas davon zu sagen. Er hätte nicht gedacht, daß Alvarez so viele Tricks drauf hatte. Shanahans eigener kleiner Trick bestand darin, daß in dem Gipsverband um seinen rechten Arm ein 32er Revolver mit Finger am Abzug eingebettet war. Jetzt kam er sich wie ein Arschloch vor: den Gipsverband nach wie vor auf einen Typ gerichtet, den Annie gerade als Cop identifiziert hatte.

Gleichzeitig wurde es allen dreien klar.

Die Ampel an der Ecke schaltete wieder auf Rot, als sei es ein Zeichen dafür, daß ihnen gemeinsam ein Licht aufgegangen war.

Wortlos blickten sie auf die Straße.

Sie war leer.

Eileen und der Mann waren weg.

Vor einer Minute hatte sie noch drei Rückendeckungen.

Jetzt hatte sie keine mehr.

Dolores Eisenberg war Frank Sebastianis ältere Schwester.

Einsfünfundsiebzig groß, schwarzes Haar und blaue Augen, 38, 39

Jahre alt. Als Brown und Hawes von der Garage herüberkamen, umarmte sie Marie. Beide Frauen hatten Tränen in den Augen.

Marie stellte sie den Cops vor.

Dolores schien überrascht, daß sie da waren.

»Wie geht es dir?« fragte sie und sah Marie kurz an.

»Wir nehmen Anteil an Ihrem Kummer«, sagte Brown.

Ein alter irischer Ausdruck. Hawes fragte sich, wo er den aufgeschnappt hatte.

Dolores sagte: »Danke«, und wandte sich dann an Marie. »Tut mir leid, daß ich so lange gebraucht habe, um herzukommen«, sagte sie. »Max ist in Cincinnati, und ich mußte einen Babysitter finden. O Gott, warte, wenn er das erfährt. Er ist verrückt nach Frank.«

»Ich weiß«, sagte Marie.

»Ich muß ihn noch mal anrufen«, sagte Dolores. »Als Mom mir erzählte, was passiert ist, hab' ich versucht, ihn im Hotel zu erreichen, aber er war nicht da. Wie spät war es, als du Mom angerufen hast?«

»Es muß etwa halb zwölf gewesen sein«, sagte Marie.

»Ja, gleich danach hat sie mich angerufen. Ich dachte, mich hätte ein Blitz getroffen. Ich habe versucht, Max zu erreichen, ich hab' ihm eine Nachricht hinterlassen, damit er mich anruft. Als der Babysitter dann gegen Mitternacht da war, bin ich losgefahren. Ich muß ihn noch mal anrufen.«

Sie trug noch immer ihren Mantel. Jetzt zog sie ihn aus und brachte ihn wie gewöhnlich zur Garderobe. Sie trug einen schicken schwarzen Rock und eine gestärkte weiße Bluse. Sie standen noch immer im Flur. Das Haus machte in dieser Morgenstunde einen ungewöhnlich stillen Eindruck. Die Heizung schaltete sich mit einem plötzlichen *Wuuusch* ein.

»Möchte jemand Kaffee?« fragte Dolores.

Eine Frau, die die Situation im Griff hat, dachte Hawes. Ein Drama in der Familie, und sie ist um ein Uhr morgens da und kocht Kaffee.

»Auf dem Herd steht welcher«, sagte Marie.

»Meine Herren?« fragte Dolores.

»Danke, nein«, sagte Brown.

»Nein, danke«, sagte Hawes.

»Marie? Soll ich dir eine Tasse holen, Süße?«

»Mir geht's gut, Dolores, danke.«

»Armes Kind«, sagte Dolores und umarmte ihre Schwägerin erneut. Sie umarmte sie noch immer, als sie Brown ansah und sagte: »Meine Mutter hat mir erzählt, daß Sie vermuten, Jimmy hätte es getan, stimmt das?«

»Das ist nicht unwahrscheinlich«, sagte Brown und schaute Marie an.

»Also haben Sie ihn noch nicht gefunden?«

»Nein, noch nicht.«

»Es ist kaum zu glauben«, sagte Dolores kopfschüttelnd. »Meine Mutter sagte, sie müßten eine Autopsie vornehmen. Ich wünschte wirklich, Sie würden es nicht tun. Das nimmt sie ziemlich mit.«

Brown schien es, als wüßte sie noch nicht, daß die Leiche ihres Bruders zerstückelt worden war. Hatte Marie der Familie nichts erzählt? Er überlegte sich, ihr die Nachricht schonend mitzuteilen, doch er entschied sich dagegen.

»Na ja, gnädige Frau«, sagte er, »Autopsien sind bei gewaltsamem Tod obligatorisch.«

»Trotzdem«, sagte Dolores.

Brown sah Marie noch immer an. Er war der Meinung, sie hätte vor knapp einer Stunde am Telefon ihre Schwägerin über die Autopsie unterrichtet. Jetzt hörte sich Dolores so an, als hätte sie die Information von ihrer Mutter. Er versuchte, sich an den genauen Inhalt des Telefongespräches zu erinnern. Wenigstens an das, was Marie gesagt hatte.

Hallo, Dolores, nein, noch nicht, ich bin unten in der Küche.

Das bedeutete, daß ihre Schwägerin wissen wollte, ob sie schon im Bett war, sich fürs Bett fertigmachte, oder so was. Und sie hatte geantwortet: Nein, ich bin mit zwei Detectives unten. Das wiederum bedeutete, Dolores *wußte*, daß zwei Detectives da waren. Und warum war sie so überrascht, sie hier *vorzufinden*?

Sie wollen sich das Zimmer über der Garage ansehen.

Man mußte also annehmen, Dolores habe sie gefragt, warum zwei Detectives da waren. Und sie hatte es ihr gesagt. Und dann die Sache mit der Autopsie. Jetzt redete Dolores so darüber, als wüßte sie es von ihrer Mutter. Wenn Dolores sie jedoch erst angerufen hatte, kurz bevor sie aus dem Haus gegangen war . . . na ja, Moment mal.

Am Telefon hatte Marie nicht gesagt, sie würde sie erwarten, nichts wie »Bis gleich«, »Beeil dich, herzukommen« oder »Fahr vorsichtig«. Nur: »Ich sage dir Bescheid«, womit sie die Autopsie gemeint hatte, und: »Danke für den Anruf.«

Brown entschied sich, die Sache plump anzugehen.

Er sah Dolores scharf an und sagte: »Haben Sie vor einer Stunde hier angerufen?«

Und das Telefon klingelte.

Brown dachte, daß es einen Gott geben mußte.

Denn das erste Klingeln des Telefons hatte Marie sichtlich nervös gemacht, doch diesmal verursachte das Klingeln sofortige Panik, die sich in ihren Augen widerspiegelte. Sie wandte sich in Richtung Küche, als ob diese plötzlich in Flammen stände, machte vergeblich den Versuch, aus dem Flur zu laufen, blieb stehen und sagte: »Ich frage mich . . .«, und sah dann die Detectives ausdruckslos an.

»Kann nicht wieder Dolores sein, oder?« sagte Brown.

»Was?« sagte Dolores verwirrt.

»Sie gehen besser ran«, sagte Brown.

»Ja«, sagte Marie.

»Ich gehe mit Ihnen«, sagte er.

In der Küche klingelte noch immer das Telefon.

Marie zögerte.

»Soll ich rangehen?« fragte Brown.

»Nein, ich werde . . . es könnte meine Schwiegermutter sein«, sagte sie, lief sofort auf die Küche zu, Brown direkt hinter ihr.

Das Telefon klingelte noch immer.

Sie dachte: Du verdammter Narr, ich habe dir *gesagt*, daß die Cops hier sind!

Sie griff nach dem Hörer, ihre Gedanken überschlugen sich.

Brown stand jetzt in der Küchentür, die Arme über der Brust verschränkt.

Marie nahm den Hörer ab.

»Hallo?« sagte sie.

Und hörte zu.

Brown ließ sie nicht aus den Augen.

»Für Sie«, sagte sie erleichtert und gab ihm den Hörer.

13

Parker fühlte sich wieder wie ein echter Cop.

Ein Detective im Dienst.

Das Gefühl war irgendwie erregend.

Der Artikel unter der Schlagzeile informierte ihn über all das, was er über die Überfälle auf die Spirituosenläden an diesem Abend wissen mußte. In dem Artikel wurde Detective Meyer, den man in seinem Zimmer im Buenavista-Hospital interviewt hatte, ausführlich zitiert. Meyer hatte dem Reporter berichtet, daß die Verbrechen und Raubmorde von vier Liliputanern begangen wurden, die von einer großen Blondine in einem blauen Kombi gefahren worden waren. Ein Opfer der Überfälle hatte die Diebe als Liliputaner beschrieben und der Polizei außerdem erzählt, daß eine von ihnen Alice genannt worden war.

Parker brauchte kein Detective zu sein, um zu erkennen, daß es in der Stadt nicht allzu viele Liliputaner namens Alice geben konnte. Er fühlte sich wieder wie ein echter Cop, weil er den Zusammenhang so schnell erkannt hatte.

Er setzte Peaches in ein Taxi – obwohl sie nur vier Straßen von ihrem Apartment entfernt waren –, sagte ihr, er würde versuchen, sie später anzurufen, und forderte dann einen Streifenwagen an. Die beiden uniformierten Cops im Wagen erklärten Parker, daß sie vom 31. Revier seien – was Parker sowieso wußte, da die Nummer des Reviers auf der Autotür stand – und nicht wüßten, ob sie berechtigt seien, einen Detective vom 87. zu befördern.

Parker sagte: »Hier geht's um Mord, macht die Scheißtür auf!«

Die beiden uniformierten Cops sahen sich fragend an, dann entriegelte der Cop auf dem Beifahrersitz die Hintertür. Parker saß wie ein gewöhnlicher Krimineller auf dem Rücksitz, ein Metallgitter trennte ihn von den beiden Cops vorn im Wagen.

»Vier-null-drei Thomson Street«, sagte er zum Fahrer.

»Das ist am Ende des Viertels«, beschwerte sich der Fahrer.

»Stimmt, es wird 15 bis 20 Minuten dauern.«

»Eher eine halbe Stunde«, sagte der Beifahrer und nahm das Walkie-talkie, um seinem Sergeant mitzuteilen, daß sie einen Bullen vom 87. Revier in die Innenstadt fuhren.

Der Sergeant sagte: »Laß mich mit ihm reden.«

»Er sitzt hinten«, antwortete der Cop auf dem Beifahrersitz.

»Haltet an und laßt mich mit ihm reden«, entgegnete der Sergeant. Er klang ziemlich humorlos. Parker hatte früher schon mit solchen Sergeants zu tun gehabt. Es machte ihm Spaß, auf solchen Sergeants herumzutrampeln.

Sie hielten an und öffneten die Hintertür. Der Cop auf dem Beifahrersitz gab Parker das Walkie-talkie.

»Wo liegt das Problem?« sprach Parker hinein.

»Wer ist da?« fragte der Sergeant.

»Detective Andrew Lloyd Parker«, sagte er, »vom 87. Revier. Wer ist dort?«

»Spielt keine Rolle, wer hier ist. Was fällt Ihnen ein, einen meiner Wagen zu kommandieren?«

»Mir fällt Mord ein«, sagte Parker. »Mir fallen zwei Cops im Krankenhaus ein. Mir fällt ein, daß ich schnellstens in die Innenstadt muß und es auf den Tod nicht ausstehen könnte, wenn die Medien herausfänden, daß ein Sergeant vom 31. einer frühzeitigen Festnahme im Weg gestanden hat. Das fällt mir ein. Meinen Sie, Sie haben's kapiert?«

Es folgte ein langes Schweigen.

»Wer ist Ihr Vorgesetzter?« fragte der Sergeant, der nun versuchte, das Gesicht zu wahren.

»Lieutenant Peter Byrnes«, sagte Parker. »Genügt das?«

»Sie können den Wagen bis zur Innenstadt haben, aber ich werde mit Ihrem Lieutenant sprechen«, antwortete der Sergeant.

»Gut, sprechen Sie mit ihm«, sagte Parker und gab das Walkie-talkie dem Cop auf dem Beifahrersitz. »Schieben wir ab«, sagte er.

Sie schlossen die Hintertür. Der Fahrer setzte den Wagen in Bewegung.

»Laß die Sirene heulen«, sagte Parker.

Die Blauen sahen sich aus den Augenwinkeln an. Bei dieser Sache war die Benutzung der Sirene wohl nicht gerechtfertigt.

»Laß die Scheiß-Sirene heulen«, sagte Parker.

Der Fahrer drückte auf den entsprechenden Knopf.

Als Brown vom Telefon kam, waren sie im Wohnzimmer. Marie und ihre Schwägerin saßen nebeneinander auf dem Sofa, Hawes hockte ihnen gegenüber in einem Clubsessel.

Brown kam herein, er wirkte sehr ernst.

»Hal Willis«, sagte er zu Hawes.

»Was gibt's?« fragte Hawes.

Brown zog beiläufig an seinem Ohrläppchen, bevor er weitersprach. Hawes verstand das Zeichen sofort. Eine bühnenreife Show kündigte sich an.

»Sie haben den Rest der Leiche gefunden«, sagte Brown.

Marie schaute ihn an.

»Den Kopf und die Hände«, sagte Brown. »Im Fluß. Tut mir leid, Madam«, sagte er zu Dolores, »aber die Leiche Ihres Bruders wurde zerstückelt. Es gefällt mir nicht, es Ihnen auf diese Art beibringen zu müssen.«

»Oh, mein *Gott*!« sagte Dolores.

Marie sah Brown noch immer an.

»Die Kerle, die den Fluß ausbaggern, haben die Aluminiumkiste hochgeholt, in der sich Kopf und Hände befanden«, sagte er.

Hawes wartete auf seinen Einsatz. Er hörte noch immer aufmerksam zu.

»Wußtest du das?« fragte Dolores Marie.

Marie nickte.

»Du wußtest, daß er . . .?«

»Ja«, sagte sie. »Ich hab's Mom nicht erzählt, weil ich wußte, wie sehr sie das treffen würde.«

»Monoghan hat Bescheid gesagt«, sagte Brown zu Hawes, »er hat im Revier angerufen. Willis ist mit dem Zeug, das auf meinem Schreibtisch lag, rübergefahren.«

Das Zeug auf seinem Schreibtisch, dachte Hawes. Die Berichte, die positive Identifizierung, das Plakat, das er vom Schwarzen Brett der Highschool mitgenommen hatte.

»Es gefällt mir nicht, das Ganze noch einmal durchgehen zu müssen, Mrs. Sebastiani«, sagte Brown, »aber würden Sie mir noch mal die Beschreibung Ihres Mannes geben? Dann können wir den Fall abschließen.«

»Ich habe sie hier«, sagte Hawes. Das war sein Einsatz. Niemand schließt einen Fall ab, wenn der Mörder noch frei herumläuft. Er nahm den Notizblock aus der Innentasche seiner Jacke und blätterte die Seiten durch. »Männlich, weiß, 34 Jahre alt . . .« sagte er.

»Ist das richtig?« fragte Brown Marie.

»Ja«, sagte sie.

»Einsachtzig«, sagte Hawes, »170 . . .«

»Mrs. Sebastiani?«

»Ja.«

Ihr Blick sprühte vor Wachsamkeit. Hawes nahm an, jetzt würde auch ihr Einsatz kommen. Sie wußte zwar nicht genau, was kommen würde, aber sie bereitete sich darauf vor. Auch Hawes wußte nicht genau, was kommen würde. Aber er hatte eine Ahnung.

»Schwarzes Haar«, sagte er, »Augenfarbe . . .«

»Warum müssen wir das Ganze noch einmal durchgehen?« fragte sie. »Ich habe die Leiche identifiziert, sie haben alles, was Sie . . .«

»Das Haar meines Bruders war schwarz, ja«, sagte Dolores sanft und nahm Maries Hand.

»Augenfarbe blau«, sagte Hawes.

»Blaue Augen, ja«, sagte Dolores. »So wie meine.«

»Muß ich noch mal in die Stadt?« fragte Marie. »Um mir das anzusehen ... was sie ... sie gefunden haben in ...?«

»Mrs. Sebastiani«, sagte Brown, »der Kopf, den wir im Fluß gefunden haben, stimmt nicht mit dem auf dem Foto Ihres Mannes überein.«

Marie sah ihn kurz an.

Stille.

Dann:

»Nun ... bedeutet ... bedeutet das ... was bedeutet das?«

»Das bedeutet, daß der Tote nicht Ihr Mann ist«, sagte Brown.

»Also hat jemand einen Fehler gemacht?« fragte Dolores sofort. »Wollen Sie damit sagen, daß mein Bruder nicht tot ist?«

»Mrs. Sebastiani«, sagte Brown, »würde es Ihnen etwas ausmachen, wenn ich Ihnen die Beschreibung vorlese, die Sie uns von Jimmy Brayne gegeben haben?«

»Ich verstehe wirklich nicht, warum wir das Ganze hundertmal durchgehen müssen«, sagte sie. »Wenn Sie Ihre Arbeit ordentlich machen würden, hätten Sie Jimmy Brayne bereits *gefunden.*«

Brown hatte bereits seinen Notizblock herausgeholt.

»Weißer«, las er vor, »32 Jahre alt. Größe einsfünfundachtzig. Gewicht, 188 ...«

»Ja«, sagte sie ungeduldig.

Ihr Blick signalisierte Alarm. Hawes hatte diesen Blick schon früher gesehen. Ein verzweifelter Blick, der Blick eines in der Falle gefangenen Tieres. Brown zog die Schlinge zusammen, und sie wußte es.

»Schwarzes Haar, braune Augen.«

»Ja«, sagte sie erneut.

»Mrs. Sebastiani, die Augen waren braun.«

»Ja, ich hab' Ihnen gerade gesagt ...«

»Der Kopf aus dem Fluß hat braune Augen.« Er wandte sich an Dolores. »Hatte Ihr Bruder eine Appendektomienarbe?«

»Eine was?«

»Wurde ihm irgendwann der Blinddarm entfernt?«

»Nein. Ich verstehe nicht, was Sie ...«

»Hatte er irgendwann mal einen Ski-Unfall? Hat er sich irgendwann mal den Knorpel an seinem ...«

»Er ist nie Ski gefahren«, sagte Dolores.

Sie wirkte jetzt ziemlich verwirrt. Sie blickte Marie kurz an.

»Die Spezialisten haben von beiden Händen Finger- und Daumenabdrücke gemacht«, sagte Brown. »Man macht gerade einen Vergleich. War Ihr Bruder beim Militär?«

»Ja. Bei der Army.«

»Wissen Sie zufällig, ob Jimmy Brayne beim Militär war?«

»Ich weiß es nicht.«

»Oder bei einem Sicherheitsdienst? Wie ist es mit Ihnen, Mrs. Sebastiani? Sie scheinen viel über Jimmy Brayne zu wissen. Vielleicht wissen Sie, ob man mal Fingerabdrücke von ihm genommen hat.«

»Alles, was ich über ihn weiß . . .«

»Bis hin zu seinem Schönheitsfleck«, sagte Brown und klappte seinen Notizblock zu.

»Marie, wovon spricht er?« fragte Dolores.

»Ich denke, sie weiß, wovon ich spreche«, sagte Brown.

Marie sagte nichts.

»Wenn wir über die Fingerabdrücke nichts in Erfahrung bringen können«, sagte Brown, »haben wir noch immer den Kopf. Jemand wird ihn identifizieren. Früher oder später werden wir eine positive Identifizierung bekommen.«

Sie sagte noch immer nichts.

»Es ist Jimmy Brayne, nicht wahr?« fragte Brown.

Stille.

»Sie und Ihr Mann haben Jimmy Brayne umgebracht, nicht wahr?« fragte er.

Sie saß ganz ruhig da, die Hände im Schoß gefaltet.

»Mrs. Sebastiani«, sagte Brown, »würden Sie uns bitte sagen, wo Ihr Mann ist?«

Parker öffnete die Tür mit einem Dietrich.

Auf der Ausziehcouch im Wohnzimmer schliefen ein männlicher und ein weiblicher Liliputaner. Als die Tür geöffnet wurde, sprangen sie sofort hoch.

»Hallo«, sagte Parker sanft und zeigte ihnen seine Waffe.

Wee Willie Winkie war einer der Liliputaner. Er trug einen gestreiften Pyjama. Er sah so süß aus wie ein rosiges Baby, aber als er die Waffe sah, wurde er bleich. Seine Frau Corky trug ein kurzes rosa Nachthemd samt passendem Höschen. Sie griff nach einem Kopfkissen und drückte es an die Brust, als Parker sich dem Bett näherte. Das Flurlicht beleuchtete spärlich den Raum. Es schimmerte leicht auf Parkers Waffe. Corkys braune Augen waren weit geöffnet. Noch immer hielt sie das Kissen vor die Brust. Parker dachte, sie sähe ein bißchen wie Debbie Reynolds aus.

»Schlafen die anderen?« flüsterte er.

Willie nickte.

»Wo?«

Willie zeigte auf zwei geschlossene Türen.

»Auf«, flüsterte Parker.

Sie standen auf. Corky, die nur den Baby-Doll anhatte, wirkte verlegen. Sie hielt sich noch immer das Kissen vor, doch der Rücken war entblößt. Parker machte mit der Waffe ein Zeichen.

»Wir werden sie wecken«, flüsterte er. »Keinen Mucks, oder ich erschieße euch beide.«

In dem einen Schlafzimmer schlief Oliver Twist mit einer ausgewachsenen Frau. Die Frau war sehr fett und sehr blond. Parker erinnerte sich an einen alten Witz über den Liliputaner, der die Dicke aus dem Zirkus heiratet und die ganze Nacht »Meins, alles meins!« schreiend ums Bett herumläuft.

Er stieß den Liliputaner vorsichtig an.

Der Liliputaner schreckte im Bett hoch.

Rotes, völlig zerzaustes Haar, blaue, weitgeöffnete Augen.

»Schhh«, sagte Parker. »Hier ist die Polizei.«

Oliver blinzelte kurz. Willie ebenso. Damit hatte er nicht gerechnet. Bisher hatte er gedacht, sie hätten es mit einem Einbrecher zu tun, was schlimm genug war. Jetzt wußte er, daß er ein Cop und sein schlimmster Alptraum wahr geworden war. Er blickte Corky kurz an, strafte sie wegen ihrer gottverdammten Freundschaft zu Little Annie Oakley und deren schießgeilem Finger.

»Weck die Dame«, sagte Parker zu Oliver.

Vorsichtig stieß Oliver die fette Blondine an.

»Laß mich«, sagte sie.

Parker zog ihr die Decke weg. Sie trug ein langes Omanachthemd. Sie versuchte, die Decke wieder an sich zu reißen, grabschte erfolglos in der Luft herum und setzte sich dann verärgert und noch halb schlafend auf.

»Polizei«, sagte Parker lächelnd.

»Was?« fragte sie und blinzelte.

»Waren Sie die Fahrerin?« sagte er.

»Was für 'ne Fahrerin?« fragte sie.

»Sie weiß nicht, was für 'ne Fahrerin«, sagte Parker, der noch immer lächelte, zu Oliver.

»Quentin war der Fahrer«, sagte Oliver. »Die Dame hat mit all dem nichts zu tun.«

»Mit all was?« fragte die Blondine.

Quentin, dachte Parker. Der Typ auf der Party.

»Wo ist er?« fragte er.

»Im anderen Zimmer«, sagte Oliver.

»Gehen wir und sagen ihm, daß die Party vorbei ist«, sagte Parker. »Raus aus dem Bett. Ihr beide.«

Sie stiegen aus dem Bett.

»Ist das ein Witz?« flüsterte die Blondine Oliver zu.

»Ich glaube nicht, daß es ein Witz ist«, flüsterte Oliver zurück.

Parker trieb die vier ins andere Schlafzimmer. Der Radiator zischte, und das Zimmer war stickig vor Hitze. Parker knipste das Licht an. Quentin Forbes war mit Alice im Bett. Keiner der beiden regte sich. Sie hatten im Schlaf die Decken zurückgeworfen und waren beide nackt. Alice war hübsch wie eine kleine Puppe, ihr blondes Haar lag ausgebreitet auf dem Kopfkissen.

»Polizei!« schrie Parker, und beide schreckten gleichzeitig hoch. »Hallo, Alice«, sagte er lächelnd.

»Hallo, Andy«, sagte sie und lächelte zurück.

»Wir müssen uns jetzt anziehen«, sagte er, als würde er mit einem Kind sprechen.

»Okay«, sagte sie und griff unter das Kopfkissen.

Noch bevor Parker die Waffe in ihrer Hand sehen konnte, sagte er: »Tu's nicht.«

Sie zögerte.

»Bitte, Alice«, sagte er. »Tu's nicht.«

Sie mußte etwas in seinen Augen entdeckt haben. Sie mußte gewußt haben, daß sie in die Augen eines Cops blickte, der schon alles gesehen und gehört hatte.

»Okay«, sagte sie und legte die Waffe weg.

Forbes sagte: »Das ist ungesetzlich.«

»Ist es, ich weiß«, entgegnete Parker.

»Zeigen Sie mir Ihre Marke«, sagte die Blondine.

Parker zeigte ihr seine Plakette.

»Was soll das?« fragte sie.

»Wir ziehen uns jetzt an«, sagte er, ging zum Fenster und rief die uniformierten Cops vom 31. Revier.

Sie hatten nur drei Paar Handschellen dabei, und das für sechs Personen. Das war ein Problem von Angebot und Nachfrage. Einer der

Blauen ging wieder nach unten, forderte Verstärkung an und stellte klar, daß es sich nicht um einen 10-13er handelte, sondern daß sie bloß noch ein paar Handschellen brauchten. Der Sergeant vom 12. wollte wissen, was zwei Blaue vom 31. und ein Detective vom 87. in seiner Gegend zu suchen hätten, schickte jedoch einen Wagen mit den Extra-Handschellen. Als die Handschellen eintrafen, hatte Parker bereits persönlich das Apartment durchsucht. Er hatte eine Reisetasche voller Geld gefunden. Er hatte einen Schrankkoffer voller Kostüme, Masken und Perücken gefunden. Er hatte vier Zephyr-Revolver, Kaliber .22, und einen Colt Automatic, Kaliber .45, gefunden.

Er rechnete damit, jetzt einen Fall zu haben.

Als sie ihnen die Handschellen anlegten, trug Alice eine graue, maßgeschneiderte weite Hose, eine langärmlige rosa Bluse, eine zweireihige marineblaue Jacke mit Messingknöpfen, blaue Lacklederschuhe mit hohen, geschwungenen Absätzen und einen kleinen marineblauen Mantel. Sie sah entzückend aus.

Als sie zusammen das Apartment verließen, sagte sie: »Weißt du, so hätte es nicht kommen müssen.«

»Ich weiß«, sagte Parker.

Willis hoffte, daß im Zimmer keine Waffe wäre. Er hoffte, daß es keine Schießerei gäbe. Zusammen mit O'Brien . . .

»Polizei«, sagte O'Brien und klopfte erneut an die Tür.

Im Zimmer herrschte Stille.

Dann das Geräusch eines Fensters, das aufgeschoben wird.

»Er haut ab!« sagte Willis.

Er war schon von der Tür zurückgetreten und hatte das rechte Bein für einen Tritt angehoben. Um das Gleichgewicht zu halten, hatte er die Arme weit ausgebreitet. Er sah aus wie ein Footballspieler, der einen Extra-Punkt machen will. Sein Bein schoß vor, die Sohle und der Absatz des Schuhes trafen flach auf die Tür, genau oberhalb des Knaufes. Der Riegel brach, die Tür schwang nach innen auf, O'Brien stürzte mit vorgehaltener Waffe ins Zimmer. Hoffentlich ist keine andere Waffe im Zimmer, dachte Willis.

Ein Mann in Unterhose hing halb aus dem Fenster.

»Das ist ein tiefer Fall, Mister«, sagte O'Brien.

Der Mann zögerte.

»Mr. Sebastiani?« fragte Willis.

Das eine Bein des Mannes hing noch über der Fensterbank.

Draußen gab es keine Feuerleiter, und Willis fragte sich, wo, zum Teufel, er hin wollte.

»Ich heiße Theo Hardeen«, sagte er.

»Auch das hat Ihre Frau erwähnt«, sagte Willis.

»Meine Frau? Ich weiß nicht, wovon Sie sprechen.«

Sie wußten nie, wovon man sprach.

»Mr. Sebastiani«, sagte Willis, »genau in diesem Moment wird Ihre Frau in Collinsworth von zwei Detectives des 87. Reviers abgeholt, aufgrund deren Meldung und Anweisung wir . . .«

»Ich habe keine Frau in . . .«

»Die haben auch eine Kettensäge im Wagen«, sagte O'Brien.

»Die haben eine Kettensäge in Ihrer Garage gefunden«, sagte Willis.

»Auf der Säge ist 'ne Menge Blut«, sagte O'Brien.

»Sir, wir verhaften Sie wegen Mordes«, sagte Willis und begann, die Miranda-Escobedo-Routine herunterzuleiern. Sebastiani hörte dem Vortrag zu, als ob man ihm etwas vorlese. Er hatte noch immer ein Bein über dem Fensterbrett.

»Mr. Sebastiani?« sagte Willis. »Würden Sie jetzt vom Fensterbrett steigen und reinkommen?«

Sebastiani stieg vom Fensterbrett und kam herein.

»Sie hat's vermasselt, hä?« sagte er.

»Sie beide«, sagte Willis.

Dieses Mal ist es wahr, dachte Carella.

Dieses Mal keine Tricks.

Dieses Mal bin ich auf dem Weg ins Totenreich.

Wirbelnde Dunkelheit, blinkende Lichter, Nordlicht, murmelnde Stimmen, piepende Geräusche, alles so unwirklich und weit entfernt, doch alles so echt und unmittelbar, daß es lustig war. Er trieb irgendwo über sich dahin, schwebte über sich wie der Todesengel. »Trag Knoblauch um deinen Hals«, hatte Großmutter immer gesagt, »er wird den Todesengel fernhalten.« Doch wo ist der Knoblauch jetzt, Großmutter? Weiße, gestärkte Laken, weiche Federkissen, Tomatensoße, die auf dem alten Holzofen in der Küche kochte, deine Brillengläser waren beschlagen. Damals aß Onkel Jerry Rattenscheiße, er dachte, es wären Oliven. Sind alle schon tot. Ist Meyer auch tot?

Jesus, Meyer, sei nicht tot.

Bitte, sei nicht tot.

Er trieb in der Luft über sich dahin, sah auf sich hinab. Der große Held, was für ein Held, offen für die Welt, offen für fremde Hände und Augen, ein offenes Buch, laß Meyer nicht tot sein, laß mich dich halten, Meyer, laß mich dich halten, Freund. Laß uns jetzt reingehen, hat das jemand vor zig Jahren gesagt? Öffnet ihm jetzt, öffnet für den Helden, große Redaktionskonferenz da draußen, aber diesmal keine Redaktionsbeschlüsse in letzter Minute. Hier sagt keiner: Du kannst den Helden nicht umbringen, großer Held, was für ein Held; kaltgemacht von Liliputanern, *peng-peng*, ein Kratzer, mach das Buch zu.

Exitus.

Aber . . .

Heb dir das bitte für später auf, okay? Heb dir den letzten Vorhang für ein anderes Mal auf, ich bin ein verheirateter Mann, laß mich in Ruhe. Er lachte beinahe, obwohl es nichts Lustiges gab. Er versuchte zu lachen, fragte sich, ob er statt dessen lächelte, hörte jemanden durch den Nebel, der über das Wasser kam, etwas sagen, ein schwerer Sturm braute sich draußen zusammen, ich habe noch nicht mal Segeln gelernt, dachte er, ich hatte nie eine Jacht.

All die Dinge, die ich nie getan habe.

All die Dinge, die ich nie gehabt habe.

Na ja, hör zu, wer ist . . .?

All die Reichtümer.

Für 37 500 pro Jahr kann man keine Reichtümer erwerben.

Ah, Himmel, Teddy, ich habe nie Reichtümer für dich erworben.

All die Dinge, die ich dir kaufen wollte.

Vergib mir wegen der Reichtümer, vergib mir, Gott, ich habe gesündigt. A steht für Amethyst und B für Beryll; C steht für Chrysopras und D für Diamant; F steht für Fuchspelz und G für Gold und H steht für Himmel und I steht für . . .

E fehlt.

E steht für Exitus.

Aber . . .

Bitte überhol mich nicht, bitte dräng mich nicht, gib mir bloß ein bißchen Zeit für den Rest des Alphabets, ich bitte dich darum, bitte.

I steht für ich.

»Vorsicht«, sagte jemand.

Es gibt eine Absteige, die die Mädchen benutzen, und 50 oder 60 angemietete Zimmer in der ganzen Zone.

Das hatte Shanahan gesagt.

Das war zu lange her.

Sie hatte ihre Rückendeckung verloren, das wußte sie.

Sie wußte nicht, was auf der Straße passiert war. Doch sie war sicher, daß sie weg waren.

Da sind wir also, dachte sie.

Letztendlich allein.

Du und ich.

Von Angesicht zu Angesicht.

Nicht in der einzigen Absteige, in der eine Chance bestanden hätte, sie vor Tagesanbruch zu finden, sondern in einem der 50 oder 60 angemieteten Zimmer. Im Erdgeschoß hatte er einer Frau das Geld gegeben, die ihre Hand betrachtet hatte, als würde sie noch ein Trinkgeld erwarten. Sie waren die Treppenstufen in den zweiten Stock hinaufgegangen. Essensdünste im Flur. Hervorragender Ort für eine Hochzeitsreise! Der Schlüssel hatte in der Tür gesteckt. Sie hatten ein Zimmer betreten, in dem es ein Bett, eine Frisierkommode, einen Holzstuhl, eine Lampe und ein zerschlissenes Rollo gab. Am Ende des Zimmers führte eine schmale Tür in ein Badezimmer, in dem es nur eine Toilette und ein verdrecktes Waschbecken gab.

»Klein, aber fein«, hatte er grinsend gesagt und die Tür hinter ihnen abgeschlossen. Den Schlüssel hatte er in der Tasche verschwinden lassen, in der sich das Messer befand.

Das war fast eine Stunde her.

Seitdem hatte er die ganze Zeit geredet.

Sie erinnerte ihn ständig daran, daß Zeit Geld war. Er sollte in Aktion treten. Sie wollte es hinter sich bringen, doch er steckte ihr immer wieder 20-Dollar-Scheine zu. »Ein Dollar pro Minute, stimmt's?« fragte er. Die Minuten der Nacht verstrichen ereignislos, denn er machte keinen Versuch, sich ihr zu nähern.

Sie fragte sich, ob sie ihn nicht trotzdem hochgehen lassen sollte. Das war's Mister, ich vertrete das Gesetz. Ihn den paar Nutten gegenüberstellen, die ihn beschrieben hatten; das Risiko eingehen, daß sie Muffensausen bekamen oder sich nicht mehr erinnerten. Das Risiko eingehen, daß er es selbst *bei* einer positiven Identifizierung schaffte, sich rauszureden und so davonkäme. Zwei Nutten, die behaupten, sie hätten ihn mit den Opfern quatschen sehen, reichten nicht aus, um seine Schuld zu beweisen. Nein. Wenn er ihr Mann war, mußte er gegen sie in Aktion treten, bevor sie ihn hochgehen lassen konnte. Er mußte mit dem Messer auf sie losgehen. Ist nicht einfach, hier rauszukommen, dachte sie. Es gibt nur uns beide allein in diesem Raum. Und das einzige, was ich tun kann, ist warten. Und zuhören.

Sie erfuhr eine Menge über ihn.

Er hatte die Hände hinter dem Kopf verschränkt, lag auf dem Bett und sah an die Decke. Sie saß auf dem Holzstuhl neben der Kommode auf der anderen Seite des Raumes. Ihre Tasche stand auf dem Boden direkt neben ihrer herunterhängenden Hand. Sie kam sich vor wie ein Psychiater, der einem Patienten zuhört. Es war warm genug im Zimmer, das mußte sie zugeben. Der zischende, heiße Radiator verbreitete eine Hitze, die sie fast schläfrig machte, was ihr gerade noch gefehlt hätte. Seine Jacke hing über der Rückenlehne des Holzstuhls, seine Stimme dröhnte durch den Raum. Sie hatte beide Füße fest auf den Boden und die Beine leicht schräg gestellt. Eine Waffe war an ihren Knöchel im rechten Stiefel gegurtet. Sie war auf alles gefaßt. Aber nichts passierte. Er redete bloß.

»... daß *sie* vielleicht teilweise für das, was passiert ist, verantwortlich gemacht werden muß, weißt du?« sagte er. »Meine Mutter. Hör mal, ich liebe sie abgöttisch, versteh mich nicht falsch. Sie war es, die mir meine Freiheit ermöglicht hat, sie soll in Frieden ruhen. Aber andererseits, war mein *Vater* an allem schuld? Kann ich nur ihn verantwortlich machen? Dafür, daß er Elga flachgelegt hat? Ich meine, ist meine *Mutter* nicht auch irgendwie verantwortlich für das, was passiert ist?«

Wieder Elga.

Aus seinem Mund kam kaum ein Satz, in dem nicht die Haushälterin erwähnt wurde.

»Meine Mutter war Lehrerin, weißt du, hab' ich dir das schon erzählt?«

Erst hundertmal, dachte Eileen.

»Sie hat ihn durchs Medizinstudium gebracht und mich als Kind die ganze Zeit bei Elga gelassen. Na ja, hör mal, ich mache sie nicht dafür verantwortlich. Sie unterrichtete, um die Familie zu ernähren, weißt du. Das war eine große Verantwortung. Kennst du den über die Kindergärtnerin, die einen obszönen Anruf bekommt? Sie nimmt den Hörer ab, sagt: ›Hallo?‹ Am anderen Ende sagt eine Stimme: ›Duuduu, pii-pii, ka-ka‹. Na ja, der ist alt, den hast du wahrscheinlich schon gehört. Meine Mutter war keine Kindergärtnerin, sie war Highschool-Lehrerin. Sie hat in einer harten Schule gearbeitet. Lange, mühsame Stunden. Manchmal kam sie nicht vor sechs oder sieben nach Hause und mußte noch die ganze Nacht Arbeiten korrigieren, ich habe Elga *gehaßt.* Was ich eigentlich sagen will, ist: Verantwortung ist ein zweischneidiges Schwert. Vielleicht war meine Mutter teilweise schuld daran, daß mein Vater Elga flachgelegt hat, verstehst du, was ich meine? Sie hat immer gesagt, die Arbeit würde ihr nicht gefallen. Aber warum hat sie sie dann so ernst genommen? Klar, ihr Verständnis von Verantwortung. Aber hätte sie ihrem Mann gegenüber nicht auch Verantwortung übernehmen müssen? Und ihrem Sohn? Hätte sie sich nicht auch um *unsere* Bedürfnisse kümmern müssen? Scheiße, ich meine, unterrichten hätte für sie nicht zur *Besessenheit* werden müssen, oder?«

Ich will nicht dein Seelenklempner sein, dachte Eileen. Ich will überhaupt nichts mehr über dich hören. Verdammt noch mal, fang endlich an!

Aber er hörte einfach nicht auf zu reden.

»Kinder spüren solche Sachen, meinst du nicht auch?« sagte er. »Ich muß gewußt haben, daß zu Hause etwas nicht stimmte. Mein Vater schrie mich dauernd an, meine Mutter war nie da. Zu Hause war immer so dicke Luft, daß man sie mit dem Messer schneiden konnte.«

Stille.

Sie beobachtete ihn auf dem Bett.

Er hatte die Hände hinter dem Kopf verschränkt und starrte an die Decke.

»Ich sag' dir die Wahrheit, manchmal hätt' ich sie gern umgebracht.«

Wieder Stille.

Jetzt kommt's, dachte Eileen.

»Als ich ein Kind war«, sagte er.

Und die Stille dehnte sich aus.

»Verdammt hingebungsvolle Lehrerin«, sagte er.

Sie beobachtete ihn.

»Sie hat die Menschen, die sie liebten, ignoriert.«

Sie beobachtete ihn weiter. War bereit. Wartete.

»Nachdem sie tot war, habe ich dann versucht, einen Sinn darin zu sehen. Sie hinterließ mir das ganze Geld. Das ist für Roberts Freiheit, damit er riskiert, das Leben zu genießen. Das waren ihre Schuldgefühle, oder? Das waren ihre Schuldgefühle, denn sie hat uns beide ignoriert.«

Wieder Stille.

»Weißt du, was sie mal gemacht hat? Elga?«

»Was hat sie gemacht?«

»Ich war acht Jahre alt.«

»Was hat sie gemacht?«

»Sie hat ihren Schlüpfer ausgezogen.«

Schlüpfer. Ein Wort aus der Kindheit.

»Sie hat sich mir gezeigt.«

Stille.

»Ich bin vor ihr weggerannt und habe mich im Badezimmer eingeschlossen.«

Stille.

»Da hat mich meine Mutter gefunden, als sie von der Schule nach Hause kam. Elga sagte, ich wäre ein böser Junge gewesen. Sie erzählte meiner Mutter, ich hätte mich selbst im Badezimmer eingeschlossen und würde nicht herauskommen. Meine Mutter fragte mich, warum ich das gemacht hätte. Elga stand direkt daneben. Ich sagte, ich hätte mich vor dem Gewitter gefürchtet. Es regnete an diesem Tag. Elga lächelte. Das nächste Mal, als wir beide allein waren, zwang sie . . . sie . . . mich dazu . . .«

Plötzlich richtete er sich auf.

»Kennst du den von dem Kerl, der in einen Sex-Shop geht, um Schamhaare zu kaufen? Sagt der Verkäufer: ›Sollen wir sie Ihnen schicken, Sir, oder nehmen Sie sie gleich mit?‹ Sagt der Kerl: ›Nein, ich esse sie gleich hier.‹« Derb und abrupt lachte er auf und sagte dann: »Würde es dir gefallen, wenn ich *deine* Muschi vernaschen würde?«

»Klar«, sagte sie.

»Dann zieh deinen Schlüpfer aus.«

Er schwang ein Bein aus dem Bett.

»Komm hier rüber und zieh deinen Schlüpfer aus.«

»Komm du rüber«, sagte Eileen.

Er stand auf.

Er steckte die rechte Hand in die Tasche.

Sie dachte: Ja, hol das Messer raus, du Hurensohn.

Und dann dachte sie: Nein, Bobby, tu's nicht.

Plötzlich war sie wieder verwirrt.

»Bobby«, sagte sie matt, »ich bin ein Cop.«

»Klar«, sagte er, »ein Cop.«

»Ich will dich nicht verletzen«, sagte sie.

»Dann erzähl mir keinen Scheiß!« sagte er wütend. »Ich hab' in meinem Leben genug Scheiße erlebt!«

»Ich bin ein Cop«, sagte sie, nahm die Waffe aus ihrer Tasche und zielte auf ihn. »Wir werden jemanden suchen, der dir hilft, okay?«

Er sah sie an. Ein Lächeln verzerrte sein Gesicht.

»Ist das ein Trick?« fragte er.

»Kein Trick. Ich bin ein Cop. Gehen wir, okay?«

»Wohin? Wohin willst du gehen, Baby?« Er lächelte noch immer. Seine Hand steckte aber noch in der Tasche.

»Wir suchen jemanden, mit dem du reden kannst«, sagte sie.

»Worüber? Es gibt nichts, was ich zu sagen . . .«

»Leg das Messer auf den Boden, Bobby.«

Sie stand jetzt beinahe in der typischen Hockstellung eines Polizisten und hatte noch immer die Waffe auf ihn gerichtet.

»Welches Messer?« fragte er.

»Das Messer in deiner Tasche, Bobby. Leg es auf den Boden.«

»Ich habe kein Messer«, sagte er.

»Du hast ein Messer, Bobby. Leg es auf den Boden.«

Er nahm das Messer aus der Tasche.

»Gut, leg es jetzt auf den Boden«, sagte sie.

»Angenommen, ich tu's nicht?« sagte er.

»Ich weiß, daß du es tun wirst, Bobby.«

»Angenommen, ich würde mich statt dessen im Badezimmer einschließen?«

»Nein, das wirst du nicht tun, Bobby. Du wirst das Messer auf den Boden legen . . .«

»Wie ein lieber kleiner Junge, hä?«

»Bobby . . . ich bin nicht deine Mutter und auch nicht Elga. Ich werde dich nicht verletzen. Laß bloß das Messer auf den Boden fallen . . .«

»Hör auf den Seelenklempner«, sagte er. »Du bist eine *Scheiß-Nutte*, genau das bist du. Was glaubst du, wen du hier verarscht?«

»Bitte, Bobby, laß das Messer fallen.«

»Sag bitte, bitte«, sagte er und ließ die Klinge aufschnappen.

Sie hatte die Waffe in der Hand und ihn im Visier.

»Keine Bewegung«, sagte sie.

Die Polizistenhockstellung war jetzt ausgeprägter, bewußter.

Er ging einen Schritt auf sie zu.

»Ich warne dich, keine Bewegung!«

»Kennst du den von dem Kerl, der in eine Bank geht, um sie zu überfallen? Er hält dem Kassierer die Waffe unter die Nase und sagt: ›Kein Befegung, das ist ein Reinfall!‹«

Er ging noch einen Schritt auf sie zu.

»Das ist kein Spaß mehr«, sagte er und fuchtelte mit dem Messer in der Luft herum.

»Whuusch«, sagte er.

Und kam auf sie zu.

Die erste Kugel traf ihn in die Brust und ließ ihn zum Bett zurücktaumeln. Eine Sekunde später schoß sie noch einmal, dieses Mal traf sie ihn an der Schulter. Er wirbelte herum. Sie feuerte ein drittes Mal, schoß ihm in den Rücken. Er wurde aufs Bett geworfen, und dann – sie würde nie verstehen, warum – schoß sie wieder und immer wieder auf seinen leblosen Körper, bis die Waffe leer war. Sie beobachtete, wie das Blut entlang seiner Wirbelsäule herausströmte, und sagte immer wieder: »Ich hab' dir eine Chance gegeben, ich hab' dir eine Chance gegeben.«

Dann warf sie die Waffe quer durchs Zimmer und begann zu schreien.

Manche Leute ändern sich nie.

Genero schien nicht einmal zu wissen, daß sie ihn nicht hören konnte.

Er war im Krankenhaus, um Carella zu erzählen, was für ein Held er bei der Schießerei mit den vier Teenagern, die ein Gebäude mit Brandbomben angezündet hatten, gewesen war.

Er saß auf dem Flur und redete mit Teddy, die betete. Sie betete, ihr Mann möge weder sterben noch tot sein.

». . . und auf einmal sind sie rausgerannt«, sagte er, »Steve wäre stolz auf mich gewesen. Sie haben eine Brandbombe auf mich geschleudert, aber das hat mir keine Angst gemacht, ich . . .«

Ein Arzt im grünen Chirurgenkittel ging den Flur entlang.

Auf dem Kittel war Blut.

Sie hielt den Atem an.

»Mrs. Carella?« fragte er.

Sie las es von seinen Lippen ab.

Zuerst dachte sie, er hätte gesagt: »Es hat ihn geschafft.«

Ein verwirrter Ausdruck huschte über ihr Gesicht.

Er wiederholte es.

»Wir haben's geschafft.«

Sie atmete aus.

»Er kommt in Ordnung«, sagte der Arzt.

»Er kommt in Ordnung«, wiederholte Genero.

Sie nickte.
Dann legte sie die Hände vors Gesicht und weinte.
Genero saß bloß da.

Annie redete auf dem Flur des 72. Reviers mit ihm.
»Die Vermieterin hat den Notruf angerufen, weil sie Schreie in der oberen Etage hörte«, sagte sie. »Sie hält zu den Nutten und hätte nicht angerufen, wenn sie nicht überzeugt gewesen wäre, daß es sich um einen Notfall handelte.
Kling nickte.
»Sie hat sich erst vor kurzem beruhigt. Sie ist im Vernehmungszimmer am Ende des Ganges. Ich bin nicht sicher, ob du mit ihr reden solltest.«
»Warum nicht?« fragte Kling.
»Ich bin einfach nicht sicher«, sagte Annie.
Er ging den Gang entlang.
Er öffnete die Tür.
Sie saß an dem langen Tisch vor dem Doppelspiegel im Vernehmungsraum. Sie saß einfach da und betrachtete ihre Hände.
»Tut mir leid, daß ich's vermasselt habe«, sagte er.
»Hast du nicht.«
Er saß ihr gegenüber.
»Bist du okay?« fragte er.
»Nein«, sagte sie.
Er schaute sie an.
»Ich mache Schluß«, sagte sie.
»Womit?«
»Mit dem Dienst.«
»Nein, machst du nicht.«
»Ich mache Schluß, Bert. Es gefällt mir nicht, was er aus mir gemacht hat, was er noch immer aus mir macht.«
»Eileen, du . . .«
»Mit dieser Stadt mache ich auch Schluß.«
»Eileen . . .«
»Diese Scheiß-Stadt«, sagte sie kopfschüttelnd.
Er griff nach ihrer Hand. Sie zog sie weg.
»Nein«, sagte sie.
»Was ist mit mir?« fragte er.
»Was ist mit mir?« fragte sie.

Das Telefon klingelte morgens um kurz nach zwei Uhr.

Sie nahm den Hörer ab.

»Peaches?« sagte die Stimme. »Hier ist Phil Hendricks von Camera Works, wir haben schon am frühen Abend telefoniert.«

Wieder der!

»Was ich will«, sagte er, »ist, daß Sie Ihre Bluse ausziehen und sich im Spiegel ansehen. Dann will ich, daß Sie . . .«

»Hören Sie zu, Sie Mistkerl«, sagte sie, »wenn Sie mich noch einmal anrufen . . .«

»Hier ist Andy Parker«, sagte er. »Ich bin in einer Telefonzelle an der Ecke. Ist es zu spät, um noch raufzukommen?«

»Du Pfeife«, sagte sie.

Das war der letzte Trick in dieser Nacht.

Bitte beachten Sie
die folgenden Seiten:

Tucker Coe

Auf totem Gleis
Ullstein Buch 10418

Das hab ich nicht gewollt
Ullstein Buch 10424

Der Wachsapfel
Ullstein Buch 10436

Keine Schonzeit für Widder
Ullstein Buch 10443

Sag die Wahrheit, Kollege
Ullstein Buch 10455

Ullstein
Kriminalroman

Mitch Tobin war Polizist. Einer der besten. Aber während er eine Gangsterbraut becirct, wird sein Partner erschossen. Und Tobin geschaßt. Jetzt sitzt er daheim und baut aus Verzweiflung eine Mauer um sein Grundstück. Aber die Unterwelt begehrt des Detektivs Dienste.
Und mit der Arbeit lernt Tobin auch mit seiner Schuld umzugehen.

Tucker Coes Serie um Mitch Tobin markierte in den sechziger Jahren die Geburt einer neuen Generation von Privatdetektiven.

Brian Freemantle

Flucht aus Vietnam

Polit-Thriller

Ullstein Buch 10378

Ullstein Kriminalroman

Der Präsidentschaftskandidat war ein Held. Immerhin hatte er seinerzeit fünfzehn Waisenkinder aus den Klauen des Vietcong gerettet. Daß dabei ein paar GIs ins Gras bissen, war nur das Pech des Tüchtigen. Doch der Kandidat hatte seine Wahlkampfrechnung ohne den Reporter Ray Hawkins gemacht. Als der über die heroische Tat des jungen Senators recherchiert, stößt er auf einige Ungereimtheiten.
Und auf ein furchtbares Geheimnis.

Anthony Price

Umwege zum Ruhm

Polit-Thriller

Ullstein Buch 10413

Ullstein
Kriminalroman

Paul Mitchell ist Historiker. Und was kann, so fragt er sich nach dem Besuch zweier mysteriöser Männer, ein Stubengelehrter wie er den Profis vom Geheimdienst nutzen? Mehr als genug. Denn Mitchells Spezialität ist der Erste Weltkrieg. Und auf den alten Schlachtfeldern an der Somme, wo einst Deutsche, Engländer und Franzosen einander bekriegten, erwächst dem Weltfrieden eine tödliche Bedrohung.

Ausgezeichnet mit dem *Gold Dagger Award,* dem höchsten britischen Preis für Kriminalromane.